袖刀 著

下 册

青岛出版集团 | 青岛出版社

第十一章
他才是替身

五一劳动节假期一天天过去，孟浅一直住在顾时深的公寓里，几乎把书房里书架上的书翻了个遍。

没办法，顾时深要上班，忙的时候早出晚归，所以他们俩虽然同在一个屋檐下，但相处的时间实在太少。

有时候顾时深下班回来，他们俩吃完晚饭在客厅里看电影，看着看着，他便靠在沙发上睡着了，是真的很累。

不过孟浅与顾时深的感情升温得很快。连沈妙妙和苏子冉都说他们俩进展迅速，才交往没几天就到了接吻这一步。

孟浅想了想，可能是因为他们早在两年前在陶源镇时，就曾同在一个屋檐下相处过一个月。所以他们即便身份转换，变得更为亲密，彼此也适应得比其他的情侣更快一些。

唯一让孟浅苦恼的是，自从那天在玄关和顾时深亲过以后，他们俩就没再接过吻。而且，顾时深还不准她进他的卧室里。

孟浅白日一个人在家时，在群里跟苏子冉、沈妙妙吐槽过，引得沈妙妙狂发表情包，笑话她："你是不是太急了，把顾大哥吓到了？"

孟浅："……"

苏子冉："其实我觉得循序渐进也挺好的。可能顾大哥那人骨子里就比较慢热克制，觉得你还小吧，还不是时候更进一步。"

苏子冉："没事，浅浅，你们俩的未来还长，也不急于这一时半会儿。"

孟浅表示还是苏子冉会说话，自己受伤的心灵总算被安慰到了。

5月4日这天，所有的学生收假返校。孟浅在顾时深家里又翻完一本书，终于等到他下班。

今天他下班倒是挺早，孟浅有些奇怪。

顾时深洗了澡，换了身衣服，带她去吃大餐。然后两个人踩着天黑的点回家，顾时深把她的行李拎上，送她回学校。

但他怕他们交往的事情给孟浅带来不好的影响，说什么也不肯送她到女生公寓楼下。因为即便他刻意换了一身休闲装束，尽可能伪装成在校大学生，却也不能保证外人看不出他们俩之间足足8岁的年龄差。

孟浅是一个十八九岁的在校女大学生，和一个校外的男人在一起，指不定会被别人乱传些什么。为了她的声誉考虑，顾时深止步于深大东校门门口。

"剩下的路我不能陪你走了，但是我会站在这里，一直看着你。"顾时深将行李递给了孟浅，深沉的目光复杂，难舍难分。

虽然如此，孟浅却看出了他眉宇间的坚定——他铁了心只送她到这里。

沉默片刻后，孟浅妥协了。她虽然不介意别人怎么传，但如果顾时深很介意，她自然不会让他为难。

只是……

"那你让我亲一下。"女声柔柔弱弱却又坚毅有力。

顾时深被她的话惊得呛了口唾沫，沉沉地咳了几声："浅浅……听话。"

这里这么多人，他要是让她亲了，不比他送她到女生公寓楼下的情况更严重？小妮子这是跟他斗智斗勇呢。

孟浅轻哼一声，气呼呼地别开头，鼓了鼓腮帮子。最后她再退一步："不让亲，那抱一下总行吧……"

他算是知道了，孟浅这是铁了心要与他亲近，不然就会一直这样气得像一只膨胀的河豚，浑身带刺。

她不知道，她即便是生气，样子也很娇媚可爱。顾时深再怎么铁石心肠，也完全抵挡不住她软硬兼施的诱惑。

顾时深心下叹气，抬步走近她，有力的臂膀环上她的肩膀，如愿抱住了她："别生气了……男朋友送你到公寓楼下好不好？"

孟浅倒也没有真的生气——她对顾时深完全气不起来。但这不影响顾时深为她退步时，她在心里暗自欢喜。更何况，他自称"男朋友"时的声音那么温柔动听。

孟浅立刻回抱住了顾时深的腰，顺着他的背脊轻抚了两下："算了，我不想让你有心理负担。顾时深，我会等你，等你接受我们之间的年龄差距，等你相信我对你的喜欢超越世间的一切。"

她可以不介意外界的流言蜚语，却不能不在乎顾时深的感受。

他虽然是个成熟稳重的男人，却也有脆弱敏感的一面。这一面是因为他喜欢上她才生出来的,所以她会耐着性子陪他解决这个问题。

顾时深被孟浅真切的告白震撼了,忽然觉得自己似乎成了他们这段感情里的那个胆小鬼。

或许,是因为他已经26岁了,早已过了轻狂肆意、想要谈一场轰轰烈烈的恋爱的年纪,而孟浅正值青春,敢爱敢恨,天不怕地不怕。

他爱一个人,是寂静相爱、举案齐眉。

而她爱一个人,是迫不及待地想要告诉全世界。

这就是他们之间的差异。

即便这样,孟浅依旧为他着想,愿意沉住气,配合他想要低调恋爱的态度。这样好的一个女孩子,他又怎么可能不爱?怎么舍得令她失望?

思及此,顾时深收紧了拥抱的力道,嗓音低沉宠溺地说道:"还是我送你吧。万一半道儿上你被别人拐跑了,我找谁哭去?"

孟浅先被他缱绻温情的嗓音撩拨到,心跳加快,后又因为他的戏谑调侃失笑:"原来你也是会哭的啊?"

顾时深将孟浅送到深大的女生公寓门口,和她依依惜别后才离去。

他不知道的是,他前脚离开深大,后脚便有人把他和孟浅在东校门门口拥抱的照片发到了深大学校论坛上。彼时孟浅刚洗完澡,准备吹头发。

孟浅回到宿舍,见苏子冉和沈妙妙都在,便把顾时深买给她这俩小姐妹的零食分给了她们,然后去洗澡。

就在孟浅洗澡期间，沈妙妙逛学校论坛时刷到了有关孟浅的帖子。

帖子十分"标题党"："前有江某人与不知名女生操场牵手，后有孟校花与不知名男人校门口拥抱。"

这个标题里的"江某人"和"孟校花"，毫无疑问说的就是江之尧和孟浅。至于那个"不知名女生"和"不知名男人"，沈妙妙暂时没搞懂。

这个标题无疑勾起了众多学生的八卦欲，这帖子才发布了不到半个小时，就已经盖了上千楼，直接飘在了论坛的首页。

沈妙妙点进去看了详情。

楼主倒是没有废话，直接在主楼甩了两张照片。

第一张是江之尧和一个女生牵手逛学校操场的照片，两个人行为举止亲昵，疑似在交往。

但让沈妙妙震惊的是第二张照片，因为照片里的人是孟浅和顾时深！他们俩抱在一起，而且照片的背景似乎就在东校门门口！

"啊啊啊！太般配了！"沈妙妙尖叫着，从凳子上站起来，激动得手舞足蹈。

连塞着耳机听歌的苏子冉都被她吵到了，摘了耳机侧身看向她："'叽叽喳喳'的干吗？耳机都隔不了你的声音。"

沈妙妙张着嘴，兴奋得说不出别的话来，只举着手机到了苏子冉面前，让她看帖子里的照片。

苏子冉也有些诧异："是浅浅和顾大哥？谁拍的？"

这种偷拍并上传到公共论坛上的行径真的很令人气愤，所以在孟浅从洗手间里出来的第一时间，苏子冉便把论坛上帖子的事情告诉孟浅了。

孟浅拿手机登录学校论坛，果然看见那则热帖，帖子里评论纷杂。

1楼："这二位唱哪出啊？都这么快就开展新恋情了？"

2楼："不开展新恋情，难不成还让我女神为江渣男断情绝爱、水泥封心啊？楼上不是搞笑吗？"

3楼："孟校花也就算了，江之尧哪儿来的脸再谈恋爱的？渣男一个，啰！"

4楼："难道就我觉得他们俩还有戏吗？虽然江是不对，但架不住他学习好，人也帅，家境也不错啊，各方面看来，他和孟还是很般配的。"

5楼："我也觉得……而且江谈恋爱在前，孟接着也找了个男人，这真的不是在跟江赌气吗？"

6楼："我觉得大家还是先别急着下定论。虽然江肯定是谈了，但孟谈没谈还不一定呢，只是一个拥抱而已，能说明什么？"

7楼："照片里这男的虽然只有侧脸，但看着好像长得不比江差啊，和孟同学应该是男女朋友吧。"

8楼："有人知道照片里的帅哥是谁不？应该不是咱们学校的吧，不然就这逆天的侧颜，不得当个校草？"

…………

孟浅滑动屏幕，翻看了数十条回复，心下明白：自己和顾时深交往的事怕是瞒不住了。不过还好论坛上的人不知道照片里的是学校附近玉深动物医院的顾时深。眼下，孟浅能做的就是坦白恋爱的事实，及时遏止其他谣言的传播，比如照片里的人是她哥……

针对这些言论，孟浅实名回复了帖子："是的，我有男朋友了。我们是正常恋爱，请大家不信谣，不传谣。"

孟浅的出现令这个帖子的热度更上一层楼。她亲口承认有男朋友，令楼里无数爱慕者心碎难过，一页页的哀号之余，也有人说要扒一扒男方的身份。

还有人问孟浅，是不是因为江之尧交了新的女朋友，所以她也不甘落后？

孟浅直接否认了这个说法，然后退出论坛，把手机扔回了书桌上。她现在看见"江之尧"这三个字都觉得晦气。

江之尧也知道了帖子的事。

宿舍里，孙彦和张凡平时没事都喜欢逛学校论坛，所以帖子上首页的第一时间，他们便告诉了江之尧。

看见孟浅和那个男生拥抱的照片，江之尧的眉心"突突"跳了跳，心头聚起一股无名火，烧得他情绪浮躁。

张凡还拿着那男人的照片凑到江之尧跟前："老江，我怎么觉得孟女神的这个新男友比你帅呢？"

这话不知刺中了江之尧哪根神经，江之尧一把挥开了张凡的手机："滚滚滚！就一侧脸，帅什么帅？"

"你怎么这么大的火气，该不会还没放下孟浅吧？"孙彦多嘴问了一句，结果被江之尧横了一眼。

张凡接着说道："你也别气，说不定孟女神就是看你身边有了新人，气不过呢？我看论坛上好多人这么说，他们分析得还挺有道理，我都快信了。"

江之尧仔细地看了下那些人的分析，心下自然也认为孟浅交男朋友是因为生自己的气——说不定她是之前欲擒故纵玩脱了，现在又换了计策。

他的心逐渐被网上那些人的分析填满,他似乎全然忘记了之前孟浅在小公园里对他的羞辱,也忘了当时有多生她的气。

孟浅放下手机后便去吹头发了。

沈妙妙问她:"就这样放着那帖子不管了?"

孟浅回:"管不了啊,楼主是匿名的,我又没办法把楼主揪出来让他删帖、道歉。"

沈妙妙:"那这个帖子会不会对你和顾大哥造成影响啊?"

"应该不会,顾时深平时行事一向低调,而且照片只拍到侧脸,不太容易扒出他来。"

孟浅打开了吹风机又关上,看向沈妙妙和苏子冉:"而且我跟他本来就是正常的恋爱关系,也不怕别人说什么。"

她唯一担心的是,顾时深如果知道这件事会加深心中的顾虑,他会自责,觉得自己的爱给她增添了负担。

所以孟浅打定主意不让顾时深知道这件事,反正学校论坛的热点话题一天一换,过两天大家也就淡忘了。

目前对于她来说,最紧要的应该是5月20日,顾时深的生日。作为他的女朋友,她应该送他什么生日礼物呢?

为了顾时深的生日礼物,孟浅绞尽脑汁地苦恼了一周。

沈妙妙看不过去了:"要我说,最好的礼物就是你自己。"她拍了拍孟浅的肩,冲孟浅一阵挤眉弄眼,"干脆你把自己送给他呗!"

孟浅脸颊微红:"那也得他收才行……"

按苏子冉所说,顾时深定是觉得孟浅年纪小,有所顾虑,所以他们俩一时半会儿不可能进展到那一步。

沈妙妙欲言又止，本来想教孟浅几招，保准把顾时深勾得欲罢不能、按捺不住。但她想了想，还是算了。毕竟这种事，到底是孟浅和顾时深两个人的事，她乖乖地等在第一线吃糖就行。

孟浅又冥思苦想了两天，终于想到了送给顾时深的生日礼物。

因为他的生日是 5 月 20 日，所以除了生日礼物，孟浅还打算送他一份"520"礼物。

为此她几乎花光了这些年攒的零花钱，托时森在演艺圈里找熟人，帮她入手了一只上乘的观音玉坠。孟浅还亲手用黑线编织了玉坠的挂绳，打算把这个当成生日礼物送给顾时深。

除此之外，她还做了一件从小到大一直想做，却又畏首畏尾一直没做的事。

转眼，5 月 20 日这天到了。

这天恰好是周五，因为孟浅白天有课，所以顾时深将生日聚会安排在了晚上。

今年生日，顾时深精挑细选了一个环境清雅的餐吧，方便大家吃饭喝酒，也懒得再转移阵地去第二场。

最重要的是，这样的环境更适合孟浅和她的朋友。

为此，施厌免不了对顾时深一番调侃，说顾时深现在简直就是"二十四孝好男友"，对孟浅也太周到了，像老父亲对女儿一样操心。

谁知顾时深听完，脸色立刻就变了，吓得施厌赶紧找补："你这种就是典型的'爹系男友'吧！小姑娘们最喜欢了。"

听他这么一说，顾时深才缓和下来脸色。

施厌暗暗松了口气:"对了,你往年过生日都很低调的,顶多就我们兄弟几个凑在一起吃个饭,喝点儿小酒。今年怎么大张旗鼓的,又是餐吧包场,又是邀请医院里所有空闲的同事?这不像你啊。"

顾时深正在看晚上的菜单,头也没抬:"因为我有女朋友了。"

施厌愣住,满脸狐疑。片刻后,他才听顾时深接着说道:"总要找个机会,把我的女朋友介绍给大家认识。"

施厌现在已经有点儿不认识顾时深了——这人自从开始谈恋爱,动不动就来一句腻人的情话,偏偏顾时深自己丝毫不觉得,脸上半分不自在都没有。

晚上7点整,顾时深去深大接孟浅她们。

当时跟他一起去的还有苏子玉、施厌他们,一个个瞎凑热闹,说这样的阵仗迎接孟浅,能显示出她在顾时深心里的分量。这种小孩子才会信的胡话,顾时深竟然信了。结果自然是,他们一行人浩浩荡荡地穿越深大校园时,引得无数路人驻足观望,不知道的还以为是哪些艺人出行。

毕竟队伍里几个男人的身材、颜值,与当下演艺圈里那些"小鲜肉"难分伯仲。

顾时深订的那家餐吧距离深大有半个小时的车程。接到了孟浅她们,一行人先去玉深动物医院和其他同事会合,然后才分成小队,自驾前往餐吧。

8点左右,宾朋就位,大家凑在一起给顾时深合唱了《祝你生日快乐》,又起哄让他许愿、吹蜡烛。

当时孟浅就站在顾时深身边。众人让他许愿时,他动作自然地将孟浅搂到了怀里,从背后圈着她,握住她的双手,带她一起许愿。随后,他们俩又一起吹灭了蜡烛。

施厌带头欢呼一声,周遭顿时喧闹起来。有人开了香槟,有人拉了礼炮。

现场很乱也很吵,但孟浅被顾时深护在他怀里的方寸之地,温暖又安心。

后来吃饭时,顾时深作为寿星简单地发言。他的第一句话便是介绍坐在他身旁的孟浅,声音低沉有力地说道:"想必大家都猜到了,这是我的女朋友,孟浅。借今天这个机会,正式把她介绍给大家认识。"

孟浅顿时成了众人瞩目的对象。她心里烧得慌,烫意从脸颊蔓延到脖颈。虽然害羞,但她依旧大方得体地站起身,以饮料代酒,跟着顾时深敬了大家一杯。

用沈妙妙后来的话说,今天这顿饭似乎不是为了给顾时深庆祝生日,更像是他们俩结婚摆酒。两个人郎才女貌,站在一起十分登对,俨然一双幸福和美的新人。

席间,来找顾时深单独喝一杯的人不少。一来二去,他明显地有了醉意。

酒过三巡,孟浅便跟大家打了招呼,然后带着顾时深溜到了楼上的露台吹吹夜风,也让他缓口气、醒醒酒。

最重要的是,她的礼物,她想要单独交给顾时深。

今夜有月,不见星辰。弯月被笼在薄云里,美得朦胧似幻。

露台上夜风呼啸,肆意地翻动孟浅的裙角。她今日穿了一件黑色连衣裙,双层的裙面,里面是刚遮住大腿的丝质面料,外面还缀着一层长及脚踝的透明黑纱。裙子是挂脖露肩无袖的款式，板型修身，很好地展现了孟浅窈窕的身材。

夜风撩动她的裙纱，卷过她的披肩长发，她的身姿影影绰绰，在顾时深看来别提有多性感。他的浅浅仿佛一瞬间成熟了，身上淡香蛊人，诱他采撷。

顾时深的眸色黯了黯，他斜倚在露台的栏杆上，长睫半掩，双眸晦暗，暧昧不明地看着离他不远的孟浅。

她盈盈而立，两只手背在身后，似藏着什么宝贝，面向他时眉眼弯弯，红唇勾着魅人的弧度。

顾时深看她时眼也不眨，似在用目光一寸寸地欣赏一件宝贝，眸中暗涌着浓烈的渴望与爱慕。

"要不要猜猜，我给你准备了什么生日礼物？"孟浅微扬下颔。她的脸部线条柔和又明晰，她五官如画，笑起来更是有一种荡漾人心的美，眉眼间却又萦绕着纯真无邪。

见她一副故作神秘的样子，顾时深不想令她失望，便配合着猜了猜："领带？"他随口猜的，毕竟女生送男朋友的生日礼物，来来去去也就那些东西适合。

孟浅摇头。

顾时深扯开唇角，继续猜："皮带？"

"最后一次机会，要是还猜不中，我要罚你。"孟浅故作严肃。

但在顾时深看来，她那模样惹人怜爱得紧，他很想上前将她揉进怀里。

哦，对了，他似乎有大半个月没有亲过她了，接吻的记忆还停留在2日那天下午，在家里的玄关处。

顾时深的思绪有些纷乱，他忽远忽近地想些有的没的，以至于忘记了回答孟浅的问题,惹得小姑娘踩着黑色的高跟鞋"噔噔"地走到他跟前,仰着小脸,吹胡子瞪眼地看着他。

"你到底有没有听我说话?"孟浅嘟囔一句。

念在男人今天是寿星的分儿上,她也不打算再为难他了,从背后拿出精致的红色礼盒,小心翼翼地打开,然后提着她精心编织的黑色挂绳,将那个玉观音拎到了他眼前:"喏,这就是我给你准备的生日礼物。虽然对你来说可能算不上贵重,但为了买它,我几乎花光了所有的零花钱。"

"还有啊,这条挂绳是我亲手编的,费了不少心神。而且玉坠后面还刻了我们俩的名字——深、浅。"孟浅说着,特意把玉观音后面的两个小字递给顾时深看。

哪知男人盯了她太久,心中早已暗潮汹涌。此刻因为她的话,他再也关不住满腔的爱意,情不自禁地将她揽到了怀里。

"浅浅……"顾时深嗓音低沉,情动缱绻。

他只是唤了孟浅的名字,她便心雷滚滚,节节败退。她应了他,回抱住他的腰。这大半个月来,他们连拥抱都很克制,生怕动情,一发不可收拾,所以这个用力的拥抱令孟浅空洞的内心重获充实。

抱了许久,顾时深才压下轻颤的嗓音,温热的呼吸铺洒在孟浅的耳畔:"帮我戴上?"

孟浅点点头,随后两个人拉开一些距离。她小心翼翼地将玉观音往顾时深的脖子上挂,然后有点儿絮叨地叮嘱顾时深:"你要好好爱惜它,就像爱惜我一样。因为它不只是我送你的生日礼物,还是我给你的定情信物。"

顾时深认真地应下,薄唇漾开弧度:"放心吧,玉在人在。"

他倒也不必说得这么严重。孟浅失笑。

挂好了玉坠,孟浅却并未及时退开身。她心下有所想,不自觉地抬眸望向顾时深轻抿成线的薄唇,欲言又止。

顾时深垂眸看她,恰巧撞见她跃跃欲试的神情,心下一动,低头覆上了她的唇,如火般滚烫的唇齿片刻便将她被夜风吹得冰凉的嘴唇咬得发热,呼吸也变得困难。

久违的吻让两个人忘乎自己。

吻得难舍难分之际,孟浅拉了顾时深的手,隔着薄薄的纱,摸到她腿内侧刚文的文身。

孟浅钩着顾时深的手指,引着他一寸寸描摹那处文身的痂,声音柔媚地说道:"这是我送给你的第二份礼物……"

顾时深心跳如雷,触到孟浅腿上的肌肤时,电流般的酥麻感激得他心底一片战栗。他连吻她都忘了,身体僵直,不敢乱动,全身的感官似乎都汇聚在他右手食指的指尖。

那种感觉如坠云端。

"怎么弄的?"顾时深沉声轻颤,松开孟浅的唇瓣后,他与她鼻尖相抵,呼吸依旧若即若离地绕在一起。

孟浅闭着眼睛,亲昵地蹭着男人挺立的鼻梁,声音有些动情:"文身……"

顾时深愣住,喉咙哽了哽,声音变得艰涩喑哑:"怎么想起来文身了?"

"礼物。"孟浅轻轻地回答道,声音曼妙,"你应该问文的是什么。"

"文的是什么?"

"你要看吗?"

顾时深滚了滚喉结，孟浅已睁开了眼睛，正媚眼如丝地锁着他的眸，似无声地邀请，要拉他一起坠落。

顾时深虽然微醉且情迷，但还尚存一丝理智。他很清楚孟浅的文身在哪里。刚才被她捉着食指轻碰描摹，他就已经吃不消了，哪敢用眼睛去看？

孟浅似乎猜到了结果，勾着吻后红艳饱满的唇，挑逗一笑，拱火似的往他耳朵里吹了口热气："那就等你敢看的时候再看吧……我等你。"

察觉到她的恶趣味和挑衅，顾时深一噎。在孟浅退开之际，他又拽她回怀里，低头亲去，似乎只能用这种办法抵消她对他的捉弄。可到头来，折磨的是他自己。

他的身和心又被孟浅搅得乱七八糟。

最后，他也恶劣地咬了一下她的右耳耳垂，沉声低骂，却似爱语："坏丫头……"

片刻后，顾时深想起了什么，声音正经了些："明天是你的生日，你想要什么生日礼物？"

"要你。"孟浅将脑袋埋在男人的怀里，抱紧他。

他当真是……拿她一点儿办法也没有。

孟浅想要的礼物顾时深会给，但那应该是以后的事，至少得先见过家长。

今年孟浅的生日，基本由顾时深这个做男朋友的负责操持。

昨晚散场时，他就跟苏子冉、沈妙妙打过招呼，请他们帮忙邀请班里的同学。他要给孟浅办一个生日派对，给她这个年纪应该有的轰轰烈烈。

除了孟浅学校的同学，顾时深还邀请了与他关系较好的几个朋友，施厌、苏子玉和江耀都在其中。

说白了，这三个人就是去给他镇场子的。为此施厌还笑话顾时深——一向无所畏惧的他，竟然也怕以孟浅男朋友的身份去见她的朋友、同学，甚至亲人。

5月21日一早，顾时深便开车去了深大。

也许是有了之前送孟浅回学校的经历，加上昨晚顾时深在自己的生日会上正式将她介绍给了自己的朋友、同事，他们间的关系更确切了些，所以他这次开车到女生公寓楼下，心理压力倒没有之前那么大了。

他的心境似乎也在潜移默化地改变。至少将车停在路口旁等孟浅时，他没再在意路过行人打量的目光。不过他能感觉到，今天大家对他的关注度明显地比昨晚上升了许多。

8点10分，孟浅俏丽的身影从巾帼楼的大门出来。她今天穿了件露肩白色上衣，下身是一条黑色的不规则开衩半身裙，依旧披着失去卷度的及腰长发，肩上挂着一只链条肩带的白色小包，风姿妖冶地沿着水泥道朝路口处的黑色大G走去。

顾时深降下了副驾驶座的车窗，闲散地靠在椅背上，侧首注视着那抹倩影，几次三番被孟浅开衩半身裙的缝隙间不经意显露的细白长腿勾住视线。

一想到不远处那个风情万种又不失温柔气质的大美人是他家的，他就忍不住勾起唇角，心生骄傲。直到孟浅走近，他才堪堪回神，下车为她开车门。

昨晚孟浅给他打电话，说今天上午，她弟弟孟航和她那个从小一起长大的闺密时淼会先后落地深市,她要去机场接机——主要是接时淼,孟航是顺带的。

孟浅本意只是跟顾时深报备今日的行程,但他仔细地一想,从深大去机场要一个小时的车程,她坐公交或者打车都太麻烦了,到时候接到了人,可能还有不少行李。所以他考虑了几分钟,便约好今天开车陪孟浅一起去接机。

反正他为了给自己和孟浅过生日,请了三天假,正好做她的护花使者。

孟浅一听顾时深要去,心里自然欢喜——她早就想让顾时深见时淼了。

16岁,她情窦初开,当时时淼是唯一知道她喜欢顾时深的人。如今终于抱得美男归,她理应带他见见时淼,好好认识一下。

毕竟当初时淼可是连顾时深的面都没见过,却一直安慰她,陪她度过了两年漫长的暗恋时光。她至少要让时淼见到顾时深本人,知道时淼当初的支持和安慰没有白费,顾时深就是那个值得她念念不忘的男人。

车到机场时,快9点30分。孟浅记得时淼的航班是上午10点10分落地深市,她和顾时深去接机口等了没多久,便顺利地接到了乔装打扮过的时淼。

时淼穿着一身休闲运动装,齐肩的短发披散着,头上扣了一顶鸭舌帽,整张脸被黑色的口罩遮去了大半,还戴了一副黑框眼镜。

要不是时淼自己走到孟浅跟前相认,孟浅还真是认不出时淼来。

两个人碰面,花了大概半分钟确定身份,然后才在大庭广众下拥抱在一起。

"一听你要来接我,我就和经纪人他们分开了。

"这不,乔装打扮了一番,免得被我的粉丝认出来。

"看你这反应,可见我的伪装水平很不一般。"

时淼一边自夸着,一边掀着眼皮打量孟浅身后的顾时深。

顾时深穿着一件黑色衬衣,窄腰长腿,身形挺拔,帅得自是没话说。但时淼没想到,顾时深本人竟然比照片上还要好看百倍不止,都能比过她新戏合作的那个男艺人了!

"啧啧,不愧是我家浅浅看中的男人,这脸、这身材,绝了!"时淼撒开孟浅后,顺势撞了一下她的肩膀,流里流气地朝她挤眉弄眼,半点儿女孩子的矜持都没有,不知道的还以为是个野小子。

顾时深就像砧板上的鱼任她们俩打量宰割,愣在原地一动也不敢动。

最后还是孟浅给了时淼一个适可而止的眼神,时淼才清了清嗓,正经起来,大大方方地朝顾时深伸手:"你好,我叫时淼,是孟浅从小玩到大的闺密!"

"你好,我叫顾时深。"顾时深礼貌地同她握了手。

话音才落,顾时深就听到时淼嘶笑的声音:"我知道你,老早就知道了。"

没等顾时深多想多问,孟浅接到了孟航的电话。

孟航的航班也到了,他已经下飞机了。

孟浅和顾时深交往这件事,孟航并不知道。所以他推着行李箱跟着射击队的其他成员一起出来,远远地看见孟浅他们三个人时先是愣了一下,随后跟队友们打了招呼,推着行李箱不紧不慢地走向他们。

孟浅远远地看着，忍不住撇了撇嘴角。

"我这个弟弟，就是爱装腔作势，你别介意。"这话她是对顾时深说的。

其实在顾时深看来，孟航身上只是有着少年常有的心高气傲罢了，并没有孟浅说的那么夸张，也并不惹人嫌。

孟航长得很俊美，与孟浅眉眼有四五分相似，一米八几的个子和顾时深的个子相差无几，一身少年标准的运动穿搭，休闲黑色短裤配粉色T恤，外套一件深粉的薄款运动外套。他单手插兜，一路走来倒是吸引了无数路人的眼球。

与他相比，顾时深的穿着打扮真的显得成熟稳重许多。

他们俩站在一起，俨然就是两个世界里的人。两个年龄阶段的男人，气场完全不合。

孟航走近后，径直将行李箱推向了孟浅。

他嘴里嚼着口香糖，额头不知道在哪儿弄伤了，贴了个创可贴，蹙着眉，冷着脸，自以为很酷的样子。孟浅却只觉得他很欠扁。

"这是谁？"孟航越过孟浅看着顾时深，将他从上到下打量了一番，眼神里的审视意味很浓。

孟浅记得，16岁那年暑假孟航进省队集训，一整个暑假都没有回过家，所以不认识顾时深也正常。

这么一想，孟浅将孟航的行李箱给他推了回去，然后往后退一些，退到顾时深身边，落落大方地挽住了顾时深的胳膊，款款介绍："这是顾时深，我的男朋友。"

孟航嚼口香糖的动作一顿，他不由得又将顾时深从头到脚打量一番，然后蹙起眉头："你不是刚分了一个吗？这么快又谈了？"

孟浅一记眼神压过去，孟航闭了嘴。虽然他不知道自己说错了什么，但可以确定的是，孟浅有点儿生气了。这个话题若是再继续下去，她可能要跳过来扇他。

于是孟航移开视线，看向旁边"全副武装"的时淼。时淼也适时跟他挥挥手："好久不见啦，三弟。"

10岁小孩子结拜异姓兄弟姐妹的事，也就时淼这傻妞至今还记在心上……谁要当她的三弟？

"时间不早了，边走边说如何？"顾时深拉了拉衬衣的袖口，看了眼腕表，目光投向孟浅，询问她的意见。

孟浅点头应"好"，将时淼的行李箱给了顾时深。至于孟航的，让孟航自己拿，又不是没手。

今天不仅是孟浅的生日，也是孟航的生日。

顾时深考虑得很周到，还是将昨晚那家餐吧包场，花钱找人用上下午的时间将餐吧布置好，晚上连同孟航的生日一起庆祝。

生日派对是晚上7点整开始，所以今天中午没有其他人，就只有他们四个一起吃饭。

鉴于时淼艺人的身份，他们不太方便在公共场合用餐，加上孟航又是孟浅的亲弟弟，顾时深与他第一次见面，自然想要留下一个好印象。于是他在开车离开机场前，便在市中心那家知名的私房菜馆里订了一个包间，等开车过去时，餐品差不多准备好。

四个人进入包间里落座，服务员便开始传菜了。

席间，孟航和顾时深聊了几句。看似随便，但顾时深察觉到孟航是在旁敲侧击地了解自己。以孟浅家人的身份，孟航拐着弯儿地了解了顾时深的职业，以及顾时深和孟浅相识、相恋的过程。

顾时深知道孟航没有恶意，只是在替他姐姐把关，看看这人到底是不是真心喜欢他姐姐、靠不靠谱儿。

孟浅和时淼一直在旁边叙旧，倒是没注意他们俩这边。

顾时深这顿饭几乎是在盘问中结束的。

不过从孟航的态度来看，他虽然面上和孟浅拌嘴不和，但其实心里很关心她这个姐姐，就凭这一点也值得顾时深以茶代酒，敬这个未来的小舅子一杯。

同样的时间，深大男生公寓417房间里，江之尧连午饭都没吃，将他的衣柜翻了个遍，却始终没配出一身令他满意的衣服来。

张凡和孙彦帮着他挑了好几个小时了，肚子已经饿瘪了。

"我说阿尧，你随便配一身不就好了？你这身材，穿什么不是衣架子？"

江之尧没搭理张凡。他现在满脑子都是怎么在孟浅的生日派对上尽压她现任男友的风头，毕竟那就是孟浅找的一个他的替身而已，到时候他这个正主出场，当然要让那个替身黯然失色才行。

这件事说起来，要回溯到早上学校论坛上最新的热帖——孟浅的庆生帖。

那个帖子是孟浅的一个追求者发的。那个追求者是实打实的"舔狗"一个，费心地得知了孟浅的生日，便在她生日当天高调地在论坛上发帖为她庆生、送祝福。

这一举动引起其他孟浅爱慕者的共鸣。于是很快那个帖子便火了。

后来，那个帖子里有个层主发了一张照片。

照片里是一个坐在黑色大 G 驾驶座上的男人，无疑就是孟浅现在交往的男朋友。

这次他露了正脸。张凡和孙彦一致觉得他比江之尧的颜值高几百倍，与孟浅简直就是天造地设的一对佳偶。

但这些心里话，他们只敢私下说说，不敢告诉江之尧。不过有一点他们敢说，那就是帖子里其他校友提出的疑点，说是孟浅现任男友的眼睛和江之尧的很像。

张凡和孙彦仔细地对比了一下男人和江之尧的眼睛，确实很像。

听他们俩一说，江之尧便拿着手机去镜子前对比了许久，心下越发坚信孟浅是为了气他才交了现在的男朋友，而且她一定还没有放下他，不然怎么会找一个眼睛和他的眼睛如此相像的男朋友？

于是江之尧心血来潮，打算今晚去参加孟浅的生日派对。为此他做了很多准备——订了鲜花、蛋糕，还挑了生日礼物。现在，他正在为今晚出席生日派对时的穿着犯愁。

他要一举赢回孟浅。因为他发现，从分手到现在自己始终没有放下她。正如她对他念念不忘，他亦为她魂牵梦萦。

或许是因为孟浅是他交往过的唯一一个没有实质的进展就匆匆结束的女生，又或许他真的爱上了她。

午后，顾时深一行人从私房菜馆里出来。

他陪孟浅先把时淼和孟航送回他们各自的学校。

时淼是深市影视大学表演专业大一的学生，孟航是深市体育大学的。这两所大学都不在大学城内，与孟浅就读的深市大学相距

·290·

甚远。

时森倒是无所谓，晚上可以去孟浅的宿舍借宿。但孟航说什么也要先回一趟学校，把行李放下，再换身衣服。

本来孟浅提议，让孟航去顾时深的住处洗澡，结果让孟航想起了之前孟航给孟浅打视频电话被转为语音通话的事。

孟航挑着眉毛，睨着她："该不会上次给你打视频电话，你就是在他家洗澡吧？孟浅，你一个女生要矜持点儿，别像棵没人要的烂白菜似的急吼吼地往男人身上扑。轻易得到的东西，男人向来不懂得珍惜，听明白没？"

他们俩现在到底谁大谁小？谁是姐姐，谁是弟弟？怎么还轮到孟航教训起她来了？！

"知道，知道，你一个大男人怎么这么啰唆？！"

"再说了，你把你姐夫当什么人了？"孟浅咕哝着，心里还巴不得顾时深能早点儿开窍呢，不然不管她怎么往他身上扑他都无动于衷，好没意思。

孟航看了眼落后一些、帮自己拿行李的顾时深，心下不由得通明豁达——听孟浅的意思，她这是扑了，而顾时深没反应？行，顾时深还算个男人。

晚上 7 点整，孟浅和孟航的生日派对正式在那家环境清雅的餐吧里举行。

早在两天前，沈妙妙和苏子冉便按照顾时深的意思在班里大肆宣传了今日孟浅过生日的事。她们随手一邀请，班里大部分人表示要参加孟浅的生日派对。

当然，来的男生占全班总人数的三分之二。他们似乎都想看看孟浅的现任男朋友到底是怎样的人，到底是不是论坛上说的那样是江之尧的替身。

餐吧有贵宾包间。顾时深把参加生日派对的总人数报给老板，老板替他们安排了五间大包间，主要是便于大家分包间用正餐。

当然，餐吧大堂装饰过，挂着气球，飘着彩带，摆着玫瑰花，生日氛围很浓。此外，餐吧还备有流水席，以供客人们娱乐时填肚子。

今日这场生日派对，说不上多么盛大，却是非常用心。

尤其是顾时深为孟浅准备的 19 层生日蛋糕有 2 米多高，摆在餐吧大堂中央，像一座宝塔。蛋糕顶层是孟浅的 Q 版头像。蛋糕师傅技艺高深，将孟浅的头像画得栩栩如生，娇俏可爱。

底下的 18 层蛋糕，每一层的花边都是用巧克力制成的玫瑰花瓣，黄的、绿的、粉的、白的、红的……五彩斑斓，却又毫不违和。

孟浅看见那座蛋糕塔时，不由得盯着顶上的奶油 Q 版头像发愣，忍不住想着：晚点儿她会不会从里面吃出一枚戒指来，然后顾时深当场单膝下跪，向她求婚？

当然，她也只是想想而已。因为今晚的生日派对是她 19 年来过得最隆重的生日派对，与其说是生日派对，不如说是求婚现场。

7 点 10 分，大家在大堂集合。顾时深作为代表简单地说了几句欢迎词，随后便当着众人的面送了孟浅第一份生日礼物。

"祝我家浅浅 19 岁生日快乐。我爱你。"顾时深本来组织了许多贺词，但当他看向孟浅时，那些贺词显得那么不合时宜。

他知道她最想要的是什么，所以他给她了。

顾时深将包装精致的礼盒放到了孟浅的手里。礼盒很小巧，少女粉色的包装令底下无数人好奇里面装的到底是什么。

"孟浅，你不打开看看吗？"有人起哄。随后呼声高涨，大家都想看看顾时深送给孟浅的生日礼物是什么。

众目睽睽下，孟浅似被架在台上。今日她要是不拆这份礼物，怕是没办法揭过这件事。

于是她用询问的目光看向顾时深，在征求他的意见。

顾时深微微点头，薄唇勾着淡淡的弧度，笑意都聚在他看向她的眼睛里。

征得顾时深的同意后，孟浅小心翼翼地打开了少女粉色的礼盒，里面静静地躺着一张储蓄卡。

离孟浅最近的沈妙妙和苏子冉都看见了。倒是不方便露面，只能躲在二楼包间里凭栏而望的时森因为距离太远看不清，急得抓耳挠腮："到底是什么啊？顾时深送了浅浅什么？是戒指吗？"

她旁边的孟航虽然也看不清，但知道那绝对不可能是戒指。

"是银行卡吗？"底下有人高声问。

孟浅因此从错愕不解中回过神来，没在意那人的提问，只是茫然地看向顾时深，不知所措。

他送给她的生日礼物……是银行卡？为什么要送她银行卡？

"你昨晚不是说，为了给我买生日礼物花光了你这些年攒下的所有零花钱吗？那么从今天开始，我的钱都给你花。"顾时深走近一步，不动声色地捧起了孟浅的手。一向低调、不喜欢受人瞩目的他，此刻却浑然没把其余在场的人放在心上，仿佛他们都只是背景。他温情脉脉地低首，克制自己，只亲吻了一下孟浅的额头，声音却已发哑："浅浅，你要永远做我的小公主。"

与她耳语完，顾时深当着众人的面把孟浅揽入怀中。

底下寂静了几秒，然后掀起浪潮般的欢呼声。此刻，大家都真心地觉得顾时深确实是孟浅的良配，不论是外貌、气质还是对孟浅的心意，他全都完美地碾压江之尧百倍、千倍。

与顾时深相比，江之尧简直一无是处。

孟航作为这场生日派对的另一个主角，几乎全程没有参与任何狂欢活动。直到后来开饭，孟浅他们一行要好的朋友聚在一个包间里，他才被迫接了几杯酒，接受了大家的祝福。

晚上9点多，夜空的云雾被狂风吹散，餐吧后院里的香樟树叶影婆娑，"沙沙"作响。

孟浅喝了半杯啤酒，便被顾时深拉到露台上透气了。恰好天际浮云退散，月华毕现，千丝万缕的莹白冷光坠落人间，又悄然消融于万家灯火的斑斓中。夜风卷在身上，惬意清爽。

孟浅倚着栅栏，手里还拎着一罐没开的菠萝啤。她看了会儿远方的夜景，又收回视线，看向身侧欠身搭着栏杆的顾时深。

"你送我的生日礼物，就只有……银行卡？"孟浅心中略空，因为她不想要什么银行卡。

顾时深侧头对上她的视线，嘴角噙笑："还有19层的生日蛋糕、99朵红玫瑰。"

这些都是施厌为他出的主意。不得不说，有一个施厌这样情感经验丰富的朋友不失为一件好事，不然仅凭顾时深自己，很难操持出这么一场盛大又浪漫的生日派对。

施厌说，今天这场生日派对，没有哪个女孩子能不感动、不喜欢。

顾时深很期待孟浅的评价,孟浅脸上却闪过一抹失落:"哦……"

她回过头,低垂眼睑,有些想将手里的菠萝啤打开灌两口。不过顾时深没给孟浅这个机会,因为在察觉到她失落的那一秒,他便悄无声息地挪到她的身后,从后面倾身抱住她。两道身影重叠着,伏在栏杆上。

孟浅薄薄的连衣裙挡不住男人滚烫如火的体温。他的怀抱隔绝了夜风,暖意熏得她心下燥热。

"其实……还有一份生日礼物。"顾时深垂首,薄唇若即若离地贴着孟浅的右耳耳垂。

他并未亲吻孟浅,只是湿热的呼吸铺洒而下,润得她痒意丛生,心跳变快。

她耳朵附近的肌肤很敏感。孟浅感觉此刻似有千万只蚂蚁爬在心尖上、小腹上,体内空虚,不知道在渴望着什么。

她的身子软软地搭在栏杆上,连声音都变得柔媚无力:"是什么?"

她想要请求顾时深离她远一些,不要附在她的耳畔说话,也别将他温热的身体贴着她,内心却又渴望他继续下去,甚至更进一步。

顾时深似乎没察觉到孟浅的异样,俯身从后面含住了孟浅羞红的耳垂,啮咬那寸柔软,引得孟浅哑声呼痛,声音却像是陷在泥潭里,有气无力,绵软艰涩。

磨了她好一阵,顾时深才沙哑低笑:"我也文了一个文身。"

孟浅回头看向他,呼吸已乱,却掩不住欣喜:"是吗?你文的是什么?"

顾时深几欲醉死在她千娇百媚的眼神里，右手不轻不重地握住了她的下颌，偏头俯下去亲她。

这样的姿势很费孟浅的脖颈，她整个身子基本是扭曲的，全靠顾时深的手托着她的下颌，她才能与他尽情接吻。

呼吸粗重间，顾时深低沉的声音在换气时响起。他说话时，薄唇磨着孟浅的唇珠："你猜。"

"猜不到。"孟浅直言。她知道顾时深是故意的，因为昨晚她这样戏弄他，所以他现在也这样勾着她。

顾时深低笑，似乎早已料到孟浅的答案。他的声音又沉又哑，带着欲色："那不如我们交换答案？"

这男人搁这儿等着她呢！

可惜孟浅不是顾时深。他不知道她的文身是什么，因为害羞，不敢撩去看。可孟浅不害羞，甚至有点儿兴奋。

"那我还是自己看吧。"孟浅眸中的情欲敛去。她推开顾时深一些，给自己足够的空间在他怀里转身，然后二话不说，上手便去扒拉他的皮带扣子。

顾时深愣了几秒，慌忙地捉住她的手。可孟浅似乎是来真的，挣脱他，继续解他的皮带。

顾时深："这里是露台……"他无端地呼吸急促起来，慌乱却又渴慕着她。

孟浅抬头看他一眼，神色坦然，一点儿没觉得哪里不对："那又怎样？又没人。"说完，她皱着眉继续解他的皮带。

顾时深再次捉住她的手，体内有火熊熊地燃烧着，烧光了他的理智。他将孟浅拉去了露台最昏暗的一隅，抑制不住力道，野蛮地将她抵在了冰凉的墙上。没等孟浅反应，他就低头咬上她的唇，不复之前的温柔怜惜，而像一头在失控边缘的野兽。

孟浅的呼吸被吞没，她毫不避让地迎头而上，回吻不比顾时深温柔多少。她简直是肆意地反击他，最后甚至不知从哪儿来的力气，竟把顾时深反推在墙上。

盛装而来的江之尧恰好撞见了这一幕。

他从走廊那边过来，刚迈入露台，便看见了灯色昏暗的那一隅，身着艳丽红裙的孟浅将一个西装革履的男人抵在墙角激吻。

他们没有察觉他的到来，吻得难分难舍，似乎下一秒就要共赴云雨。

江之尧当时便身体僵直，脚底生寒，仿佛眼前的景物都变成了黑白色，心底凉意肆虐，像被人塞满了冰似的。

他有些不敢相信自己的眼睛——那个主动地攀吻男人、与其厮磨缠绵的女人，真的是孟浅吗？她几时有这样火辣奔放的一面，他怎么从不知道？

明明他们交往时，她对他做过最大胆的举动也不过是亲吻他的眼睛而已，他们连拥抱和牵手都很少。

起初，江之尧以为那是因为他和孟浅交往的时间太短了，而她又是慢热的性子，不懂情爱。

可孟浅和那个叫顾时深的男人也才交往不到一个月，她怎么对他就如此主动、放纵？

这不可能……

江之尧后退了半步，怀里那捧精心准备的玫瑰落在地上。他内心的震撼瞬间化为忌妒，在胸腔里迅速地燃烧起来。

就在江之尧想要冲上去拉走孟浅时，那昏暗处激吻的两个人如骤雨初歇,依依不舍地分离。他们眼里似乎只有彼此,并未注意到江之尧。

江之尧听见顾时深低沉地问孟浅:"听你同学说,我的眼睛很像你的前男友的眼睛,是吗?"

在今日之前,顾时深从未听过这类言论。

不论是苏子冉还是沈妙妙,都没跟他透露过半分他们学校论坛上发生过的事。不过她们不说,总有人会说,比如今晚来参加孟浅生日派对的某个女生。

虽然不知道对方是出于什么心理告诉顾时深这些,但他不介意多了解一些孟浅在学校里的事。

老实说,得知自己的眼睛和孟浅的前男友的眼睛很像时,他心里是有一些慌乱的,怕这一切正如他当初所想,怕自己真的只是她和她的前男友分手后随便找的一个慰藉品。

孟浅不知道顾时深经历了怎样的心路历程,只是诧异于他的问题,又捕捉到他说这话时微微蹙眉的样子,心下忍俊不禁。

"哪个同学跟你说的?男的女的?"孟浅再次抵近顾时深,掌心轻压在他的胸膛上。

"一个女同学。"叫什么名字,顾时深不知道,因为他只顾着在意她说的话了。

见他的神情变得严肃认真,似乎很想从她这里得到确切的答案,她勾起红唇,靠入他的怀中,笑得妩媚动人:"他们说错了。"

"明明是我前男友的眼睛很像你的。"其实孟浅是不太想用"前男友"称呼江之尧的,但眼下只想先安抚好顾时深不安的情绪。

顾时深似乎没听懂,眸光落在她的头顶上,嗓音低沉地说道:"有何区别?"

孟浅的额头在他坚硬温暖的胸膛上轻轻撞了一下，随后她从他的怀中抬起头，桃花眼娇媚含笑，神情专注地凝视着他，徐徐地说道："区别在于……你是正主，他是替身。"

"所以啊，他们不应该说你像他，明明是他像你啊！"

顾时深微愣，片刻后恍然大悟。心里高悬的巨石终于落下，他暗暗松了一口气，但更多的疑云从他的心底袅袅飘起。不过他现在最想问孟浅的问题只有一个。对他来说，这个问题至关重要。

"那你爱过他吗？"

孟浅神色坦然，看着顾时深患得患失的眼神竟有些心疼。于是她抬手抚上他的眉骨，抚平他眉心的褶皱，语气坚定地道："从未。"

她话音刚落，顾时深不禁低头又吻上去，这次是温柔缠绵的，爱意浓烈，满心欢喜。

至于江之尧，早在听到孟浅说他才是那个男人的替身时，便狼狈地退回了走廊里。

待听到孟浅的那句"从未"，他脚下趔趄了一下，靠在了转角处冰凉的墙上，如遭雷劈，心脏仿佛被万箭刺穿，满是窟窿和鲜血。

第十二章
危 机

夜风骤起，一团暗云遮月，冷芒悄然暗去。

露台那昏暗的一隅，孟浅靠在顾时深起伏的胸膛上，餍足地闭着眼睛。

她的嘴唇因为刚才接二连三的吻有些肿了，轻微刺痛，但这也不妨碍她回味刚才的吻。

就在孟浅想起什么，扶着顾时深的腰站直时，顾时深"嘶"了一声，抽了一口冷气，听着很疼的样子，像是哪儿受了伤。

孟浅下意识地看向他的腰部左侧，拧起秀眉："我按疼你了？"不应该啊，方才接吻时，她抱他的腰的力气不比刚才那一下小，也没见他这样。

顾时深见她不解，勾了勾薄唇，大手覆上她的手，将其攥在掌心里，温声道："昨晚刚找人文的文身，还有点儿疼。"

孟浅惊讶地说道："所以你的文身在这儿，而不是……"

顾时深哑然失笑，觉得她震惊的样子实在可爱，没忍住揉了揉她的脑袋，将其摁入怀中，嗓音低哑好听，似打趣："是啊，你失望了吗？"

那她刚才费那么大劲地解他的皮带干吗？她像个二傻子似的。

顾时深替她拢了拢被风吹乱的发，言归正传："你刚才说他是替身，我是正主。所以浅浅，你是从什么时候开始喜欢我的？"

顾时深虽然脸上很平静，但其实孟浅方才的话就像一颗小石子儿，悄无声息地在他的心里溅起了涟漪。

孟浅看了他片刻，依偎在他的怀里。

空气中似乎拂来了菠萝啤的甜味。她刚才被顾时深推到墙角时，手一滑，菠萝啤掉到地上，罐子坏了，里面的液体洒了出来。

明明这玩意儿不醉人，此刻孟浅却像是被熏醉了一般，眼神有些迷离。

"你离开陶源镇的时候……"她喃喃道，似乎有些难为情，怕顾时深觉得她是个坏孩子。

顾时深沉默了，只徐徐地抚弄她的长发。过了半晌，他终于想明白，沉声低叹："竟然是那个时候……你从未告诉过我。"顾时深的心情有些复杂。

孟浅却反问道："如果告诉你，你当初就会留在陶源镇吗？"

这个问题直击顾时深的灵魂。他心里有一个很明确的答案，若是说出口，只怕会伤害到孟浅，所以他选择了沉默。

可是孟浅向来聪明，也很了解他："你不会的，因为在那个时候的你眼里，我只是一个半大的孩子。

"你若是真的对那个时候的我动了心思，那就是禽兽，而不是我爱的顾时深了。"

顾时深停下轻抚她头发的动作，改为将她搂紧："抱歉，

· 301 ·

浅浅……"

"没什么好道歉的。若真要道歉,该道歉的人其实是我。我不应该在和你重逢之前,只因为别人的眼睛像你的眼睛就同他交往。"

孟浅很清楚,自己的行为有些渣女的嫌疑,但当初她的确没想过余生还能再见到顾时深。恰好江之尧穷追猛打,而且他的眼睛与顾时深的真的很像,所以她便想着跟他交往试试。

"别瞎想。你有权利和任何人交往,那是你自己的选择。虽然我是有一点点吃醋,但因果相依,要是你没有和那个男生交往,或许我们也不会重逢。

"就算侥幸因为苏子冉的关系遇见了,也不一定能走到今天这一步。"

顾时深突然很庆幸,孟浅的前男友劈腿的那天晚上自己就在那个酒吧里;也庆幸孟浅是苏子冉的朋友,让他们有了重逢的契机。

孟浅被他的话安慰到了,不禁失笑:"能的。"

"如果因为苏子冉的关系我们重逢了,一定也能走到今天这一步。"她语气坚定,因为她一直都抱着和顾时深重逢就绝不会再错过他的念头。

顾时深似乎被她的坚定震惊了,好半晌才回过神来,将她抱得更紧一些。

沉默在两个人之间蔓延了一阵,刚才那沉重的氛围似随风淡了。孟浅的心思又活络起来:"你到底文了什么?"她抓耳挠腮地想知道,完全不像顾时深那样沉得住气。

顾时深被逗笑,暗暗舒了口长气:"等它恢复好再给你看,现在太丑了。"

他们俩终于分开,在忽然明朗的月色下站了片刻。孟浅指了指洒了一地的菠萝啤:"这个怎么办?"

"餐吧的人会收拾。"顾时深牵住她的手。一想到孟浅两年前便对他动了心,他便忍不住勾起唇角,之前那些不实的猜测也可以全部推翻了,因为孟浅爱的人一直只有他一个。这让顾时深不再患得患失,终于松了口气。

几分钟后,施厌给顾时深打了个电话。于是顾时深边接电话,边带着孟浅回到了二楼的包间里。

包间里的东西被砸了一些,现场有些乱。

沈妙妙和苏子冉告诉孟浅,刚才江之尧和他的两个室友来过,是来找孟浅的。也不知道是谁告诉江之尧,孟浅和顾时深在楼上的露台。他便上露台去找她,没多久便回到了包间,一通乱砸。

"我看他当时脸色难看得很,很生气,一副想杀人的表情。他发脾气似的砸了不少东西,后来还是从洗手间回来的江耀大哥把人带出了包间。"沈妙妙简单地将当时现场的情况跟孟浅说了一下,随后问,"浅浅,你和江之尧说什么了?他怎么那么生气?"

孟浅摇头:"没有,我压根儿没见到他。"

沈妙妙:"啊,那他抽什么风?"沉默了几秒,沈妙妙又叹息道,"真没想到啊,江之尧和江耀大哥是远房亲戚。我刚听他管江耀大哥叫哥,还和冉冉讨论来着,后来是苏大哥说他们俩是远房堂兄弟。"

孟浅抽了抽嘴角,暗叹世界真小。不过她也不理解江之尧的行为,应该没人邀请他来这里,他怎么跑来了?从分手开始他们俩就井水不犯河水,形同陌路,孟浅不明白江之尧想干什么。

顾时深也从施厌那里知道了事情的来龙去脉,只是沉默了片刻,便着人收拾包间,另外让餐吧的人帮他们重新安排了一间包间。

不管怎么说，孟浅和孟航的生日派对还没结束，不该被这一段小插曲影响。

晚上 10 点多，生日派对散场。孟浅的那些同学成群结队地离开，都是顾时深安排的车。

孟航和时淼因为还要赶回去和自己的团队会合，生日派对结束后便走了。时淼本来要自己打车回去，但孟浅不放心她，便由孟航打车送她到深影大。

送走了所有人，孟浅才仗着自己今天是寿星，坚决地表示今晚要去顾时深那儿住。沈妙妙和苏子冉很识趣，先坐苏子玉的车走了，留下他们小两口儿沐着寂静的夜风，徐徐地往停车场走去。

餐吧这一片到了夜里 11 点以后，便比其他时间段清静许多。

顾时深替孟浅拉开副驾驶座的车门，待她上车后，他也没急着带上车门，而是弯腰探入车内，细致温柔地替她系上安全带。他倾身靠近时，孟浅的呼吸里便搅入了他头上的洗发水的淡香。

那缕若有似无的香味引得她下意识地吞咽了一下，让她心下有些躁动。于是在顾时深替孟浅系好安全带，打算退开时，她伸手环住了他的脖颈："我不知道江之尧来做什么，我跟他……当初分手的时候就已经说得很清楚了。"

顾时深只字没提这件事，但孟浅知道他心里定然在意。总不能他不问，她就当作什么也不知道似的也不提。

顾时深只手撑在孟浅的腿侧，以支撑身体的大部分重量，免得压坏她。听到她在自己的耳边软语，顾时深用另一只手扣着她的后脑勺儿，轻轻揉了揉："我知道。他不请自来是他的事，我们没办法预料和阻止。

"你无须担心,既然已经确定了你的心意,我自然不会再把他放在眼里。"

一个替身而已,只要他永远在孟浅身边,替身就永远只能是替身。更何况,那个叫江之尧的男人连一个替身都当得不够安分,根本不配与他一较高下。

孟浅再三确定顾时深的情绪没问题后,终于松开他。

不过抱了这么久,顾时深的心被她的温声软语和小心翼翼的语气勾动,他退开前,难免低头亲亲她。

待心里被填满,顾时深才满足地退出副驾驶室逼仄的空间,替孟浅带上了车门。

孟浅和顾时深回到公寓时,时间已经直逼 0 点,新的一天即将开始。

0 点 3 分,孟浅在主次卧的浴室里洗了澡。她以没有换洗衣服为由,向顾时深借了一件衬衫,纯白的衬衫在灯光下根本遮不住她婀娜有致的曼妙曲线。

孟浅本打算在浴室里吹干了头发,再去客厅和顾时深浅聊几句,然后睡觉。但她站在浴室里的全身镜前,看着镜子里的自己,不由得打起了歪主意。

孟浅微抬右腿,借着头顶泻下的灯光窥探腿侧的文身。

她文了两个字母,挑选的是飘逸的字体,两个字母连笔,一笔到底。

因为文身还在恢复期,还能摸出结痂的纹路,她便用手若即若离地摸过,可惜感觉和顾时深抚过文身时完全不一样,全然没有那种灼烧感以及不容忽视的战栗。

光是想想,孟浅这会儿便已经心跳加快,恨不得再切身地感受一下顾时深的手指细细地描摹她的文身时的感觉。不仅如此,她心里也越发好奇顾时深的文身是什么样的。

欲念已起,孟浅再难忘却,没法儿继续像个没事人似的。

于是她将吹风机放了回去,在镜子面前站好,随手撩起半干的长发,甩了甩,以确保镜子里的自己凌乱又不失美感。

她还将身上的男式衬衣拉了拉,解开领口的两三颗扣子,故意露出锁骨以及高山白雪一样的肌肤,惹人垂涎。

做完这一切后,孟浅拉开了浴室的门出去。

她并没有在主次卧里停留,而是直接出门,赤脚踩着地板,悄无声息地往主卧走去。

这个时间点,若是不出意外,顾时深也刚洗完澡。

顾时深确实刚洗完澡。

他撕掉了左腰侧用来防止伤口沾水的防水贴,肌肤被拉扯得有些疼。不过他不在意,连眉头都没皱一下。

穿好浅灰色上下装的睡衣后,顾时深拿了吹风机,正打算回到浴室。这时房门突然被敲响,门外传来孟浅兴奋难掩的、娇滴滴的声音:"顾时深,你洗完了没?我可以进去吗?"

顾时深有些犹豫,最终还是把吹风机放下,去给孟浅开门。

其实卧室的门并没有锁,即便他不开门,孟浅自己也能拧开把手进来。而且她也确实没想过让顾时深给她开门,无非是试探性地问一下,看他是在卧室里还是在浴室里。

主卧的门从里面被拉开,带起一阵劲风,拂动了孟浅身上不合身的衬衣的衣摆。

她闭了闭眼，然后双眼亮晶晶地看向顶着一头乌黑湿发的顾时深，心跳怦然。

顾时深自然也在打量孟浅，视线从上往下，不自在地在她的衣摆附近停留了几秒。

她今晚……美得似乎有点儿不一样，没有攻击性的美，却只一眼就掠起了顾时深心底的浪潮。

他突然很后悔答应借了自己穿过的衬衣给孟浅。一想到自己穿过的衣服如今正贴身穿在孟浅的身上，顾时深便心跳顿乱，呼吸收紧，甚至忍不住滚动喉结。

"你……"顾时深动了动薄唇，话没说完，便被直接踮脚过来吻他的孟浅亲蒙了。他想说的话被孟浅悉数吞没，呼吸被掠夺，连同心脏一起被淡香缭绕的孟浅握住，拿捏得死死的。

顾时深本就如惊涛骇浪的爱意，此刻风起云涌般化在这个吻里。随后他反客为主，孟浅被他扣着腰，一路辗转到床沿。

他搂着孟浅的腰越吻越深，一副要掠夺她全部呼吸的架势，直吻得她脚跟发软。

她本意便是想勾得顾时深情动，然后趁他思绪混乱之际诱他主动地撩起衣摆，给她看他腰侧的文身。怎知这把火烧得太旺，孟浅把自己搭进去了。

此刻的她，思绪比顾时深的思绪还混乱不说，还被他反客为主，伺机掌握了全部的主动权。

他压着她温柔地吻，技巧性自然不在话下。

孟浅时常觉得自己的呼吸被男人吞没，因缺氧而大脑空白、混沌迷离。即便缺氧，急需新鲜的空气，她也舍不得推开顾时深，直到他又一次摸到她的文身。细腻肌肤的灼热感烧得孟浅心脏狠颤。她有些失神，欣赏着玻璃窗上映出的他们俩拥吻的身影，感觉自己的心跳逐渐加快，空洞感急需被填满。

顾时深呼吸滚烫地辗转于她的唇角，亲吻厮磨，温柔又野性。

他自己似乎还没有被这个吻吞噬理智，轻啄她的嘴角时，他低垂的长睫下目光清明，似高高在上的神明，俯瞰着她，看她被他吻得欲罢不能。

不只如此，顾时深还在细细地描摹孟浅的文身。通过细细的摸索，他终于辨别出了她的文身内容。

顾时深启唇，声音低沉蛊人，拖长调子，缓缓吐出两个字母："S……Q……"

是的，孟浅腿侧的文身是"SQ"，"深"和"浅"的拼音首字母。

顾时深虽然没有看见，但很笃定是那两个字母，心下有些触动，看向孟浅的目光更加温柔缱绻、爱意浓烈。

身为文身的主人，孟浅并没有第一时间反应过来顾时深的呢喃是什么意思。

那个吻让她彻底失去了思考能力，只能本能地呼吸着，胸口起起伏伏，声音含混地说道："什么？"

顾时深听得心颤，眸色黯了黯。他滚动喉结，万分艰难地忍下躁动："你的文身……是字母SQ，'深浅'的缩写？"温声询问时，顾时深修剪过的指甲，似有意又似无意地蹭着她文身附近细腻的肌肤。

酥麻的痒感如电流一般，始终干扰着孟浅思考。好半响她才反应过来自己玩火自焚，聪明反被聪明误，不仅目的没达成，反倒还被顾时深摸出了文身的内容。

孟浅捉住了他不安分的大手，脸上含羞带怒，眸色如墨："你居然用美男计！"他明知她抵抗不了他的吻，故意将她吻得欲罢不能，头脑发热，然后伺机摸索出她文身的内容。太狡猾了！

顾时深被她娇滴滴的控诉逗笑，声音低沉，满是爱意："明明是你先用的美人计，我这顶多算是以彼之道还治彼身。"

他又开始亲吻孟浅，从脸颊到唇角，如春风化雨，悄无声息地润湿她的心，化解她心头的一丝恼意。

虽然她确实是想用美人计蛊惑顾时深坦白文身的内容，他这么说也没问题。但孟浅心里终究是气不过，难得露出不讲理的一面，偏头避开顾时深的吻："我不管，我也要看你的！"

她说着，甚至不等顾时深答应，便胡乱地去掀他睡衣的衣角。

下一秒，顾时深的手便制住了她。他吻上她的耳垂，声音贴着她的耳朵："听话，等伤口恢复好了，我给你看个够。"

顾时深贴耳的低语比孟浅想象中的还要磨人。她被他磁性的声音蛊惑了心神，一时有些动摇。顾时深趁机掐着她的纤腰，隔着衬衣，时揉时抚，还在她耳边温情脉脉地唤她"浅浅"，一遍又一遍。

饶是孟浅心志再坚，也抵不住男人耳鬓厮磨，上下其手。于是她那一点点闷气最终全都化为娇嗔，臣服于顾时深。

顾时深往火上浇油，与孟浅一起在火中煎熬，直到孟浅几欲在他的怀里化成一摊水，他才点到为止。

他恋恋不舍地揉了揉她的脑袋，声音哑得几乎听不见："时间不早了，快睡吧。"

孟浅满心空落，却也知道顾时深有他自己的原则。

失望之余，她往他的怀里蹭了蹭，撒着娇："我想和你一起睡。"

顾时深："……"

"反正你拥有超乎常人的自制力，又不会对我做什么，就让我跟你一起睡嘛！我想在你的怀里入梦和醒来，好不好，顾时深？"

孟浅软磨硬泡，终于说服了顾时深。

不过在入睡之前，顾时深终于察觉到他们俩的头发还湿着，赶紧去拿吹风机，先替孟浅吹干头发。

这一打岔，两个人各自平复了心境。后来夜深人静，他们相拥入眠时，顾时深勉强还能心平气和地给孟浅讲睡前童话故事。

孟浅在顾时深的怀里倒是睡得很香甜，可惜他一夜未眠。他的自制力根本没有孟浅以为的那么强大——温香软玉在怀，又是自己心爱之人，他怎么可能对她没有非分之想？又怎么可能睡得着觉？

翌日是周末。顾时深本来请了假，但一大早便被苏子玉一个电话叫去了医院。走之前，他给孟浅准备了简单的早餐，还给她留了便利贴。

至于孟浅，她是上午10点左右被电话铃声吵醒的。

打电话的是沈妙妙，孟浅迷迷糊糊地接听。电话那头传来沈妙妙万分焦急的声音："浅浅，你快去看学校论坛上江之尧发的帖子……"

孟浅含混地应了一声，也没听清沈妙妙还说了什么。

挂断电话后，她翻身又眯了几分钟，然后因为摸到旁边空荡荡的，没有人，终于惊醒过来。

她确定自己睡在顾时深的床上，但环视整个房间，没有看见顾时深的身影。

"顾时深？"孟浅一边下床一边找人，最终在拉开主卧的房门出去时看见了顾时深留在门后的便利贴，说是给她准备了三明治和牛奶，在冰箱里，让她起床以后记得吃，然后还报备了他临时去医院的事。

孟浅摘下了便利贴，拉开卧室门往外走。

她穿着昨晚顾时深帮她拿来的粉色兔兔拖鞋，经过客厅时，趿拉拖鞋的声音懒洋洋的，很好地诠释了她现在的精神状态。

她先去厨房里看了下冰箱里的早餐，将其端到了餐厅的餐桌上，然后才折回主卧，去洗手间里洗漱。

洗过脸后，孟浅的睡意彻底消散了，她后知后觉地想起了沈妙妙的那个电话。于是她又去拿手机，手机上已经有好几条未读的微信消息。

沈妙妙："浅浅，你看了没有？"

沈妙妙："人呢？"

沈妙妙："你该不会又睡着了吧？"

沈妙妙："事关你和顾大哥的声誉，你还是赶紧去论坛上看看吧，我和冉冉先帮你解释一下。"

隔着屏幕，孟浅都感受到了沈妙妙的着急，于是赶紧登录学校论坛。

因为沈妙妙提到了顾时深，孟浅便格外在意。

事实证明，沈妙妙说得没错。江之尧顶着大名在论坛上发表的言论确实很有可能会影响到孟浅和顾时深的声誉。

也不知道江之尧抽什么风，竟然跑去学校论坛上发帖说孟浅戏弄他的感情。帖子的标题醒目，仿佛孟浅是什么绝世负心人、大骗子似的。

孟浅打开帖子，主楼便是一张她和顾时深接吻的照片。

照片里的场景孟浅再熟悉不过，正是她昨晚和顾时深在餐吧楼上的露台一隅激吻时的画面。照片中，她将顾时深抵在墙角，吻得十分投入。

这张照片应该是江之尧拍的。其实他拍得挺不错，孟浅还欣赏了几秒，然后果断地将照片保存到了手机里。

随后她才不紧不慢地去看江之尧在帖子里对她的控诉，主要意思就是说她是个渣女，当初和他交往目的不纯，还说她在跟他交往的时候，就已经和顾时深勾搭在一起过，她与他交往，不过是把他当成了顾时深的替身……

孟浅没想到江之尧还有这么"怨妇"的一面，在帖子里碎碎念的样子与他平日里情场浪子的形象一点儿也不相符。

更可笑的是，他还要求孟浅当众向他道歉，甚至恶毒地诅咒她早日被顾时深看清，然后分手。

前边的，孟浅都能一笑而过，权当看一出无理取闹的戏。但是江之尧咒她和顾时深分手，这让她实在忍无可忍。

帖子下面回复的人很多，风向两极分化。

6楼："我就知道孟浅不是什么好货，果然！"

7楼："姓江的怎么有脸发帖？当初也不知道是谁劈腿，人家孟浅才跟他分手的。"

8楼："江之尧好没品啊，虽然孟浅拿他当替身是不对，但他不是一向自诩风流浪子吗？现在闹这一出，也太没风度了吧！"

9楼："报应吧。这么看来，孟女神也算为那些被他渣过的女生报仇雪恨了！"

10楼："那个……小声问一句，难道只有我觉得照片里的那两个人很般配吗?"

11楼:"楼上的姐妹,你不是一个人!我刚才一直盯着照片,他们真的是太般配了!"

……………

后面的楼层逐渐和谐化,一个又一个网友沦陷在孟浅和顾时深的那张吻照里。大部分人都觉得他们很般配,甚至有人现场开始写小作文,想象他们俩的前尘往事……

这些言论孟浅并不讨厌。

她当然希望人人都能知道她一直喜欢的人都是顾时深,至于江之尧,只不过是顾时深的一个替身而已。这样,就不会再有人颠倒黑白,误以为是顾时深插足,是顾时深像江之尧。

孟浅拿着手机看了许久,后来又支着下巴,考虑对策。就在沈妙妙急得团团转,忍不住又给孟浅打来电话时,孟浅总算打好了腹稿。

"浅浅,你还没看帖子吗?"沈妙妙急吼吼的。

相比之下,孟浅十分淡然:"看了,正准备回帖你就打过来了。"

沈妙妙:"你准备怎么回应?现在有一部分人认定你就是渣女……"

"随他们说去吧,我不在意。"孟浅打断了沈妙妙的话,"为了顾时深,做一回渣女又如何?反正我一点儿都不在乎别人怎么看我,只要你们还有顾时深信我就行。"

孟浅这番话,压下了沈妙妙许多火气。沈妙妙仔细地想想,觉得孟浅说的也对。别人再怎么着,也只是看戏而已,又不可能给孟浅造成任何实质性的伤害。

于是沈妙妙挂断了电话,继续去论坛上等孟浅的回帖。

十几分钟后,孟浅总算把编辑好的回复发到了帖子里。

"没想到分手了还能被提到,我真是谢谢你。

"既然你喜欢在大庭广众下说事,那我今天就奉陪到底,我们当着大家的面把话说清楚。

"首先,我承认我跟你交往,确实是因为你的眼睛很像他的。但是江学长,你当初追求我又何尝是因为单纯地喜欢我?

"说到底,不过是因为我很难追,所以激起了你的征服欲,你只是把追求我当成一种挑战而已。

"所以客观来说,我们俩当初交往其实是各取所需。"

孟浅一句一句地回复,也不管中间有没有其他人插楼,只管把自己想说的话、该说的话说个尽兴。

"其次,我跟你分手的原因——想必江学长一定还记得你在酒吧里和别人激吻的事吧?

"你劈腿,我提分手,这不是天经地义的事吗?

"至于我们分手以后,我喜欢谁、跟谁在一起,那就是我的自由了。正如你也有自由去展开新的恋情。

"最后,不管你是出于什么心理来论坛上跟广大网友说这些,目的又是什么,我今天都在这儿明确地告诉你。

"我爱的人一直都是我现在的男朋友。

"希望江学长能做一个称职的前任,从今往后不要再出现在我和我的男朋友面前,更不要拉着我一起到网上来丢人现眼。"

孟浅将三个大点说完,摸着下巴仔细地想了一会儿,感觉好像没什么需要补充的了,便退出了论坛,将手机扣在了餐桌上,准备好好享受顾时深为她准备的爱心早餐。

至于深大学校论坛上的流言蜚语，她不打算去管了，自然也就不知道江之尧在她下线后，又在底下回了帖："事到如今，自然是你说什么就是什么。谁知道你是不是从一开始就已经变了心，所以才特意让你室友去勾引我的？"

江之尧的冷嘲热讽，孟浅没有回复。但沈妙妙和苏子冉看得生气，正打算上去对线，没想到与她们失联许久的陈茵忽然挂着自己的名字回复了江之尧："我怎么记得，当初是你先亲我的？"

下面还有一张视频截图，正是当初江之尧劈腿时在酒吧里和陈茵激吻的视频截图。截图里，确实是江之尧把陈茵压在酒吧走廊的墙上亲。同样是吻照，江之尧和陈茵的吻照却让广大网友觉得他们俩吻得没有半点儿感情，姿势和画面都不美观。

不过陈茵能站出来是苏子冉和沈妙妙没有想到的，看来陈茵在休学的这些日子里修回了不少良心。

正因为陈茵本人回帖了，楼里几乎变成了骂江之尧的主场。

甚至还有人阴阳怪气地问江之尧，今天在论坛上闹这么一出不会是因为还喜欢孟浅，见不得人家幸福吧。

眼见论坛的局面逐渐失控，江之尧恼羞成怒地挥落了桌上的玻璃水杯。"啪"的一声，玻璃水杯碎了一地，里面的水也洒了一地。

这一动静吓到了宿舍里的张凡和孙彦。他们俩也全程围观了江之尧的帖子，没发表过言论，但都看得出江之尧现在很生气。

水杯落地，江之尧也无动于衷，只是目光狠厉地望着前方，咬牙切齿地喃喃道："孟浅！你给我等着！"

自从孟浅在学校论坛上和江之尧对线后，他们俩在学校里便再没有见过面。倒是顾时深出现在深大校园里的频率渐渐多起来。

用施厌的话说，顾时深现在的时间除了分给医院里那些生病的宠物，基本花在了孟浅的身上。

时间久了，顾时深似乎也不怎么在意自己和孟浅之间的年龄差了。即便两个人牵手穿过深大校园，或者在隐秘的角落里接吻被人发现，他也丝毫不会慌张，仍旧坦然地与孟浅亲昵无比。

学校里喜欢他们这一对的人不少，但是也有不看好他们的，觉得他们年龄差距大，相处久了肯定会出现隔阂，毕竟人与人之间基本上3岁便有一代沟。

可不管别人说什么，孟浅和顾时深的关系一直都很稳定。

有课时，她会尽可能地把心思放在学习上，没课时则会和顾时深协调时间，出门约会。至于周末，如果苏子冉和沈妙妙要各自回家，那她也不用一个人在宿舍里独守空房，算是在深市这个陌生的城市里有了一处自己的避风港。

不过为了控制他们之间的进度，不要发展得过快，顾时深不怎么让孟浅去他那儿过夜。就算过夜，他们俩也必然是分房睡。他对自己一向要求严格，时间久了，孟浅都不禁怀疑起她的魅力来。

"这不马上校庆了吗？咱们班的民族舞由你领舞，到时候让顾大哥来看。我就不信你在舞台上露胳膊露腰，扭腰摆臀，还不能迷死他！"

沈妙妙作为校庆活动组织人员，早在半个月前便挑了班里几个形体好的女生组织排舞了，苏子冉、孟浅以及沈妙妙本人都在其列。

沈妙妙的意思是，出风头也好，献丑也罢，一个宿舍的好姐妹那就得整整齐齐的。要不是陈茵还在休学，估摸着她连陈茵也不会放过。

说起校庆活动，孟浅扳着手指算了算，也就是这周五的事，眼见着已经没几天了。

对她来说要紧的不是校庆，而是校庆后紧跟着的考试周。

这个学期眼瞅着就要到期末了，期末后的暑假也是孟浅的忧虑所在。

孟航和时淼今年暑假难得都有空要回陶源镇，孟浅的父母也指望着今年暑假能一家团聚。

孟浅却有所犹豫——暑假她要是回陶源镇，便要和顾时深异地两个月。

虽然对于曾经分开过两年的他们来说，两个月并不算长，但是他们现在处于热恋期，孟浅舍不得和顾时深分开这么久。

接下来几天，孟浅都在为暑假回家还是不回家的事情忧虑，直到校庆当天晚上才下定决心。

"顾大哥不来吗？"

后台更衣室里，沈妙妙、孟浅和苏子冉三个人挤在一起，一边更换演出服一边闲聊。

孟浅刚说顾时深要值班，来不了，沈妙妙便露出一脸遗憾的表情来。

"医生嘛，救死扶伤才是第一要紧的。"孟浅半开玩笑道。反正在她的眼里，动物医生也是医生，职责都是救死扶伤。

沈妙妙和苏子冉则不然，被孟浅的话逗笑，没再多说什么。

不过后来换好演出服从更衣间里出去时，沈妙妙还是没忍住，追问了孟浅一句："那要不要我帮你拍点儿照片，发给顾大哥？"

"不用，我今晚去他那儿，演出结束就去医院找他。"孟浅说着,将换下来的衣服装进了她带来的大挎包里。随后她拿出包里的水杯,喝了一大口自己泡的柠檬水。

"走吧,该去跟其他人会合了。"孟浅说着便把水杯塞回了包里,丝毫没有注意到,因为她刚才的话,苏子冉和沈妙妙对视了一眼,暧昧浅笑。

虽然知道孟浅和顾时深眼下还停留在拥抱接吻的进度,但这不妨碍她们想象他们俩独处时的甜蜜场景。

三个人走出女更衣室时,后台这边走廊里基本看不见人影。

三个人说笑着,基本上是沈妙妙在夸赞孟浅的身材、容貌,走到楼梯口时,迎面遇上了从校庆活动大厅下来的江之尧。

江之尧身穿白色燕尾服,头发做了造型,大背头尽显成熟。

江之尧虽然渣了点儿,但颜值还是很高的,所以乍一看,沈妙妙还以为是哪个不知名的帅哥,刚想和孟浅、苏子冉分享,结果便认出了江之尧来。

孟浅也认出了他,视线并未在他身上过多停留,像个陌生人似的与他擦肩而过。

苏子冉则一脸厌恶。她一直都看不惯江之尧,如今更甚。

三个人和江之尧在楼道里错身而过,在那短短几秒钟的时间里,沈妙妙感觉到四周的氛围降到了冰点。

沈妙妙一直都在留意江之尧。江之尧的目光不动声色地从孟浅身上掠过,他与孟浅擦肩时,眼里飞快地闪过一抹阴狠之色,快得沈妙妙差点儿没看清,还以为是自己的错觉。

待与江之尧渐行渐远,确定他听不到她们谈话,沈妙妙才拉了拉孟浅的裙袖,小声道:"你和江渣男现在的关系势如水火,他该不会报复你吧?"

因为孟浅把江之尧当过顾时深的替身那件事,沈妙妙严重怀疑,像江渣男这种不可一世惯了,第一次在女人手里吃瘪的人会记仇,甚至会伺机报复。

孟浅笑笑,不以为意:"现在是法治社会,他好歹也是受过高等教育的人,应该不至于那么想不开。"

就算真要报复,依照孟浅看来,江之尧顶多也只敢做一些在学校论坛上控诉她的行径罢了。他的这些行为,于她而言根本无关痛痒,不需要太在意。

"也是。"沈妙妙喃喃道,随后话锋一转,"我听说江之尧代表他们班出席了校庆活动,好像是钢琴独奏。看他刚才那样,应该是刚演出完回来吧。"

"八成是之前在学校论坛上和浅浅对线一败涂地,现在想借这次校庆活动,挽回自己近段时间在学校里一落千丈的形象。"苏子冉接了话,连议论江之尧时的语气都是厌恶的。

孟浅没再接话。对于江之尧的近况,她完全不感兴趣。现在她只一心想着赶紧结束演出,然后回更衣室换衣服,去玉深动物医院找顾时深。

她们三个人的声音逐渐远去。楼道里站在台阶上一动没动的江之尧将手从裤兜里抽了出来,摊开掌心,看了眼那瓶无名的药水,眼神骤然变冷,带着浓烈的阴郁。

江之尧缓步下楼,到了更衣室的那层楼。他徐徐地经过男更衣室,目标明确地冲着不远处的女更衣室走去。最终,他的脚步定在了女更衣室的门口。

走廊里的灯光冷白,在江之尧的脸上映出一片阴影。他看着关上的女更衣室的门,轻扯了一下唇角,笑意却未达眼底。

孟浅他们班的民族舞节目落幕后,她带着其他几个人姿态优雅地退下了舞台。

隔着帷幕,孟浅都能听见台下骤然热烈的掌声和欢呼声。走在她身后的沈妙妙有些兴奋:"你们说咱们这个节目今晚能不能拔得头筹?"

听说校庆活动会有校领导评选优秀节目,到时候会给优秀节目派发奖品奖金。沈妙妙想拿点儿奖金,和大家吃吃喝喝,庆祝一下。

有人接了她的话:"说不定还真能,毕竟孟浅领舞真的艳冠群芳。"

"要是没拿到优秀奖,那也只可能是我们拖了她的后腿。"

女生这话把孟浅捧高了,孟浅一时间不知说什么好。

一群女生嬉笑着回到了楼下的更衣室。彼时,更衣室里只有她们以及下下个节目要上台表演的校友。

因为更衣室不大,能容纳的人有限,所以大家都是岔开时间换衣服的。

轮到孟浅她们换衣服时,沈妙妙也不知道忽然抽什么风,非要在孟浅换衣服之前拉着孟浅拍照片。她先是拍了一张整个团队的大合照,然后是孟浅和苏子冉的、孟浅和她的,最后是孟浅的单人照。

拍完照片,孟浅终于被放去换衣服。

其间,沈妙妙让苏子冉把孟浅穿演出服的单人照发给了顾时深,而她则去楼下的小卖部买了几瓶水。

顾时深和苏子冉是加了微信好友的。

以前他们俩就在苏子玉拉的群里，只不过一直都是群友，未曾私下加过好友。直到后来顾时深跟孟浅谈恋爱，他为孟浅操持生日派对，这才加了苏子冉的微信好友，托苏子冉帮忙。

不过自那以后，他们俩私下里也没再联系过。这次顾时深忽然收到苏子冉的消息，还有些奇怪。但很快他便想明白，苏子冉发来的消息铁定和孟浅有关系。

彼时，顾时深正准备做下一台手术，就看见了苏子冉发给他的照片。看着照片里穿着少数民族服饰、裸肩露腰的孟浅，他有片刻的失神。

他虽然一直都知道他家浅浅容貌姣好、身姿窈窕，却从未见她有过如此异域风情的一面。明明她只是静静地伫立，仪态端庄，顾时深却总觉得她身上带着一股蛊人的风韵。

即便只是照片，他也陷进了她含笑的双眸中，好一阵子才回过神来。

于是在护士过来提醒顾时深准备做手术时，他心下犹豫。最后他摘了口罩，去找了还在值班的许卫民，希望许卫民能帮他做下面这台手术。

许卫民与顾时深之间的关系从顾时深和孟浅在一起后便接近冰点，平时他们俩相处，就像是普通的同事，私下里也好久没有联系过。所以许卫民没有想到顾时深会忽然找他帮忙做手术。

"抱歉，下面这台手术，眼下医院里只有你能替我做。"

有技术、有资历的医生要么正在进行其他的手术，要么休息在家。其他医生要么资历不够,要么技术还差点儿火候,顾时深不放心把手术交给他们。

听他这么说,许卫民沉了口气:"你干吗去?"

这是这么久以来,许卫民第一次私下过问顾时深的去向,约莫是怕顾时深大晚上背着孟浅做出什么对不起她的事。

"去深大接浅浅。她今晚参加了校庆活动,我不放心她一个人来医院。"顾时深如实道,也顾不上这么说会不会在许卫民心上扎刀了。

许卫民听完,噎了一下。虽然他还是有点儿无法接受他们俩交往的事实,却也能理解顾时深的顾虑:"现在知道孟浅是个香饽饽了?"

虽然许卫民话里似乎有很重的怨念,但下一秒,他就接过了顾时深拿来的相关病历,不爽地说道:"去吧,你女朋友那么漂亮,是得看紧点儿。"这话虽然有点儿酸,却也是许卫民第一次亲口承认孟浅是顾时深的女朋友这件事。

顾时深愣了愣,随后失笑,拍了拍许卫民的肩膀,跟他道了谢。

孟浅换完衣服从更衣室里出来。

恰好沈妙妙拎着一袋子水回来,给队伍里其他人各发了一瓶。轮到孟浅时,她拒绝了:"我有水,不要了。"

她说着,从自己的挎包里摸出水杯,喝了口柠檬水润喉。沈妙妙见状便也没强迫她接下水,转而把水递给了苏子冉。

"冉冉,你一会儿是回宿舍还是去哪儿?"沈妙妙问苏子冉。

毕竟接下来孟浅已经有自己的行程安排了,这会儿便打算直接去玉深动物医院找顾时深,所以沈妙妙没问她。

苏子冉喝了口水,拧好瓶盖:"才9点多,先不回宿舍吧。"

"那我们去看看其他班的节目?"沈妙妙提议。

苏子冉瞥见沈妙妙眼里兴奋雀跃的光,失笑着应下。她就知道沈妙妙这么问她,一定是心里早有决定。

"那你们就去看演出吧,我先走了。"孟浅笑着插了话,然后跟大家打了招呼,先走一步。

她走出更衣室前,沈妙妙还打趣了一句:"祝你今晚能一举拿下顾大哥!"

孟浅头也没回,只将手举过头顶,做了个"OK(好)"的手势。

待孟浅前脚出门,沈妙妙后脚便迫不及待地问苏子冉:"照片发给顾大哥了吗?他怎么说?"

苏子冉摇摇头:"什么也没回。"

沈妙妙有些不解:"不会是没看见消息吧?"

深大的校庆晚会是在学校的礼堂里举行的。因为是学校组织的大型活动,全校师生都会参加,所以今晚的校园里比平时寂静许多,路上很难见到人。

孟浅从礼堂里出来后,便被夜风刮得衣裙翻飞,几欲眯眼。她伸手压了压裙摆,低着脑袋步下台阶,顺着水泥小道走向柏油路面。

寂静无人的校园里,连风吹树叶的"沙沙"声都格外清晰。

孟浅只身经过一盏盏路灯,倩影被冷白色的灯光拉长,形状如鬼魅一般。

乘着月色和夜风走了没多远，孟浅忽然停下了脚步。她感觉头有点儿晕，脚下踉跄了一下，像是被人从身后敲了一记闷棍，头晕目眩，天旋地转。孟浅赶紧去附近的花坛旁摸索着坐下。

她以为是自己晚上没吃晚饭，有点儿低血糖，想着在花坛边坐一会儿，缓一下应该就没事了。

谁知她刚坐下没两秒，那种眩晕感更甚，眼前的景物重重叠叠，恍如幻境。紧接着，她眼前一黑，身子毫无征兆地往旁边倒去。

就在孟浅倒在花坛边的一瞬间，于暗处尾随已久的男人徐徐地步入了冷白的灯光中，走到她晕倒的花坛边，两只手揣兜，居高临下地看着她。

第十三章
"我爱你"

顾时深直接开车进入深大,向门卫大叔打听了深大礼堂的位置。

他循着路线驱车过去,一路上没遇见什么人。到礼堂门口时,顾时深才给孟浅打电话。

他没告诉她自己会来接她,想的是给她一个惊喜。现在他人已经到学校了,自然是要联系她的。

然而孟浅并没有接听电话。

顾时深只好翻出苏子冉的微信,给她拨了一个语音电话过去。苏子冉倒是接得很快:"顾大哥,怎么了?"她很诧异,顾时深竟然会给她打语音电话。

在苏子冉旁边贴着手机听电话的沈妙妙也很惊讶,心下难免好奇顾时深是不是终于看见了照片,要有所行动了。

"浅浅跟你们在一起吗?"顾时深直接开门见山。

苏子冉和沈妙妙听了皆是一愣,前者茫然地回道:"没有,大概 5 分钟前她就先走了，说是去玉深动物医院找你。"

"好的，谢谢。"顾时深得到了想要的信息便挂断了电话。随后他又打了一次孟浅的电话，还是没人接听。

顾时深以为孟浅是没听到电话。他算了一下，孟浅步行 5 分钟，这会儿大概也就刚走到东校门。于是他开车沿路找过去，结果并没有看见孟浅的身影。

又过了 5 分钟，顾时深给医院前台打了个电话，询问前台护士有没有看见孟浅。因为他掐着时间算，从深大到玉深动物医院，孟浅步行 10 分钟差不多应该到了。

可前台护士的回答是并没有看见孟浅。

顾时深挂断了电话，怕自己开车的时候错过了孟浅的行踪，所以这次选择步行。他按照孟浅日常会走的路线沿途寻找，一边找一边继续拨打孟浅的手机。

接连两次无人接听后，孟浅的手机变成了关机状态。这一刻，顾时深心里隐隐的不安终于彻底爆发出来，似烧起了一把火，他急得像是热锅上的蚂蚁。

夜色漫漫，孟浅孤身一人，如今又下落不明……顾时深难免会想到一些不好的事，陷入了前所未有的恐慌之中。

但恐慌之余，顾时深很快强迫自己冷静下来。他决定去深大的警务室里调一下沿途的监控，途中还不忘给施厌打电话，将其从温柔乡里拉扯起来，叫施厌联系其他人帮他找人。

电话那头，施厌的声音立马正经起来："老顾，你先别慌，小美人一定没事的。我这就联系人帮你一起找。"

顾时深道了谢。

除了施厌，他还给苏子玉、江耀打了电话，动员了自己所有的人际关系。因为目前为止，孟浅失踪也只是顾时深自己的猜测，没到 24 个小时，他就算报警也无法立案调查，所以要找人只能靠自己。

好在顾时深足够冷静。他第一时间找到了警务室，向学校的警务人员说明了事情的来龙去脉，终于得到了调阅监控的许可。

查看监控时，顾时深沉静地思考了几秒，大概确定了孟浅离开礼堂的时间，然后让工作人员帮忙查看相应时间内相关地点的监控。

因为顾时深的精准分析，监控里很快出现了孟浅的身影。

先是礼堂走廊里的视频，虽然不够清晰，但顾时深还是认出了经过走廊下楼的那抹倩影就是孟浅。

看着监控里的倩影消失在镜头外，顾时深本打算让工作人员去查下一个监控摄像头的视频，却不料接下来的视频显示，空寂无人的走廊里忽然又多了一道身影。那是个男人，背对着镜头，戴着鸭舌帽，穿着一身黑色衣裤。

顾时深从背影看不出那是谁，但察觉到对方似乎有意地打量孟浅离去的方向。

视频后面，那个男人往孟浅离去的方向下楼去。这让顾时深的心狠狠地一颤，他没来由地惊慌起来。

不过他沉住了气，让工作人员调取了下一个时段礼堂外的监控视频。

果不其然，他又在视频中看见了孟浅。这一次，孟浅并没有完全走出监控的范围，而是不知道怎么趔趄了一下，去旁边的花坛上坐下了。

接下来发生的一切监控摄像头全都拍了下来，顾时深看到最后，心脏几乎停跳，连浑身的血液都快冻结了。

监控最后的画面里，那个戴鸭舌帽的男人露了一个侧脸。虽然顾时深对江之尧不是很了解，但会在深大尾随孟浅，并且与她有过节儿的男人，似乎也只有江之尧了。

顾时深特意把监控拍到的模糊侧脸发给了苏子冉，请她和沈妙妙帮忙辨认监控中的男人。约莫两分钟后，苏子冉在微信上回复了顾时深："我和妙妙一致认为照片里的人是江之尧，不过顾大哥，这照片从哪儿来的？浅浅呢？跟你在一起没？"

顾时深犹豫了几秒，回了一个"嗯"。他暂时不打算把孟浅失踪，疑似被江之尧带走的事情告诉苏子冉和沈妙妙，怕她们担心。

而且这件事暂时尚不明朗，不宜闹大，也不宜被太多人知晓。

顾时深当机立断地给江耀打了个电话。

他知道江之尧是江家支脉的人，而江耀有未来江家家主的身份，他托江耀查一下江之尧的一些信息应该不难——尤其是消费信息。

电话里，顾时深没有多解释，只是沉着声音，语气严肃地拜托江耀。

江耀沉默片刻，似乎讶异于顾时深会如此恳切地拜托自己。随后他应下了，甚至没有多问顾时深一句。

因为之前顾时深就已经说过孟浅不见了，要他们帮着寻找，所以江耀猜测，顾时深让自己查江之尧，定然也是和孟浅失踪这件事有关。

江耀不敢耽误，立刻着人查了江之尧的一些信息，包括江之尧常去的地方、消费账单以及名下车辆等。

不过半个小时，顾时深便掌握了江之尧在某酒店的行踪。如顾时深所料，江之尧带走孟浅，所图之事不过如此，带孟浅离开学校定然会带她去酒店或者自己名下的住处。

但江耀那边反馈的信息表明，江之尧家虽然因为是江家的旁支，生活水平中上，有车有房有存款，但还没有富有到单独给江之尧在大学城内买房的地步。

江之尧名下是有房产，不过距离深大较远。他必然不会冒险带孟浅去那么远的地方，更何况他那处房产目前还没有装修，没有置办家具。所以，他带着孟浅去了一家相对不远不近的情侣酒店。

顾时深没来得及多想，开车跟着导航直奔那家酒店。

好在他行驶的途中，车流量很少。所以虽然那家情侣酒店地理位置相对偏僻，他这一路迅速地通行，15分钟左右便赶到了。

施厌、苏子玉和江耀他们带着人随后也到了，就像他们读书时和其他学校的人约架一样找了一大帮人。唯一不同的是，这次是他们第一次因为顾时深的私事找人。

毕竟顾时深从小到大都很沉稳，违规、违纪的事情从来不会主动去做，但朋友有难，他也从来没有冷眼旁观过。

酒店前台的工作人员看见来势汹汹的一群人，吓了一跳，差点儿就报警了。好在顾时深先开口，简要地说明了来意。

见顾时深眼神恳切、语气焦急，加上他们一大帮人来势汹汹，原本将信将疑的工作人员想来是真的出了什么事。于是工作人员便拿了房卡，带他们去了楼上的房间——305号房间。

前台工作人员先是敲了一下门，打算找个借口让里面的客人自己开门。结果无人应门,工作人员只得刷卡开门。门开了一条缝,便被安全闩拦住了。

见状,早已忍耐到极致的顾时深沉声开口:"你们先让开。"

他低沉的嗓音极具威慑力。大家互看一眼,意识到什么,赶紧把工作人员往后拦开。果然,下一秒,西装革履的男人抬腿便是一脚,猛地踹开了房门。

众人惊愕。以施厌为首的几个人互看了一眼——这么多年过去了,他们都险些忘记了顾时深从小练跆拳道,是他们几个人中武力值最高的。只不过他们打架的那些岁月已经变得模糊不清了,他们也都快忘了顾时深曾经练过。

今晚顾时深应该是真的怒了,只怕江之尧那小子没有好果子吃了。

房门被踹开的下一秒,顾时深冲进屋里。

房间是典型的情侣房,装潢得很有情调,却因为顾时深的闯入平添了几分冷肃的杀气。

他一眼就看见了侧躺在床上的孟浅。她还昏睡着,挎包被放在床头柜那边。她整个人蜷缩成一团,陷入昏迷中,却皱着眉,一副很难受的样子。

施厌他们也看见了孟浅,万分庆幸他们来得够快,江之尧应该还没来得及碰孟浅一根头发丝。

"人呢?"施厌摩拳擦掌,忽闻不远处的浴室里传出声音。原来是听见响动的江之尧从里面开门出来,结果恰好和屋内黑压压的一群人正面对上。

那一刻江之尧的大脑似死机般空白。他看见顾时深弯腰去抱床上昏迷不醒的孟浅,却因为听见响动而回眸朝他看来。

江之尧看见顾时深的眼睛被怒意染红。被顾时深盯住时,他平白生出一阵恶寒,下意识地往后退了半步。顾时深的目光却死死地追着他不放。

几秒后,顾时深将自己的西服外套脱下,裹在了孟浅的身上,然后将她交给了离得最近的施厌,他自己则沉步朝浴室门口的江之尧走去。

行进间,顾时深抬手解开了衬衣领口,露出锁骨中间那颗嫣红的小痣。

江之尧心下一沉,下意识地退回浴室里,想要关上浴室门。但顾时深早已看穿了他的企图,阔步上前,刚刚挽起衣袖的右手握拳抡了出去。

众目睽睽下,只在腰上系着浴巾的江之尧被顾时深的高大身躯欺近,被一拳抡得往后倒去。

可惜顾时深并未让他如愿倒地,而是抬手便掐住了他的脖子,把他拎到墙角,又是一拳照着他那张脸抡过去。

大家噤若寒蝉,现场只有拳头砸下的声音。

施厌扶着昏迷的孟浅,心高悬着。他从没见过顾时深如此失控的样子,一副要把江之尧往死里打的狠样,像一头受了刺激发狂的野兽。

后来还是苏子玉和江耀反应过来,进浴室里把顾时深架住,然后找人打急救电话,让救护车过来把江之尧抬走。不然让顾时深继续下去,怕是江之尧真会折在这里。

他们这么做当然不是为了江之尧,而是不想让顾时深犯大错。

事到如今,江之尧的罪名自有警方来定。顾时深打江之尧一顿,解解气也就够了。

夜里 10 点多，施厌开车将顾时深和孟浅送回了顾时深的住处。

他们俩就坐在车后座上。孟浅还没醒，顾时深将她搂在怀里，疼惜地抚摩她披散的长发，动作不敢太重，怕惊醒她。

车内逼仄，驾驶座上的施厌一改往日的话痨形象，这会儿大气儿都不敢出——他脑子里还记得刚才顾时深打人的样子，那是真狠。

现在顾时深倒是渐渐冷静下来了。极端狠戾之后，他又变得极端安静，似刚刚还惊涛骇浪的水面忽然寂静无波，水色暗沉，没人看得清水底暗涌着什么。

把车开到楼下车库里了，施厌才敢吱声："你带小……孟浅先回去歇着吧。剩下的事我和江耀、苏子玉会看着处理。"

"我刚才看过了，孟浅应该只是昏睡过去了，你带回去好好观察一下。"施厌没敢再像平时那样轻浮浪荡地称呼孟浅为"小美人"。

顾时深低低地"嗯"了一声，并未多言。他心里充满了对孟浅的歉疚，认为是自己没有第一时间考虑到她的安全问题。在孟浅说要到玉深动物医院找他时，他就应该拒绝她，或者主动地表示要去接她。

在这件事上虽然江之尧罪大恶极，不可饶恕，但顾时深觉得自己也有一定的责任，所以心里愧疚难当，就像后悔当初没能保护好母亲一样，后悔今晚没能保护好孟浅。

如果当初，他没有留下母亲一个人在楼上，没有离开她的视线去楼下的花园，她就不会从阳台上跳下去。

如果今晚，他没有让孟浅一个人走夜路，没有和她约好了见面，她也不会被江之尧尾随、带去酒店。

这一切都是他的错……他的错……

顾时深将孟浅放在了主卧的床上，寸步不离地守着她，心中疼痛难忍，似乎心脏被割成了一片一片，鲜血淋漓。

许久后，久到床上的孟浅终于有转醒的迹象，顾时深跪坐在床前，双腿全麻，内心的罪恶感总算被压制下去。

他抬头，于床头灯的暖色灯光下细细地打量着床上的孟浅。

她像是做了噩梦，皱着眉，一脸不舒服的样子。而她的脸，不知是不是灯光的原因，似乎比平时红润了许多。

就在顾时深伸手去抚平孟浅眉间的褶皱时，他兜里的手机响了，是施厌打来的电话。

"深大校内的相关监控视频我已经拿到了，警方已经和苏子玉一起赶到了。哦，对了，你留给警方调查的孟浅的包，警方在里面的一个水杯里查出了迷药成分……"施厌说到这里，语气有些不自然，顿了顿。

电话这头的顾时深已经站起了身，顾不上腿上的麻意，皱起眉头："什么意思？"

电话那头的施厌说道："江之尧那个禽兽玩意儿，不知道什么时候在孟浅的水杯里下了药。也就是说，孟浅一直昏睡可能是因为迷药……"

犹豫片刻，施厌接着道："你现在有两个选择，一是请医生上门给孟浅挂水，化解药效；二是……你自己上。"

说到这里，施厌没忍住，又不正经起来："我个人建议……二，毕竟输液药效化解得慢……"

虽然施厌的话很欠，但正因为如此，顾时深的心境彻底恢复了正常。就在顾时深打算让施厌找个医生过来时，施厌继续追问："你怎么不说话？该不会你们俩到现在还没'全垒打'吧？"他给顾时深第二个选择，就是觉得他们小两口儿自己应该可以处理，谁知顾时深半晌不说话。

"顾时深，你难道是'忍者神龟'吗？！"施厌惊呼了一句，还想说什么，顾时深却果断地挂了电话。

四周安静下来，顾时深心里却一片嘈杂。

顾时深站在床边，腿上的麻意已经消失了，垂眸居高临下地看着不安的孟浅，他皱起眉头，想起刚才施厌在电话里的话，不禁陷入短暂的沉思中。

他该怎么选，一还是二？

顾时深只犹豫了两秒，便扶额暗骂了施厌两句。这种情况下，他怎么都不应该有第二种选择，都怪施厌那个烂人扰乱了他的思绪。

深吸了几口气，顾时深平复了心情，果断地打电话给一个业界知名的医生，让其立刻赶过来。除此之外，顾时深还给苏子玉打了个电话，让他带警察和法医来这儿一趟。

或许孟浅在解除药效之前还需要验个血，留下一些有力的罪证。

半个小时后，苏子玉带着一名警察和法医过来了，顾时深请来为孟浅检查、治疗的权威医生也来了。

忙活了大半个小时，苏子玉才先带警察和法医走了。

至于那名被顾时深请来的医生，也在配好相关输液用的药品并且嘱咐过顾时深后先行离开。走之前，那名医生还替顾时深包扎了右手的伤——那是打江之尧时留下的，顾时深一直没有处理。

送走所有人后，顾时深回到主卧，坐在床边守着孟浅。

她挂上输液瓶，体内的药效似乎缓解了许多，没再继续皱着眉。

随着时间一点点流逝，顾时深为她换了三次吊瓶。孟浅脸上的红晕也终于褪去，恢复了平时的白皙肤色。

按照医生的叮嘱把三瓶药水挂完，顾时深小心翼翼地替孟浅拔掉了针头。

他还探了一下孟浅的额头，发现她的体温已经降下去了。为保险起见，他还是为她测量了一下体温，确定体温已经恢复到正常温度，他一直悬在嗓子眼儿里的心脏才终于落回了原位。

主卧门外，不知道是似玉还是如墨在那儿"喵喵"叫，似乎也很担心孟浅，一边叫，一边挠门，动静闹得不小。

顾时深起身去开门，纯白如雪的似玉灵巧地从门缝钻进屋里，直奔大床去。它倒是很有分寸，也不往床上跳，就在床脚处"喵喵"地叫，怪黏人的。

顾时深怕它吵醒孟浅，便拿小鱼干将其诱惑出去，然后把它和如墨关在了旁边次卧改的猫屋里。

顾时深回到主卧时，已经凌晨2点多了。

他在床边坐了一会儿，看着孟浅的睡颜，心里暗暗地将深市比较权威的那些律师过了一遍。思虑再三，他给江耀发消息，让江耀介绍一名靠谱儿的律师。

他要让江之尧在律法之内受到最严厉的惩罚。

孟浅是被顾时深温柔低喃的声音吵醒的。

那声音似乎很遥远，但因为是顾时深的声音，所以她感受得异常清晰。

她昏昏沉沉地睁开了眼睛，目光所及是床头壁灯暖色调的光晕，似星火微芒，却在昏暗的房间里格外灼人耀眼。

孟浅感觉自己好像做了一个浑浑噩噩的梦，又像是被鬼压床了一般，身体如坠千斤，又像是陷在泥潭里。她试了好几次都没能动弹，不知道是没力气，还是真的被鬼压床了。

寂静的屋内只隐隐约约地响着顾时深的声音。

孟浅极力循着声源看去，视线从模糊到清晰，终于看清了落地窗前背对她而立的那道身影。

顾时深穿着衬衫和长裤，一只手揣在裤兜里，另一手似乎拿着手机贴在耳边，看样子是在和别人打电话。就是他离得有些远，孟浅听不清他在和对方说什么。

孟浅蹙眉，艰难地抬手揉了揉自己的眉心，试图回忆之前的事。

她记得不久前自己结束了校庆活动的演出，换了衣服从学校礼堂里出来，打算去玉深动物医院找顾时深……然后呢？

孟浅想不起来了，只是清楚地知道自己现在就在顾时深的住处，还躺在他的床上。

四五分钟后，孟浅打起了些精神，体力似乎也恢复了些。

她轻手轻脚地掀开薄被下床。地板的凉意令她的头脑彻底清醒，她的目光里只有顾时深，心里也只有一个念头——悄悄走过去从后背抱住他的腰，最好能吓他一跳。

顾时深从江耀那里拿到了律师的联系方式，大半夜联系了对方，简单地咨询了一下给江之尧量刑的可能。

那位律师似乎是江耀的朋友，全程好脾气地接受顾时深的咨询。

两个人大概谈了半个小时，顾时深才沉声道谢，跟对方说了"再见"。

将手机揣回裤兜后，顾时深用腾出来的手捏了捏眉心，揉散了涌上来的困意。就在此时，他腰上忽然一紧，有一双温热纤细的胳膊从他的背后环了上来，紧紧地抱住了他。

顾时深的心跳漏了一拍，他还真是被这突如其来的拥抱吓了一跳。但他并没有表现出来，只是在心里惊愕了两秒，便猜到了抱他的人是谁。毕竟这偌大的房子里，除了他也就只有孟浅。

"没意思，你都没被吓到……"孟浅低喃。

声音是从顾时深背后传来的，他听着不是特别清晰。他反应了两秒，才从眼前的落地窗上看见腰上的那双雪白的柔荑，还有地板上孟浅赤裸的双脚。

他放下揉捏眉心的手，落到了孟浅交叠环抱他的手上："你醒了。"

孟浅点点头，将头靠在他硬朗的后背上。随后她想起了什么，从顾时深的背后探出脑袋，借着面前的落地窗打量玻璃上映出来的男人的身影："顾时深，我好像做了一个梦……"一个很黑、很漫长的梦，梦里什么也没有，她却格外在意。

话音刚落，落地窗上映出的顾时深的俊脸微微绷紧，他心里"咯噔"了一下，不禁又想起了在酒店里看见的孟浅倒在床上的一幕。

没人知道那一刻他的内心有多害怕——他怕孟浅出了什么事,怕她醒来以后,无法接受这件事,怕她会留下不好的记忆,甚至是心理阴影。

所以在孟浅说她好像做了一个梦的时候,顾时深连呼吸都停止了。他屏气敛息,听她继续道:"我记得我明明在去医院找你的路上,怎么醒来却躺在了你的床上?"

"我难道是中了什么魔法吗?还是我现在其实是在做梦?"因为只有梦境里的场景,才会如此跳跃吧。

顾时深心里有所感触,覆在她手背上的手僵着没动。许久之后,他才整理好情绪,轻轻捉住孟浅的手,将其从他的腰上拉开,然后回身与她相对。

担心了一晚上,他这会儿看着安然无恙地站在自己面前的孟浅,心里五味杂陈。他开口时,声音止不住地轻颤,有些低哑:"感觉怎么样?身体有没有哪里不舒服?"

顾时深的语气充满担忧。孟浅听得茫然,木讷地摇了摇头,随后又点头,皱起眉:"有点儿无力,感觉身上黏糊糊的,好像还有一股汗味……"说到这里,孟浅往后退了半步,拉开了与顾时深之间的距离,怕自己身上的汗味熏到他。

顾时深却捉住了她的手腕,毫不费力地将她拽回了怀中:"浅浅,我有一件事要告诉你。"今晚发生的一切,孟浅迟早是要知道的——在她昏迷期间,江之尧的所作所为、她所遭遇的危险……种种事情,顾时深思来想去还是觉得不应该瞒着她。这些事,得由他亲口告诉孟浅。

孟浅不知所以,但看顾时深严肃的神情,便也猜到他接下来要说的事情一定很重要。所以她暂时压下了去洗澡的念头,踮脚,伸手去抚平男人眉心的褶皱:"你想说什么就说吧,只要不是提分手,我什么都不怕。"

顾时深感受着她指尖的暖意,浮躁的内心逐渐宁静下来。他拉下了孟浅的手,攥在掌心里,温柔又歉疚地凝视她,语速匀缓,声音沉沉地将事情的来龙去脉全都告诉了她。

主卧里很安静,顾时深如"潺潺"溪水的声音缓缓流淌。孟浅从一开始的心平气和,到逐渐沉下脸色,最后拧起了眉头。

不知道过了多久,顾时深的话音落下,屋里彻底静下来。顾时深于寂静中细细地观察孟浅的神情,满目担忧:"浅浅……"

孟浅抽出了自己的手,转身去了大床那边,在床沿上坐下。她将手肘撑在膝盖上,纤细的手指烦躁地撩起了额前的头发,随意地往后捋去。

孟浅欲言又止,最后终归沉默。

沉默了10分钟左右,她才看向缓步走近她,似乎打算说点儿什么的顾时深。

"江之尧现在在哪儿?"孟浅沉声问道,眸光冰冷。

顾时深在她面前站住脚,高大的身躯徐徐地蹲下:"医院。"

因为顾时深下手有些狠,江之尧此刻已经被送往医院治伤,恐怕一时半会儿还出不了院。

孟浅的眸子里闪过一抹诧异,随后她明白了什么,没有追问江之尧进医院的事,只是继续问道:"他会付出代价吗?"事到如今,孟浅关心的也只有这件事了。

顾时深轻柔地拉下了她压在他头顶上的手,小心翼翼地呵护在掌心里,亲昵地搓揉:"会。"他的语气很肯定,"我已经联系了律师，到时候会以强奸未遂的罪名起诉江之尧。

"浅浅，后续所有的事情我都会处理好，你不用担心任何问题，只需要照顾好自己，明白吗？"

孟浅看着顾时深的双眼，点点头。其实她心里很庆幸自己全程昏迷不知情，所以并没有留下什么心理阴影，只是有一些后怕，因为没想到江之尧竟然是这样烂到极致的人。

缓了一阵，孟浅平复了心境，重新打起了精神："我想洗个澡。"

"好，那你在这儿等着，我去给你放洗澡水。"顾时深说完，习惯性地揉了揉孟浅的发顶才站起身离去。

凌晨 3 点的光景，浴室里雾气缭绕，水流"潺潺"。

孟浅坐在浴缸里，将手机放在了一旁。因为顾时深让她有事叫他，若是叫不应，就给他打电话。

孟浅知道，他是担心她在浴室里有什么闪失，怕她情绪还不稳，还没有从今晚发生的事情里走出来。

其实他真的多虑了，她现在心情平和，除了有点儿后怕，再没有其他负面情绪。

就在孟浅打算闭上眼睛，身心放松地泡个澡时，放在旁边的手机忽然响了——是苏子冉打来的电话。

犹豫了几秒，孟浅接听了电话，电话那头立刻传来苏子冉急切的声音："浅浅，你怎么样了？我刚从我哥那儿听说……"

苏子冉和沈妙妙在一起，都在宿舍里。通话外放，所以孟浅这边也能听见沈妙妙担忧的声音。

沈妙妙和苏子冉起初并不知道这件事，是苏子冉总觉得不安，便给苏子玉打了个电话。苏子玉把事情告诉了苏子冉,她这才知晓了江之尧的禽兽行径。

孟浅有些恍惚,被电话那头两个人的关切和担忧温暖了,心中一片柔软。她不该因为江之尧那种人渣影响自己的情绪,否则会让爱她的人为她担心。

这么一想,孟浅温柔地出声,安慰起苏子冉和沈妙妙来:"我没事,只是昏睡了一觉,醒来的时候在顾时深的床上。"

所以啊,她并没有留下什么不好的记忆。

"该死的江之尧!他怎么不去死?!"沈妙妙慷慨激昂的声音传来,几欲震聋孟浅的耳朵。

没等孟浅安抚沈妙妙,苏子冉的声音就插了进来:"你没事就好。之前顾大哥打电话打听你的行踪,我就觉得不对劲,还好……"说到这里,苏子冉顿了顿,随后话锋一转,"听我哥说,顾大哥把江之尧打了一顿,医生说得住院大半个月。"他们与其将话题一直围绕着江之尧那个渣男,不如换到顾时深身上。今晚孟浅能够平安无事,多亏了顾时深临危不乱、冷静应对。

孟浅没吱声,只是在脑子里过了一遍顾时深缠了纱布的右手。她之前虽然看见了,却无暇去在意。如今想起来,她忽然觉得自己这个女朋友好像不太称职。

"顾大哥一定后怕极了。"沈妙妙的声音再次响起,分贝压低了许多,"浅浅,你以后不要一个人走夜路了。"

她这么说,无非是被这次的事情吓坏了。孟浅没办法说一些还会令她们担心的话,便顺势附和道:"知道啦!"

沉默了几秒,她朝浴室门看了一眼,又对电话那头的沈妙妙和苏子冉道:"时间已经不早了,你们赶紧睡吧。我先不跟你们说了,顾时深还在门外等我。"

沈妙妙和苏子冉先后应下:"那你有事记得第一时间给我们打电话。"

"好。"

双方互道晚安后,孟浅将手机放回旁边的置物架上。

她自打想起顾时深缠了纱布的右手,便没法儿再心安理得地继续泡澡。

而且沈妙妙说得对,今晚这件事或许只是给她造成了轻微的影响,并无大碍,但是对顾时深的伤害肯定不小。他现在一定也很后怕,急需她在他身边。

就在孟浅从浴缸里出来,到莲蓬头下冲澡时,她的思绪不知怎么又被"哗啦啦"的水声带偏了。

按照顾时深所说,她被江之尧下了迷药。他和施厌他们及时赶到,带走了她,然后直接回了这里。再后来,顾时深面对药效发作后面红耳赤的她做了一个艰难的决定——请医生。

前面孟浅都还能理解,到请医生这一步忽然不太能理解了。

她好歹也算是顾时深名正言顺的女朋友吧,难道不配他以身为引替她解除药效吗?他干吗那么麻烦,还要请医生到家里来?

事到如今,她是应该夸顾时深毅力坚定、坐怀不乱,还是应该自省一下自己的魅力?

她就这么入不了他的眼吗?这种时候了他都不肯碰她?!

孟浅越想,心里越来气。再加上今晚这件事她也很后怕——要是顾时深没有及时赶到,那后果会是怎样?

无论如何,她一刻都不想多等了,现在立刻就要和顾时深真正在一起。

浴室门外，顾时深抄着手靠着墙壁。他低垂睫毛，静等着孟浅从里面出来，心下难免担忧，怕她在浴室里偷偷掉眼泪。

就在顾时深打算敲门问问孟浅何时出来时，浴室的门忽然从里面被拉开了，湿润的热气迎面朝顾时深扑来。他险些被浴室里缭绕的雾气迷了眼，视线好半晌才清晰地定格在裹着浴巾的孟浅身上。

她的眉眼似被水雾染湿，清秀婉丽，似浓墨相宜的山水画，秀美纤细的身子被裹在浴巾里，袅娜娉婷，肩上的肌肤染上了绯红，媚态横生。

顾时深近距离地看着她，呼吸不由得一滞，方才还淡然的心境此刻已全然被她出水芙蓉般清丽绝俗的娇态搅乱，不禁动了动喉结。

好一会儿后，顾时深才意识到自己的失态，慌忙地垂眸避让。

见孟浅安然无恙，顾时深心里暗暗松了口气，本想退开给孟浅让出道，不料刚出浴的孟浅却赤足走来，带着一身幽幽的淡香，强势地进入他的视野里，搅乱他的呼吸。

孟浅拉住了顾时深的衬衣一角，身子贴到他的怀中，仰头看向他，正好与他低垂的视线对上，撞出火花。

顾时深连呼吸都停了，心脏跳动加快。他无法用语言形容此刻自己眼中的孟浅是何等蛊惑人心的精怪，又媚又娇，似纯似欲，连眼神都在勾着他。

"顾时深，你爱我吗？"

孟浅盯着他深沉的眸，想从他的眼里辨别出什么，却见他眸色越来越沉，其中的情绪越发难辨，唯有他的声音是坚定的，低沉沙哑,毫不迟疑:"我爱你。"

孟浅抬手捧住顾时深轮廓分明的俊脸,踮着脚,将身体的重量全都压在顾时深的怀里。顾时深虚扶着她的腰,只见她轻咬一下嘴唇,委屈地说道:"那你为什么不碰我?"

"我都快死了,你也不碰我。"说到这里,孟浅那双盈盈的美眸忽然泛起一圈红,染了些许湿意。

顾时深噎住,没想到孟浅会扯到生死。

"没那么严重。"顾时深没什么底气地回答,"而且……我也不想乘人之危。"

当时那种情况下,孟浅昏迷不醒,他若是真的对她做了什么,岂不是也成了江之尧那般的禽兽?即便他是孟浅的男朋友,也不该乘人之危,不是吗?

可孟浅一脸失望:"那要是我就想让你乘人之危呢?"

顾时深有些无奈。孟浅已经从江之尧的所作所为里彻底走出来了,是吗?现在她心里在乎的只有他的选择。

就在顾时深被她搅乱了思绪,在考虑该怎么跟她解释才能安抚好她失落的情绪时,她忽然松开他的脸,以迅雷不及掩耳之势攀上他的脖颈。

她娇艳的红唇如愿覆上了顾时深温热的薄唇,蜻蜓点水般贴了贴他,呼吸若即若离:"现在不算乘人之危了……"

孟浅哑着声,媚态天成地抬起如小扇一般的眼睫,用她热烈的目光看着男人,轻扯唇角,勾人于无形:"你敢试试吗?"

那一刻,顾时深内心的防线几欲崩溃。他的自制力濒临瓦解,喉结艰难地动了动,脖颈甚至已经不受控地弯下,他低头去亲吻孟浅娇艳欲滴的唇:"浅浅……"

他想要说的那些话，被孟浅一口吞下。

她在他垂首俯身之际，便抬着下巴主动地亲了上去，势必要以雷霆之势攻破顾时深的防线，拉他沉沦，与她狂欢。

一触即燃的吻几乎烧光了顾时深所有的理智。他将孟浅推着靠在一旁的墙上，搂着她的腰，低头加深这个吻。

顾时深固执地以为，孟浅这样，应该是残留在她体内的药作祟。如今她醒着，便没有再请医生的必要。

顾时深这般想着，吻得越发肆意。既然孟浅如此心心念念，他便让她如愿一回又如何？反正，男女之间能够取悦对方，令其欢愉的方法又不止一种。

正如孟浅所问，他是爱她的。虽然一再地隐忍克制是为了更好地爱她，顾时深却也不想因为自己的克制隐忍让孟浅跟着他受折磨。

事到如今，他应该做点儿什么，至少要让孟浅快乐。

孟浅不知道顾时深在想些什么，完全被他吻乱了，思绪散乱，无法凝聚，只能本能地迎合他的吻，直到空气稀薄，四肢发软。

…………

直到窗外的天色朦胧发白，孟浅才沉沉地合眼。

进入梦乡之前，她在顾时深的怀里软软地低骂了一句："可恶的顾时深……"

听见她咕哝的顾时深无奈地勾起唇角，神态疲惫地望着天花板——孟浅睡下了，接下来，他应该考虑下一步如何解决自己的问题了。

第十四章

带他回家

孟浅一觉睡醒,已经临近中午。

窗外是个艳阳天,暑假将临,连天气也变得燥热起来。好在卧室里开了空调,舒适的温度宜眠,所以孟浅才能睡到自然醒。

她睁眼后,脑袋里空白了几分钟。缓了会儿神,孟浅才皱着眉,觉得自己的大腿似乎有点儿酸疼。

其间,孟浅的思绪回笼,隐约拼凑出昨晚的记忆碎片。她的脑海中渐渐浮现出一幅幅不得了的画面,不可谓不荒唐。

偏偏孟浅翻身时,一眼就看见了面朝她侧躺在她身边的顾时深。他呼吸平稳,尚未醒来,但他赤着上半身,孟浅只需一低眼,便能被他蜜色的胸膛占据所有的视线。

如此美色当前,她很难把控自己的呼吸,维持平稳的心态。若是平日,她这会儿已经上手了,但是昨晚的事还历历在目,顾时深的那些手段她也深有领会。

这会儿孟浅脸上燥热,连耳根都烫得不行,根本不能心平气和地调戏他。

迟疑了片刻,她默默地翻身,改为背对着顾时深。就在感觉到后腰贴上了顾时深温热的小腹时,她生出了起床的念头。

她轻轻地行动了,然而刚刚撑起身子,还没来得及掀开薄被,她腰上便蓦地一沉。顾时深一只宽厚温暖的手掌覆上来,扣着她的纤腰,将她揽回了他的怀中。

"早,浅浅。"顾时深从后面亲吻了孟浅的头发,声音磁性低哑,带点儿刚睡醒的慵懒。

孟浅的心脏漏跳了一拍,鼻息被顾时深温热的呼吸和他身上的松雪冷香缭绕,半响,她才慢腾腾地回道:"不早了。"

顾时深被她逗笑,沉声"嗯"了一声,附和道:"该吃午饭了。"

顾时深和孟浅先后起床,两个人一起去浴室洗漱。

顾时深赤着上身在洗手台前刷牙,下身穿着一条黑裤,裤腰不松不紧地挂在他结实的腰上,又诱惑又性感。

与他站在一起时,孟浅很难不将视线放在他肌理分明、劲瘦有力的上半身上。她甚至没办法控制自己的视线,不自觉地便偷望过去,一直想看他的文身,可一直被男人垂下的手臂挡住视线。结果就是,她被顾时深幽沉噙笑的眸抓个正着。

"在看什么?"男声低哑含笑,很有质感。

孟浅飞快地望了一眼他的眼睛,然后移开视线,摇头:"没看什么……"她将牙刷涮了,随便浇了两捧水洗脸,随后便要跑。

孟浅还穿着顾时深的衬衣。只不过昨晚她穿的那件是白色的,现在穿在她身上的这件是黑色的。

昨晚洗完澡出来，她身上只裹了浴巾，衣服自然不是她自己穿上的，她甚至对此一点儿印象都没有。八成是她睡着了，顾时深替她穿上的。

孟浅想到这里，耳根烧得更烫。

后来顾时深下厨做了简单的午饭，两个人在餐桌前相对而坐。

孟浅越想越觉得不公平，有点儿生气——毕竟昨晚她在顾时深的掌控下尽显狼狈，而他似乎一直气定神闲，一副掌控全局的沉稳姿态。

念及此，她便忍不住狠狠地戳了戳碗里的米饭。

顾时深正好帮她夹菜，察觉到她的情绪不对，愣了一下，随后温声开口："怎么了？饭菜不合胃口？"

孟浅等的就是他这句话。她将筷子放下，两只手交叠放在桌沿上，抬眸直勾勾地迎上顾时深的目光："不公平。"

"什么？"顾时深神色微愣，与孟浅对视的眼里闪过一丝茫然。

孟浅继续说道："我也想看你为我沉沦的样子。"

他隐约明白了什么，脑子里不禁闪过昨晚的事。

"凭什么最后满身泥泞的只有我，你还是那么高高在上？我偏要把你拉下泥潭，也要看你因为我狼狈的样子。"这便是孟浅的所谓"公平"。

虽然昨晚她确实很尽兴，但那只是她单方面的尽兴，并不是她想要的。

顾时深会意过来后，沉默了片刻，随后不自在地轻咳了一声："下次……"

其实孟浅不知道的是，他昨晚已经狼狈过了。在浴室里冲澡时，他脑子里翻来覆去都是她。他有生以来第一次为一个人失控到面目全非，甚至不敢告诉她。

孟浅自然不知，如今才会频频挑衅："不，就今晚！"

她很坚定，似命令或通知，而非与他商量。顾时深顿时哭笑不得。

就在他暗自考虑应对之策时，兜里的手机响了。电话是施厌打来的，顾时深想也没想便接了。

"江之尧醒了，警方已经审问过他了。老顾，你要不要过来看看？"

餐厅里寂静无声，虽然顾时深的手机没有开免提，孟浅也依稀听见了施厌的话。没等顾时深回话，她站起来，一脸严肃地说："要去。"这话她显然是对顾时深说的。

对于顾时深来说，这也不失为一个逃避刚才那个话题的契机，于是他给了施厌肯定的回复。

下午3点多，顾时深开车带孟浅去了市人民医院。

他将孟浅交到了施厌的手里，先去处理在酒店里打伤江之尧的事。

这些事，江耀介绍给他的律师朋友已经依照法律为他安排好，他只需要接受相应的处罚，比如补偿江之尧的医药费。

听说江之尧本人是不接受调解的。可他们家是江家的支脉，即便他不接受，他的父母也不愿意因为这件事得罪江家本家。毕竟这事关他们一家人的未来命运。更何况，顾时深给的赔偿金确实不少，足够他们二老养老，以及抚养小儿子。

顾时深离开后，孟浅便在施厌的带领下去了江之尧住的特殊病房。

门口有派出所的同志看着,得知孟浅这个受害者要见江之尧,便通融了十几分钟。

"我一个人进去就行。"孟浅进门前,扭头对施厌沉声开口。

见她眼神坚定,施厌担忧的话到了嘴边,也只好咽回去。他点点头:"那你自己注意安全,有事就叫我。我和王警官都在外面守着,不会离开。"

见施厌难得正经,孟浅不由得失笑,心下也很感动。她给了施厌一个安心的眼神,便拧动了病房的门把手,开门进去了。

病房不大,但是很安静,光照也足,午后的阳光照在地板上,斑斑驳驳的,渐渐地映出了孟浅的影子。

她动作轻,直到她拉开病床前的椅子坐下,床上的江之尧才动了动眼皮,幽幽地掀开眼帘。看见孟浅时,他神情微滞,随后瞳孔收缩,面露惊讶,似乎不敢相信她的出现。

孟浅则冷眼打量了他一番,从头到脚。看见江之尧的脑袋、手臂以及腿上的纱布、石膏时,孟浅心里很解气。她知道这些都是顾时深的杰作,看来正如苏子冉所说,顾时深昨晚很生气,不然不会对人下如此重的狠手。

思绪飞转,孟浅在江之尧狐疑不解的目光里徐徐地开口:"听说你醒了,我特意来看看你。"

"得知昨晚你的所作所为,其实我一开始真的很生气,恨不得立刻冲到你面前了结了你。"她平静地说出骇人的话,吓得江之尧目光呆滞,脸色惨白了一瞬。

但接下来孟浅扯着唇角,轻轻笑了:"不过后来我冷静下来了,毕竟我和顾时深还有美好的未来。等我大学毕业,我跟他会从恋爱到结婚,组成一个幸福美满的家庭,我们还会有前景无限的事业,我们的未来有无限可能,我又怎么能因为你将自己断送呢?"

孟浅声音徐缓,语气轻松,她旁若无人地虚望着前方,自顾自地描绘着她和顾时深的美好未来。床上的江之尧听得一愣一愣的,起初是有点儿不甘心,有点儿气愤,但后来更多的是茫然和狐疑。他不明白:孟浅忽然跟他说这些干什么?

她来医院若是像昨晚顾时深那样,来打自己一顿,江之尧倒还觉得那是正常的行为。可她现在心平气和地跟自己说这些,憧憬未来,江之尧觉得一点儿也不正常。

正当他纳闷儿之时,孟浅话锋一转,视线也从半空垂落到病床上他的脸上,目光凌厉,又冷又讽刺。她还冷笑了一下,像电视剧里那种狠毒漂亮的女反派:"可惜,未来的三到十年间,你只能在监狱里度过了。"

顾时深那边已经找好了律师。按照法律规定,江之尧这种行为属于强奸未遂,起诉以后,量刑大概在三年以上、十年以下。

听顾时深说,那名律师是江耀的朋友,在律师界名号响亮。想必江之尧受到的刑罚不会太轻。

"等你从监狱里出来,我和顾时深定然已经结婚了吧,我们将幸福美满地共度一生。而你……将会一辈子被钉在耻辱柱上,带着强奸未遂的罪名,永远为世人所不齿。"孟浅的声音忽然变得低沉,阴恻恻的,有些吓人。

江之尧因为她的话代入情境了,这会儿脸色已是煞白一片,连嘴唇都没了颜色。他好像明白孟浅的意思了,也从她的话里看到了自己的未来:灰暗、被嘲笑、为世人所不齿……

"届时你的朋友、亲人,都会远离你。你的人生就这么被你自己毁了。"孟浅一阵轻笑,脸上是毫不掩饰的厌恶和鄙夷。

她说的这些逐渐在江之尧的心里激起浪花。他的脸色不断变换,先是生气,然后是畏惧,最后是隐隐的懊悔。

孟浅看他短时间里表情如此丰富多变,唇角的弧度更大了,但笑意始终未达眼底:"害怕了?后悔了?"孟浅挑着眉毛,轻飘飘地问了江之尧一句,然后没等他回应,便在他抬眼朝她看来之际冷声道,"可惜,迟了。"

将憋在心里的话说出来,孟浅感觉舒适了许多,心境豁然开朗。她站起身,最后冷冷地看了江之尧一眼,头也不回地转身离去。

正如她自己所说,她和顾时深的人生还要继续,没必要受江之尧这个又蠢又毒的渣男闹出的小插曲的影响。

所以在走出病房的那一刻,她翻过了堵在她心里的小土丘,彻底释然了。

顾时深处理完自己的事情,第一时间赶到医院接走了孟浅。

按照计划,他开车送孟浅回学校,然后将车停在宿舍楼下等她,等她回宿舍拿东西。因为接下来直到孟浅放暑假,她都会住在他那里。

原因无他,只是因为江之尧那件事已经立案。虽然孟浅平安无事,但保不准这件事后面不会给她带去麻烦,害她惹人非议。所以顾时深决定让她先住在自己那里,这样他心安一些。

孟浅回宿舍拿东西时,正好苏子冉和沈妙妙也在。两个人见她平安无事,心态也没受影响,担忧的心情总算得以缓解。

"那你这样算是和顾大哥同居了吗?"沈妙妙为了不让气氛因

为江之尧那个渣男变得太僵，自顾自地换了个话题。

果然，大家一聊到顾时深，氛围变得缓和了，而且逐渐燥热起来。

也不知道是不是"同居"两个字戳到了孟浅的命门，她的耳根瞬间红透，红痣如一颗小小的血珠，凝在她的耳垂上。

"不算吧，我只是暂时住在他那儿，又不是长期的。"孟浅赶紧收拾自己的衣服。朝着衣柜时，她满脑子是昨晚的自己，羞得重重地咬了一下嘴唇。

沈妙妙还有疑问："听说江渣渣下了迷药，那你昨晚和顾大哥……"沈妙妙适时地打住，拖长的话音却难免惹人遐思。

孟浅收拾完东西回头看向沈妙妙时，脸已经红透了。

见孟浅这般反应，即便孟浅什么也不说，沈妙妙和苏子冉也看明白了什么。沈妙妙没忍住，乐出了声："那这么说来，你也算是因祸得福了吧？"

才不算福呢，昨晚根本就是她一个人的狂欢，她现在想来还是很挫败。这么一想，孟浅心里越发笃定今晚的战略。

她随顾时深回公寓的途中，特意让他绕路去买了一瓶红酒，说是怕自己失眠睡不好，想睡前喝一点儿助眠。顾时深天真地信了。

结果晚上回去，他和孟浅分开洗完澡，他刚从浴室里出来，便被她敲开了房门。

彼时是晚上10点多。公寓楼层高，即便窗外明月高悬，夜风狂乱，室内也是寂静的，轻易就能酿出一室的暧昧。

孟浅拎着已经打开的红酒，秀丽纤长的指尖拿着两只高脚杯。

她穿着一件黑色丝质的吊带睡裙，深V领口风光无限。一头乌黑的发被她随意地绾在脑后，一支莹白的玉簪斜斜地插在其间，在灯下泛着莹莹的冷光。

明明是很端庄的发型，却因为孟浅似有意又似无意散落的几缕发丝平添了几分妩媚的风情，既撩人心，也拨人性。

顾时深开门后，便被风姿绰约的孟浅吸引了，心脏蓦然似被揪紧，高高地悬起，呼吸也无端地急促起来。

他打量孟浅的目光意味不明，孟浅望着他的桃花眼熠熠生辉，晶亮迷人。

"到我房间里陪我喝一杯再睡吧。"孟浅出声邀请，唇角勾着绝美的弧度。

顾时深不自觉地动了一下喉结，内心挣扎了一番，沉声应下了，随后毫无防备地跟着孟浅到了她住的主次卧。

孟浅让他走在前面，自己随后进屋，慵懒地往门后一靠，反手锁上了房门。落锁时的"咔嗒"声吸引了顾时深的注意。

他回身欲追问孟浅，却被突然跟上来的孟浅搂住脖颈，强吻上来。

她不知何时将红酒和酒杯放在了门口一侧的置物柜上，也不知何时偷喝了一口红酒，此刻正借着吻，将那涩甜的酒液强势又霸道地渡给他。

顾时深毫无防备，被孟浅推坐在了附近的沙发上。那是他为了让孟浅住得更加舒适，新给她添的家具。粉色的沙发软软的，人躺上去就像陷在棉花里。只是顾时深没想到，第一个躺上沙发的人会是他自己。

他被孟浅推到沙发上，压着缠吻。孟浅口中尽是红酒的涩甜醇香，酒不醉人，但她的吻格外醉人。顾时深的呼吸变乱了，他扣着女孩儿的纤腰和后颈，加深这个吻。

许久之后，顾时深才餍足地松开了孟浅被吻得嫣红的唇瓣。他爱怜地亲吻她的额头，嗓音沙哑地说道："现在可以睡了吗，我的浅浅宝贝？"

顾时深粗涩的嗓音很有质感，沉沉如山，压着孟浅的耳膜，好听到她耳朵快要怀孕。尤其是他那声难能可贵的"浅浅宝贝"，简直就是一记重击，震得孟浅心肝乱颤、雀跃不已。

顾时深说完，没等孟浅回应，便抱她去睡觉。没想到他刚把她放下，她却拉住他的手指，将他用力地扯到她身边躺下。

孟浅趁机翻身而上，再次亲上他。亲吻间，她不知从哪儿摸出了几根领带，摸索着抬起顾时深的手，将其绑在了床栏杆上。

"浅浅？"顾时深反应过来时，心下一慌，身体僵了好几秒。他不可思议地看向直起身的孟浅，她那么高高在上，就像一位打了胜仗的女将军，正把玩着剩下的那根领带，向他炫耀着胜利。

"吃午饭的时候我不是跟你说过吗？就——今——晚。"

顾时深一时无语。孟浅并没有给他太多惊讶的时间，将手里剩下的那根领带扔下床，俯身便去亲吻男人抿成一条线的薄唇。

顾时深隐隐有一种不好的预感——今晚他怕是……很难再忍下去了。

翌日中午，孟浅在一阵手机铃声里悠悠转醒，随后听见身旁传来顾时深的声音："喂，老苏。"

"抱歉，这两天我想休假……"电话是苏子玉打的，他在询问顾时深请假的事。

就在顾时深讲电话时，原本背对他的孟浅翻了个身，闭着眼睛将手环上他的腰，抚过他腹部的肌肉纹路。她的手指冰凉，顾时深的肌肤却如同一片火海。

顾时深在她翻身时便垂眸看向了她,此刻也正安静地打量着她的小动作。

他以为孟浅只是小小地调皮一下。毕竟发生了昨晚的事,他们之间的关系已经直接登顶,进入了最亲密的阶段。所以即便被她碰得口干舌燥,他也没有阻止,只是噙着笑,宠溺地凝视她。不承想孟浅越来越过分,最后竟撩起薄被钻了进去。

她的举动让正在听苏子玉说话的顾时深心神一荡,随后不受控地沉沉"嗯"了一声,意味深长。

电话那头的苏子玉显然听出了异样,话音顿住。沉默片刻后,他有些尴尬地轻咳了一下,说道:"先说到这儿吧,不打扰你办正事了。"他说完,也没等顾时深回应,先挂断了电话。

顾时深无暇顾及苏子玉,将手机随意地扔在了床头柜上,掀起薄被也钻了进去。混乱中,孟浅被压着一顿乱亲。

她本以为顾时深的"惩罚"到此便结束了,哪知这只是开始。因为她刚才一时兴起的恶趣味,顾时深把她困在被窝里,又多赖了两个多小时的床。

两个人起床洗澡,已经是快下午3点的光景。

洗完澡,顾时深点了外卖,和孟浅一起随便吃了点儿。然后孟浅因为劳累过度,睡眠不足,先去补觉,顾时深则去书房工作。

孟浅这一觉,直接睡到了傍晚。天际红霞遍布,暖橘色的光芒映在落地窗内的白纱帘上,似烧起了火,一片橙红。

孟浅是被电话吵醒的,是老妈问她暑假放假的具体日期,顺便催她订好回去的票。

她刚应付完老妈,想倒回床上再眯会儿,房间的门却被顾时深从外面推开了一条缝。顾时深端着亲手准备的爱心晚餐,靠在门框上,隔着门缝与孟浅说话:"岳母大人的电话?"顾时深虽然这么问,但其实知道那就是孟浅母亲打来的电话,因为孟浅接通电话时,他就已经在门外了。听孟浅在讲电话,他才没有推门进来,只是悄悄地开了一条缝,静静地等着她讲完电话。

"你都听见了?"孟浅看见顾时深手里的餐盘,不禁摸了摸干瘪的肚子。她中午没吃多少,因为挑食,总觉得外卖没有顾时深亲自下厨做的好吃。

顾时深"嗯"了一声,端着餐盘进门,将餐盘放在了旁边的梳妆台上。

梳妆台台面宽敞,目前只放了几瓶孟浅的护肤品,所以空间足够摆放简单的饭菜。

待摆放好碗筷,顾时深将孟浅抱到了凳子上:"吃饭吧。"

孟浅很享受这种被人服侍、被人宠着的感觉,更何况宠着她的男人是她梦寐以求的爱人。

"你呢?"孟浅看了眼两菜一汤,都是一人份,连盛器都小巧精致,难免好奇:顾时深不吃吗?

顾时深坐在她身旁,淡淡一笑:"我吃过了。一个小时前来看你,那会儿你还睡得很熟,我就没有叫你。"那时候他肚子里就没粮了,所以去厨房煮了碗面吃。

孟浅了然地点点头,虽然知道顾时深已经吃过了,还是夹了一块里脊肉喂到他的嘴里:"那你看着我吃不馋吗?"

顾时深被逗笑,揉了揉她本就睡得乱糟糟的发,然后牵着她的左手,放在掌心里爱怜地把弄,温柔地催促她:"你快吃吧。"

听顾时深这么说,孟浅便不再担心他的肚子。

左手被顾时深攥着把玩,她只能用右手一口菜一口饭,慢腾腾地进食。不能扶着碗吃饭,孟浅有点儿不习惯。

不过顾时深难得有这么黏她的时候,她不想坏了他的雅兴。万一他受打击,以后不肯黏着她了怎么办?

"浅浅……"顾时深将一只手搭在腿上,握着孟浅的手轻轻揉搓,另一只手撑在梳妆台的台面上,支着脑袋,偏头打量着慢腾腾吃饭的孟浅。

他打量她的目光有些复杂,他似乎心里有事,纠结了很久,才终于鼓足勇气开口。

"怎么了?"孟浅咬了一块里脊肉在嘴里,腮帮子鼓鼓的,偏头朝他看来。那模样,活像一只白白净净的仓鼠成了精,一双黑不溜秋的眼睛透着光。

顾时深有些失神,心跳频频加快。他沉默了片刻才接着问道:"你是不是应该考虑一下……带我回去见家长了?"

这个问题,他从昨晚就一直在考虑,直到刚才听见孟浅和她妈妈讲电话,他才终于打定主意说出口,与她商量一下。

孟浅却被一口白米饭呛到了,一阵猛烈的咳嗽。顾时深赶紧递了紫菜蛋花汤给她喝,大手轻轻抚着她的后背:"你慢点儿……"

其实孟浅是被顾时深的话吓到了。

她虽然一直都很喜欢他,也期盼着跟他的关系一进再进,可是见家长这件事,她是真的没有考虑过。或许真的因为她年纪还小,她内心下意识地觉得谈恋爱是两个人的事。她想尽可能地和顾时深独处,过二人世界,还不想让双方家人过早地介入。

但顾时深考虑得更加长远些。从昨晚他的自制力彻底坍塌的那一刻起,他就做好了和孟浅结婚的所有心理准备。

"会不会太快了？"孟浅缓过来后，小心翼翼地看向顾时深。

倒不是她不想带他见家长，只是他们之间确实存在 8 岁的年龄差，她不确定自己爸妈一时半会儿能不能接受他们之间的差距。

她本来打算暑假回去，先探探二老的口风，要是他们俩不太能接受，她就慢慢说服他们，等到时机成熟再带顾时深回家见父母。这样她和顾时深还能多一点儿时间过二人世界，度过一段不考虑生活中任何琐事的快乐时光。

顾时深看着她，俊脸上写满严肃："难道你不打算对我负责？"说完，他看了孟浅一阵，忽然又垂下长睫去，露出一副失落的可怜模样，"你昨晚都已经对我这样那样了……难道你所做的一切只是贪图我的身体不成？"

孟浅："……"

她以前怎么没发现顾时深这人心机这么深，演技还挺好，扮可怜有一手？孟浅现在已经开始自省，觉得自己像个吃干抹净、提裤子走人的渣女。

房间里寂静半晌。

孟浅咽了口唾沫，在顾时深抬眼朝她看来时点了点头："行行行，那暑假你就跟我回家吧。"

见家长这种事早晚都一样。其实她转念一想，趁着顾时深想见，早点儿把事定下来也挺好。毕竟她这辈子，除了他也不会再喜欢别人了。

"你好像很勉强。"顾时深不依不饶。

"没有没有，我说真的。"说着，怕顾时深还不相信，孟浅放下碗，凑过去抱了他一下。然后她又想了想，偏头在男人的耳畔真诚地说道，"顾时深，跟我回家见家长吧。"

"我想把你正式介绍给我的家人认识。"顿了顿,孟浅补充一句,"以我的男朋友的身份。"

顾时深将下巴抵在她的肩上,也伸手抱住了她。在孟浅没看见的地方,他的唇角勾起了弧度,笑意揉碎在眼睛里。

许久,他才沉声应她:"好。"

孟浅顺势在顾时深的脸颊上亲了一下,把嘴上的油都蹭到了他的脸上。退开后,她冲顾时深鼓了鼓腮帮子:"顾时深,我发现你的人设崩了!"

顾时深不以为意地伸手摸摸她的耳发,神色宠溺:"那也是被你带崩的。"

毕竟她在他面前,情绪一直都很丰富饱满,演戏和耍无赖一向信手拈来。顾时深觉得自己或多或少受了点儿影响,偶尔竟也会想跟自己的小女朋友撒个娇,展露自己不为人知的很多面。

因为顾时深的话,孟浅一脸成就感。她觉得,能把顾时深带得崩掉他冷淡禁欲的人设,是她的本事。

"请你继续保持啊,顾医生。"孟浅俏皮地笑着,冲顾时深眨了眨眼睛,机灵劲儿尽显,却又无端有些魅人。

经过昨晚,顾时深算是彻底放弃与自制力之间的抗争了。他望着快要吃完饭的孟浅,喉结滚了滚,声音沙哑了许多:"吃饱了没?"

孟浅不明所以地一边咀嚼食物,一边侧头看着他,满脸狐疑。顾时深凑近她,俊脸几乎贴上她的脸,与她呼吸相缠。

孟浅吃东西的动作忽然就顿住了,她屏住了呼吸。顾时深扯着唇角,淡淡地冲她笑,薄唇一张一合,吐字清晰:"要是你吃饱了,也喂喂我吧。"

"嗯？"顾时深询问的声音低沉蛊人，连他垂下去的眼睛都透着风流，这让孟浅想到了昨晚。

顾时深放肆起来，真的不是人！

孟浅艰难地咽下嘴里的食物，很快脸上便烧红一片，看向顾时深的眼睛闪烁着微光，她似乎有些犹豫。

顾时深见状，轻笑了一下，果断地把人搂入怀里。他先是亲了亲孟浅的额头，随后温热的呼吸洒到她的唇畔："浅浅，是你先招惹我的……"

有些东西，他一旦沾染上就再难忘记。

孟浅其实也很喜欢那种感觉，但是顾时深太疯狂了，没羞没臊也就算了，还不知道节制。

呼吸被他吞没时，她满脑子就一个念头——完了，没有两个小时，这个男人怕是饱不了了。

网上不都说老男人体力不太行吗，顾时深是变异了还是怎么了？

孟浅一直试图想清楚这个问题，可惜，很快她连思绪都无法聚拢，更别说思考问题了，有力气呼吸就已经很不错了。

周六、周日这两天，因为发生的事情太多，孟浅没怎么复习。而周一开始便是考试周，她只能硬着头皮上阵。

还好孟浅平时学习好，这次考试成绩虽然有下降的趋势，但她并没有挂科。她能安安稳稳地回家度过一个漫长美好的暑假了，不像沈妙妙，还得哭哭啼啼地考虑补考的事。

不过家家有本难念的经。孟浅虽然不用为补考的事费心，却不得不为带顾时深回家见家长而发愁。到考完试那天，她还是没想好怎么跟二老说比较好。

就在孟浅发愁之际,顾时深给她发了微信:"我已经请好假了。高铁票也订好了,后天的,把弟弟的和时森的也一起订了,你记得跟他们俩说一声。"

孟浅看完消息,银牙一咬:算了,不管了,不就是带男朋友回家见家长吗?她看人的眼光这么好,顾时深这么优秀,爸妈要是知道她把他拿下了,说不定还得偷着乐。

启程回陶源镇那天,孟浅和顾时深起了个大早。

虽然顾时深订的是下午的高铁票,但他们俩还得出门采购。毕竟这是顾时深第一次正式以孟浅的男朋友的身份去见她的父母,他要带礼物,知礼数。

孟航得知顾时深也要跟他们回家,还在微信上冷嘲热讽了孟浅几句,说她今年才19岁,还没到法定结婚年龄呢,就这么着急把人领回家,真给老孟家丢脸。

孟浅知道他向来嘴贱,懒得搭理他。反正他也只敢在她面前叫嚣,当着顾时深的面连屁都不敢放。

时森管这叫未来姐夫的威压,还说总算是有人能治得了孟航了。

说起这个,孟浅便忍不住想笑。孟航忌惮顾时深,完全是因为听说了之前顾时深揍江之尧的事,得知顾时深是跆拳道高段位的练家子,自那以后便再也不敢小觑这位未来的姐夫了。

只有时森知道,孟航之所以服顾时深,其实主要还是因为顾时深对孟浅好得真是没话说。不过孟航也希望孟浅不要为爱昏了头,男人一时的好不算什么,孟浅断不能因为顾时深一时的好失去自我。

高铁能直抵陶源镇,是因为陶源镇是热门旅游景点。小镇四面环江,但距渡口车程不到 20 分钟的地方就有一个高铁站,平时游客自四海八方不远千里到陶源镇基本是乘坐高铁。

上车以后,孟浅便一直抱着手机,拧着一双秀丽的柳眉,任谁见了都能看出她心有所忧,一副很焦虑的样子。

顾时深全程就坐在她的身边,自然是将她的各种微表情、小动作尽收眼底。他猜她还没有将他们俩的事情告诉父母,也看出她在为他上门拜访的事情为难。

于是列车快到陶源镇站时,顾时深抽走了孟浅攥在手里的手机。

孟浅本就心事重重,视线自然随着被抽走的手机移走,最终落到了顾时深的脸上。她茫然地看着他,不明白他这是做什么。

顾时深什么也没做,只是把她的手机放回了她的挎包里:"算了。"

孟浅仍是一脸茫然:"什么?"

"先不告诉你爸妈我们的事了。"顾时深低垂的睫毛又抬起,双眼沉静,幽若寒潭。他静静地凝视着孟浅,弯了弯薄唇,"等你做好心理准备,到时候再告诉他们也不迟。"

孟浅愣住,片刻后才看了眼窗外的景致:"可是我们已经快到了……"她心里有些愧疚,总觉得这次要是算了,就白费了顾时深的一番苦心,而且感觉会让他受创。

"没关系,到时候就说我是来旅游的,继续住在你家的民宿里。"顾时深探手,抚平了孟浅眉间的褶皱。他已经想好了所有的退路，所以才会请假陪着孟浅踏上归途。无论她做什么选择，他都会配合她。

可他越是如此，孟浅心里就越是羞愧。明明是她先喜欢顾时深的，明明是她先一点点地瓦解他的防线，让他沉沦在这段感情里。如今她却有所顾忌，成为他们这段感情里的胆小鬼。

"顾时深……"孟浅越想越难过，咬着嘴唇才没哭出来。

顾时深见状，大手探过去，习惯性地将她捞到了怀里："没事，别哭。这不是你的错。"孟浅毕竟年纪小了点儿，就算真的要怪谁，那也只能怪他自己。是他没能把持住，在她面前溃不成军。他没道理逼迫她现在就把余生的幸福与他硬生生地绑在一起。

高铁到站时，陶源镇这边已是傍晚时分。

因为远离大城市的喧嚣和工业气息，陶源镇的黄昏美得似一幅油画。天际的火烧云层层叠叠，呈渐变色，尽头是连绵的山脉，是一幅浑然天成的大自然的画作。

下车时，孟浅的裙角被夏季傍晚燥热的风吹起。她将碎发勾回耳后，下意识地便想去牵顾时深的手。孟航却从后面过来轻轻撞了一下她的胳膊："爸妈在出站口等我们，你要是决定了先不公开你们俩的关系，就注意点儿。"

行吧，从现在开始，孟浅和顾时深暂时只是久别重逢的人，牵手、拥抱通通打住。

正如孟航所说，孟永安和施雯婕一起来接他们了。刚出站，孟浅便听见了孟永安的大嗓门儿："闺女！儿子！这里这里！"

孟浅循声看过去，只见孟永安穿一件夏威夷风的花T恤，底下是一条黑色的短裤，脚上趿拉着一双人字拖，不知道的还以为他刚从夏威夷旅游回来。施雯婕则一身旗袍,头发盘得精致端庄,一丝不苟,气质温婉,秀外慧中。

孟永安和施雯婕站在一起,拉低了后者的品位。两个人怎么看都不像是一个世界的人。

"爸、妈,我想死你们了。"孟航迎上去和两个人拥抱,语气有点儿撒娇的味道,十足小孩子气。

孟永安和施雯婕却不在意,满眼都是欢喜。看到孟浅时,两个人更是笑得合不拢嘴,还被孟航吐槽:"孟浅离家的时间都没我离家的时间长,怎么你们反倒更想念她的样子?我要吃醋了。"

"臭小子!你常年在外不着家,我跟你妈早就习惯了。你姐姐不一样,她念大学才离开家,我跟你妈自然舍不得。"

孟永安说着说着,不知道怎么就说到孟浅以后迟早要嫁人的事,想到与她见面的次数会越来越少,他老人家突然伤感起来。最后还是施雯婕撑起了大局,照顾孟航他们先走。

他们要打车到渡口那边,再坐渡船过河,回到陶源镇上。

招呼时森时,施雯婕终于注意到了落在最后的顾时深。她先是看见了孟浅的行李箱,随后顺着行李箱看见了扶着拉杆的男人。

男人穿一件浅色短T恤,下身是休闲短裤,打扮得简单随意,看上去很减龄,像是和孟浅、孟航的年纪相差无几。

施雯婕一向记性好,只一眼就认出了顾时深:"小顾?"

施雯婕有些讶异,记得三年前盛夏时节,顾时深来镇上旅游,当时就住在他们家民宿里。怎么他这次会和孟浅他们在一起?而且,她家浅浅丫头的行李箱怎么会在他的手里?

"阿姨好,叔叔好。"顾时深温声打了招呼,嘴角勾着恰到好处的弧度,非常有礼貌。

孟永安看了他好一阵，才上前跟他叙旧："还真是小顾啊！两三年没见，真是越长越帅了，我差点儿没认出来。"

　　顾时深知道孟永安这是玩笑话，附和地笑笑，寒暄了几句。随后顾时深朝孟浅看了一眼，一本正经地阐明了来意，说要在陶源镇小住几日，休假旅游。

　　"哎呀！你要来怎么不提前给我打电话呢？我家的民宿都已经住满了。"孟永安皱眉，似乎很苦恼。片刻后，他又说道，"这样吧，我帮你问问隔壁老吴家，说不定还有空房间。"

　　这个结果顾时深属实没料到，孟浅也没料到。

　　她当然希望顾时深能住在她家民宿里，这样至少他在陶源镇休假这几天，他们每天都能见面。

　　就在孟浅心下着急时，孟航忽然开口："既然顾大哥都是老熟人了，不如让他住在咱们家里吧，和我住一间屋。"孟航说着，看了顾时深一眼，似乎寻求他的意见。

　　顾时深当然愿意，这可比住在民宿里好太多了，也算是某种意义上的上门拜访孟浅的父母。

　　孟永安和施雯婕似乎有些犹豫。旁边把自己捂得严严实实的时淼帮腔道："孟叔、施老师，您二老就允了吧，因为我也想去你们家叨扰两天。我爸妈出去旅游了，家里没人，我回去可能得饿死……"

　　时淼和孟浅是好闺密，从小玩到大，时淼来串门理所当然，但顾时深……孟永安和施雯婕互看了一眼，最终还是被孟浅一句话敲定了。

　　孟浅做主应下了这件事，然后顾时深便稀里糊涂地住进了孟浅家。

・366・

孟浅家是复式小楼房，四室两厅两卫一厨的格局，二楼有个大露台，一楼则带一个大院子。院子里立了一座假山，修了一个水池，水池里养了一群红黄花色的锦鲤，其余地方被施雯婕种满了花，院子被打理得井井有条，小径通幽的意境很美。

当初孟永安和施雯婕买地皮自己建房子，装潢、布局都是按照他们夫妻自己的喜好做的。房子虽然建了二十几年了，看上去却一点儿也不过时，反而别有一番复古的韵味。

四间屋子，其中有三间是卧室，另外一间是休闲娱乐室，所以并没有多余的客房提供给客人。

因为孟永安在灯会一条街那边有一处民宿，家里要是来客人，可以安排到民宿里住。

顾时深和时淼同为客人，但顾时深带了许多礼物，礼物多且贵重，愣是把孟永安和施雯婕看呆了。孟永安还半开玩笑地说道："你来旅游还特意给我们带这么多礼物啊？这礼物都快赶上送你未来岳丈的量了吧，也太客气了。"

孟永安这话愣是把几个年轻人说得沉默了。后来还是施雯婕拍了他的胳膊一下，让他不要胡说八道，别坏了孟浅的名声，送礼这件事才打着哈哈过去了。

晚饭是孟永安亲自下厨做的。因为孟浅和孟航要回家，他们夫妻一大早就上街买了许多新鲜的食材，这一顿晚饭自然是丰盛美味的。

孟浅吃得很欢。她偏爱麻辣大虾，只是自己剥壳比较慢，下意识地想让顾时深帮忙，话到嘴边却忽然想到现在他们俩之间的关系，不适合请他帮忙，便打算作罢。没想到顾时深却一边同孟永安聊着工作上的事，一边剥虾，然后不动声色地把虾肉放到孟浅手边干净的碟子里。

孟浅每次都趁着大家不注意的时候把碟子里的虾肉吃掉，像一只偷腥的猫，玩的就是心跳。

可惜她不知道的是，她好几次夹虾肉都被施雯婕看见了。

几次三番后，施雯婕放下碗筷，沉声教训道："浅浅，你怎么老是夹人家小顾的虾肉？要吃自己剥，身为主人，怎么一点儿礼数都没有？"

孟浅简直无语：那虾肉分明就是剥给她吃的嘛！

施雯婕为了补足礼数，还给顾时深夹了菜，让他不要跟孟浅一个小孩子一般见识。

第十五章
情动难歇

晚饭过后,孟浅和时淼先后洗完澡,回了房间。

两个人进行了久违的促膝长谈,从时淼的演艺生涯聊到孟浅和顾时深的恋爱进展。

"你打算什么时候把你们俩的事告诉孟叔和施老师?"时淼问。

孟浅抱着膝盖,看了眼窗外浩瀚的夜空:"再等等吧,这个学期刚开始时,我爸妈才知道我在学校里谈了个男朋友,分手了。现在才过去几个月我就把顾时深带回家来,你猜我爸妈会怎么想?"

时淼点点头:"也是。以孟叔和施老师的性子,怕是以为你被顾时深花言巧语骗了,不然怎么会喜欢一个大自己 8 岁的老男人。"

孟浅忍不住为顾时深辩护:"顾时深不老,一点儿也不老!"

时淼失笑:"是是是,不老。"顿了顿,时淼又道,"其实老男人最会疼人了,你家顾时深长相好、身材好,也算是男人里的佼佼者了。"

"就是不知道他……"时淼说到这里故意停下来,看着孟浅,冲孟浅暧昧地挤眉弄眼。这让孟浅想到了一些不可言说的画面，脸色顿时通红，连心跳都剧烈起来。

"反正他很行！特别行！"孟浅说完，羞得直接下床去，"我出去透口气，你睡吧。"话音刚落，她便开门出去了。

说是去透气，但实际上她是想去孟航的房间里看看顾时深睡了没有。

孟浅的房间在二楼，孟航的房间在一楼。

楼梯紧挨着二楼的露台，下楼经过露台时，孟浅看见了露台上倚着栏杆的那道身影。她顿住脚步，随后四下看了看，做贼似的，蹑手蹑脚地朝露台那边走去。

"顾时深？"孟浅试探似的开口。

那道身影果然有了反应，于漫漫月色下回身，朝她望去。

"浅浅，你也睡不着？"顾时深侧身而立，一只手肘随意地搭在露台的栏杆上。

他穿了一件宽大休闲的家居服，底下一条短裤，是睡觉的装扮。夜风缱绻，卷着他的衣摆轻轻飘荡，也在孟浅心里掠起了涟漪。

她走过去，挨着顾时深站定。两个人视线相对，被朦胧的月色笼上薄薄的暧昧。

"我打算去找你来着。"

"你睡不着吗？是不是孟航那小子睡觉打呼噜？"

"没，我只是不习惯和你之外的人同床共枕。"尤其是两个大男人睡在一起总觉得很奇怪，所以顾时深打算一会儿回屋后打个地铺。

孟浅被他的话勾得耳垂泛红。

白天怕被爸妈发现他们的关系,她和顾时深一直保持着距离。此刻夜深人静,月色又如此暧昧,他们俩难免心生旖旎的情愫。

等孟浅回神时,她已经抱住了顾时深的腰,依偎在他的怀里,仰着头迎合他垂首覆上来的吻。

他们呼吸相缠,潮湿滚烫,悄无声息地宣泄着爱意。

这一幕恰好被起夜打算去露台那边上洗手间的孟永安撞见。起初,他还以为自己看花了眼。

这大半夜的,自己家的露台上怎么会有小情侣在那儿你侬我侬?可他仔细地一看,那小情侣中的一个可不就是他家闺女吗?!

至于另一个……好家伙,顾时深?!他闺女和顾时深那小子……在亲亲?!

翌日一早,孟浅便被施雯婕叫去了孟永安和施雯婕的卧室。

彼时孟浅刚睡醒,连洗漱都没来得及,打着哈欠便敲开了爸妈的房门。

孟永安去厨房做早饭了,房间里只有施雯婕一个人。见孟浅进门,她在床尾坐下,唤孟浅到跟前:"浅浅,你是不是有什么事情瞒着爸爸妈妈?"

孟浅的脑袋还有些昏沉。

昨晚她和顾时深在露台上待了很久,赏月闲聊、憧憬未来,所以她睡得有些晚。这一大早她又被施雯婕叫醒,这会儿很缺觉,脑袋有点儿转不过弯儿来。

"没有啊!"孟浅矢口否认。她只在心里过了一下她和顾时深的事,装得一脸纯良。

可惜昨晚孟永安把他看见的都告诉了施雯婕,正因如此,施雯婕才会一大早就叫孟浅到房间里来单独谈。

"没有?那你和顾时深是怎么回事?你爸可看见你们俩昨晚在露台上接吻。"

孟永安的原话是——他闺女和姓顾的那小子足足亲了2分钟!

他这个当爹的当时那个心碎,真的有一种女儿已经长大,马上就要嫁人离开家的感觉,非常难过。

孟浅差点儿一口气没上来,被自己的口水呛到了,激动得一阵猛烈地咳嗽。

见她如此,施雯婕心下有数了:看来昨晚还真不是孟永安睡眼惺忪看花了眼。

"妈……"孟浅平复过来后,艰难地咽了一口唾沫,瞌睡彻底醒了。她臊得慌,脸上滚烫,烧到了脖子和耳根,"您听我解释……"

施雯婕拧着黛眉。许是一直跳舞的缘故,她的气质、形体和容貌都比同龄人好得多,整个一风韵犹存的典范。这会儿她蹙着黛眉,依然美得惊心动魄,很有韵味。孟浅却从中感受到了莫名其妙严肃起来的气息,呼吸不由得小心翼翼起来。

房间里寂静了片刻,施雯婕沉声开口:"浅浅,你知道顾时深是什么身份吗?"

孟浅点头:"知道,他是一名很优秀的动物医生。"

施雯婕抿紧红唇,噎了噎:"他是深市成远集团董事长顾锦成的儿子,也是成远集团未来的继承人。"

孟浅愣了愣,似乎没想到母亲会知道顾时深这一层身份。虽然她也隐约猜到顾时深的出身不简单,却并不知道他身后是深市很有名的成远集团。

"妈,你怎么知道的?"孟浅满腹狐疑地问道。

但施雯婕没有回答她的打算,只是接着说道:"他出身不一般,你知道这代表着什么吗?"

孟浅的思绪被带偏,不明所以:"代表什么?"

"代表你们俩不合适!"施雯婕站起身,气势瞬间提了起来,"顾时深是顾家的人,你以为他的婚事是他自己能做得了主的?"

"你们俩要是只谈恋爱也就罢了,但你是我的女儿,我知道你的性子。"从孟永安说孟浅和顾时深在接吻的那一刻起,施雯婕就知道她这傻女儿对顾时深是认真的。如果只是玩玩而已,孟浅不会与他接吻,再加上昨晚在席间他们俩看似低调的互动,施雯婕心下很笃定,孟浅真的很喜欢顾时深那小子。

"顾时深能做主。"孟浅语气笃定地反驳道。

施雯婕似乎被她气到了:"就算他最终真的能做主,但你们想要走到最后定然会受到很多阻碍。"

"我不怕,只要我跟他在一起,我们就能战胜一切。"孟浅拧眉,一副下定决心要一条道走到黑的态度。

孟浅的话和神态令施雯婕震惊了片刻,因为施雯婕仿佛从孟浅的身上看见了年少时的自己。

见施雯婕恍惚了一阵,孟浅趁机继续说道:"我的确是和顾时深在一起了,而且是我先招惹他的。妈,我知道我不该瞒着您和爸爸,但是现在你们既然已经知道了,那我就直说了——我要和顾时深一直在一起,从恋爱到结婚,我和他的心意永远都不会改变。"

施雯婕语塞,越发觉得孟浅这丫头倔起来简直跟自己就是一个模子里刻出来的!

"行,既然跟你谈不通,我去找他谈。"施雯婕转身往门外走。

她那架势不像是要去和顾时深谈事情,而是要去劈了他。孟浅追出去想要阻拦,却被孟永安拦下了。

顾时深也没想到他和孟浅的事情会这么快就被孟浅的爸妈知晓。被施雯婕叫去院子里谈话时,他还有些茫然。

施雯婕是个直性子,直接开门见山:"你和浅浅的事情我和她爸不同意。希望你主动离开我女儿,不要把她卷入你们圈子复杂的关系里,更不要向她许诺未来。"

顾时深花了2分钟的时间来消化施雯婕的话,然后他的眼神沉了下去。他跟施雯婕保证:"阿姨放心,我的婚事由我自己做主。我不会让浅浅受到任何委屈。"

"拉倒吧。你爸那刻板的性子,能让你自己做主?"施雯婕撇了撇嘴角,抄着手侧过身去,没再看顾时深。她的话却让顾时深再次一愣,他神色凝重,也更加茫然。

片刻后,施雯婕似乎意识到自己刚才的话有些不妥,尴尬地轻咳了一声:"总之我不会同意你和我女儿在一起,你根本护不住她。"

"谁说他护不住我?"孟浅的声音破空传来。

一时间,大家都到了院子里。孟永安试图拉着孟浅,孟航和时森这两个人却帮着孟浅反过来绊住了他。因此孟浅不受阻碍地走到了施雯婕的面前,目光坚定地说:"在深市的时候,如果没有顾时深,我早就被人欺负了。他是这个世界上除了您和我爸,唯一会保护我、把我放在心尖上宠的人。所以,妈,我一定要跟顾时深在一起,哪怕您和我爸都不同意,我也要跟他在一起。"

孟浅的宣言彻底激怒了施雯婕。她从没见过孟浅这样叛逆的一面，仿佛她好好的一个女儿被顾时深带坏了似的。施雯婕很生气："行！你要是非要跟他在一起，那就跟我断绝关系！"

人在愤怒时总忍不住口不择言，说一些伤人伤己的气话。

孟浅着实被施雯婕这句话伤到了，眼圈蓦地红了："妈……你说什么？"

"好了，好了！打住！"孟永安见状，赶紧过来打圆场。

顾时深也适时地将孟浅拉到了身后。她刚才斩钉截铁地为了他和她妈妈作对的样子，真的让他很心疼。这件事明明应该由他自己来处理的，不应该让孟浅出面，更不应该让她因为他和家人闹不愉快。

"阿姨，虽然我不知道您为什么不信任我，但是我会用行动向您和叔叔证明，我自己的婚事，我自己可以做主。"顾时深沉声道，一字一顿，真诚坚决，"希望到那个时候，您二老能够答应把浅浅嫁给我。"

施雯婕还想说什么，被孟永安拦下了。

事情闹到现在这个局面，顾时深也没办法继续在孟浅家住下去，甚至没办法再继续留在陶源镇。所以他连早饭都没吃，便收拾东西离开了。

走之前，他和孟浅单独说了几句，让她好好和家里人解释，不要硬碰硬，伤人伤己。他这就回深市和顾锦成做个了结。

"只要我和成远集团再无瓜葛，相信叔叔阿姨会接受我的。"顾时深安慰孟浅道。

虽然他也不明白为什么施雯婕对他的家世背景这么排斥，不过她说得很对，他们圈子里很少有人能对自己的婚事做主。尤其是像他、施厌，还有江耀、苏子玉这种大集团或者家族企业出身的人，生来就是家业的一部分，婚姻能否自由全看父母的思想是否开明。

顾时深运气不好，遇到了一个为人刻板的父亲。他庆幸的是，他与顾锦成的关系向来不好，所以就算顾锦成跟他彻底断绝关系，他也没什么好伤心的。

比起成远集团，比起顾家，在他心里，孟浅才是第一位的。

顾时深离开陶源镇后，孟浅和父母的关系日渐缓和下来。

孟浅试着追问过施雯婕，到底为什么对顾时深的身世有那么大的成见，但施雯婕什么也不说。

不过，施雯婕似乎和孟永安私下里也聊过这件事，在孟浅和顾时深恋爱这件事上，她反对的态度似乎也没有之前那么坚决了。只是一直到暑假结束，施雯婕面上也没松过口。

孟浅问起时，施雯婕只是拿顾时深走之前说的那些话说事，扬言要看顾时深的具体表现。

足足两个月的暑假，孟浅觉得漫长又难挨。所以开学前一天，她一大早便出发去了高铁站，搭乘上午9点多的高铁直奔深市。

孟浅走之前，施雯婕对她再三叮嘱，在顾时深拿出实际行动来之前，不许她和他进一步发展，恋爱可以谈，但是不能失去理智，失去自我。

孟浅连声应下，但她心里很清楚，她这辈子说什么也逃不出顾时深的手掌心了。她能做的不过是和他并肩而战，一起说服双方的长辈罢了。

高铁到站时，孟浅接到了顾时深的电话，他已经在出站口等着了。孟浅一与他碰面,就直接扎进了他的怀里。

顾时深顿时勾起了唇角,抱紧她,埋头于她的发间,深深地呼吸着。"好想你,浅浅。"他沉沉地低喃道,声音极富磁性。

孟浅也用力地抱紧他,差点儿哭出来:"我也是,好想好想你。"

明明他们也就分开了两个月,时间算不上长,思念却如藤蔓一般爬满了孟浅的心脏,将她的心勒紧,令她险些窒息。

两个人在出站口拥抱了许久才一起离开。

顾时深没告诉孟浅,他来接她之前去了一趟顾家老宅,和顾锦成大吵了一架。这两个月里,他频频往老宅跑,只为了把自己的户口从顾家迁出来。他这么做,无疑是告诉顾锦成:以后他和顾家以及成远集团再无瓜葛。

顾锦成自是不会答应。父子俩为此见面就吵架,这次也一样。他们不欢而散,顾时深还是没能把户口迁出来。

他接到孟浅后,先带孟浅去吃了个迟到的午饭,然后带孟浅回了住处。

孟浅原本打算从这个学期开始就在顾时深这里长住,但顾时深考虑到施雯婕那边还没有完全同意,自己自然不能背着孟浅的父母,再做些欺负孟浅的事情。

虽然是这样决定的,可面对孟浅时,他总是很容易失控。但凡孟浅主动地凑上来亲吻他,推着他进卧室里,动手解他的衬衣扣子,他就忍不住想要久违地回应她的爱意。

两个人亲着、搂着往卧室走去时,顾时深的手机忽然响了。他的理智瞬间回笼,他轻轻拉开了孟浅,单手将她揉在怀里,轻轻地摸着她的头发,一边安抚她,一边摸出手机接了电话。

电话是顾凝打来的。

她有自己的娱乐公司要经营，平时也很忙。而且因为温寒的事，他们姐弟的关系这些年生疏了许多。所以如果不是什么重要的事，她一般不会给顾时深打电话。

果然，电话接通后，顾凝提到了顾锦成："阿深，爸进医院了，你快来看看他吧……"

顾时深拧眉，抚弄孟浅头发的动作顿住，目光沉了一些，结了冰碴儿一般冷。

顾凝说，顾锦成是和他吵架才被气得病倒的，医生说情况不好。顾凝说什么也要让顾时深去医院看一眼。

孟浅全程旁听着，虽然顾时深没有开免提，但房子里安静，她基本听清楚了。或许是出于讨好顾爸的心理，她软声劝说顾时深去医院看看老人家。

万一顾爸真的病得很重，又是因为与顾时深吵架才病倒的……那要是顾爸真出了什么事，别人不得戳着脊梁骨骂顾时深吗？

在孟浅的劝说下，顾时深答应去看看顾锦成。只是在开车前往医院的途中，他给施厌打了个电话，让施厌帮忙调了顾锦成在盛大私人医院的病历。因为他从骨子里不相信顾锦成得很严重这种话。顾锦成的身子骨从来都不差，怎么可能被气一气就病得很厉害？

但事实证明，顾锦成确实病得很厉害。

这病来得很突然，他被直接送进了 ICU 里。不过顾时深找权威的医生朋友看了顾锦成的病历，发现他这病来得蹊跷，不像是被气出来的，倒像是中了毒。

顾时深赶到医院时，温寒、顾凝以及温婉君都在。不仅如此，成远集团其中两位董事也在，正和温寒在病房外的走廊边说着什么，远远地看见顾时深，三个人结束了谈话。

温寒似乎有些诧异，没想到顾时深回来，听说是顾凝打电话叫顾时深过来的，脸色变了变。

顾时深只看了顾锦成一眼，连堆了满脸笑容与他打招呼的温婉君也没搭理，只是冷着脸把顾凝叫到了安全通道那边，简单地了解了一下顾锦成最近的身体情况以及饮食方面的问题。

顾凝对此不是很了解，因为她平时都在忙自己公司的事情，成远集团的业务基本是顾锦成和温寒在打理。

而且顾凝还告诉顾时深，她前两天刚和顾锦成提了和温寒结婚的事，打算婚后把她在成远集团的股份全都转到温寒的名下，以后就由温寒打理成远集团。

"你确定你要跟温寒结婚？"顾时深沉下脸。

虽然这些年，温寒和温婉君并没有行差踏错任何一步，在顾时深面前、顾凝面前以及顾锦成面前，他们母子是与人和善、相依为命的可怜人。客观地讲，他们母子这些年没有出过任何问题，甚至温寒在成远集团帮了顾锦成许多忙。对于成远集团的那些董事来说，温寒更像是顾锦成的亲儿子。

可顾时深对他们母子的厌恶，从顾锦成答应让他们住进顾家老宅里的那一天起就已经埋下了种子。后来母亲因为抑郁症离世，顾时深更是将所有的原因归结于他们母子。

尽管这些年顾凝一直劝顾时深，告诉他母亲的死和温寒母子没有关系，至少温寒是无辜的，不应该受到他的仇视，他却始终放不下心中的芥蒂。为此，他和顾锦成关系闹得很僵。

如今顾凝要和温寒结婚,顾时深自然是反对的。更何况,她还要在婚后将名下的股份转给温寒。

"我和温寒的婚事,爸已经同意了。既然你和我都对接管成远没兴趣,把它交给温寒也好。不然以后我们家的家业谁来继承?你说呢,阿深?"

顾凝一直致力于调和顾时深和温寒之间的关系。她始终认为顾时深对温寒存有偏见。可惜顾时深的性子向来爱憎分明,不受任何人左右。他没有给顾凝任何回应,只是拿着顾锦成的检查报告,离开了医院。

正如顾凝所说,顾时深对成远集团继承人这个身份毫无兴趣。他不在乎集团由谁继承,但在乎顾凝的终身幸福,以及顾锦成病倒这件事。

所以离开医院后,顾时深给施厌和江耀分别打了电话,一边查顾锦成的病因,一边查温寒和顾凝这些年的感情状况。

为了这些杂事,顾时深隔天把孟浅送回学校后,连玉深动物医院这边的工作都顾不上,天天和江耀、施厌在一起。

孟浅知道他父亲生病这件事,但不知道他父亲是疑似被人下了慢性毒药才会引发这次病情。

顾锦成病来如山倒,成远集团的事情被理所当然地交到了温寒的手里。偏偏在顾锦成病倒期间,温寒张罗起了自己和顾凝的婚事,名义上说婚期是一早定好的,正好给顾锦成冲一下喜。可实际上,据顾时深调查所知,温寒一直在暗中收购成远集团的股份。

成远集团和苏子玉家的苏氏集团,以及江耀家的汇江集团、施厌家的茂林集团不一样,那三家都是家族企业,而成远集团是兄弟企业,是当初顾锦成和他的好兄弟温知远一手创办的。

虽然集团有意发展为家族企业，而顾时深便是顾锦成敲定的集团未来继承人，但这项改革方案现在正处在节骨眼儿上，偏偏这时顾锦成忽然病倒了，顾锦成筹谋多年的改革方案尚未成功地实行，而温寒又暗中收购集团股份……种种事情在一起，顾时深认为无论如何这肯定不是巧合。

为了查清楚这一系列事宜，顾时深和孟浅有近一个月的时间没有见过面。他们每天只在微信上聊两句，连听听彼此的声音都变得奢侈。

深市盛夏的余热在孟浅开学后的第二个月才彻底消散。

她和苏子冉、沈妙妙一起准备英语考级，还利用闲暇时间动笔写起了剧本——一个电影剧本，灵感就来自她和顾时深的故事，但结局是悲剧，因为她认为自己和顾时深能在大千世界里再次相遇，算是花光了彼此毕生所有的运气。

实际上，两个人初次相遇，分离之后永生不再相遇才是大部分人的经历。所以她给了剧本里两位主角遗憾的结局。

写这个剧本，孟浅花了大概两个月的时间，其间她和顾时深见过三次面。

他从没在她面前提过集团的事。在他们见面时，他很珍惜相处的每分每秒，全心全意都放在孟浅身上。孟浅知道，顾时深是不想把负面情绪带给她。

因为她在网上搜到了很多关于成远集团的报道，其中包括成远集团董事长顾锦成慢性中毒事件，以及成远集团副总经理温寒涉嫌泄露集团机密、毒害成远集团董事长顾锦成等相关报道。

孟浅还知道，顾时深已经很久没有回大学城这边，更顾不上玉深动物医院的工作。

顾锦成的身体因为慢性毒药事件落下了病根，病情一直反复。温寒因经济罪、谋杀罪被捕，成远集团还因为之前机密业务泄露问题流失了不少老客户。无论是集团内部还是外部，给顾时深和顾凝的压力都不小。

顾时深到底是顾锦成的儿子，也不忍心把重担完全压在顾凝的身上，所以这段时间他以代理董事长的身份支撑着成远集团，再加上江耀和施厌的鼎力协助，顾凝才能喘口气，渐渐让成远集团的情况回暖，重新有了生机。

这些事顾时深只字未向孟浅提过，还要在百忙之中抽空跑来见她、陪她约会，哪怕只有一天。

孟浅很心疼他，却又无能为力。她现在深刻地体会到了母亲说的那些话的意义，也不得不承认自己和顾时深之间确实横亘着巨大的鸿沟。所以当媒体曝出成远集团代理董事长顾时深要和茂林集团的千金施诗联姻的消息时，孟浅心里慌了。她下意识地觉得，一定是顾时深为了撑起成远集团，答应了和茂林集团的联姻。

这天的课，孟浅上得浑浑噩噩的。她好几次想打电话给顾时深求证，却始终提不起勇气，或许是害怕从顾时深的嘴里听到肯定的答案。

如果他真的为了成远集团要牺牲自己的婚姻，那她又该说什么？她要阻止他吗？

孟浅红着眼圈想：她好像并没有资格去阻止顾时深娶施诗，因为成远集团是他爸毕生的心血，那是养活成千上万人的集团。

孟浅胡思乱想了一整天，始终没敢给顾时深打一个电话。

她不知道的是，那则报道在曝出的半个小时后便被撤下来了。

夜幕落下时，深市迎来了今年第一场雪。雪花如细盐一般簌簌落下，还没落到衣服上，便融化不见了。

孟浅洗完澡便在宿舍里呆坐着，面前放了一本书，一直没有翻页。沈妙妙和苏子冉不见人影，孟浅也没在意。

晚上10点钟左右，宿舍门被推开，沈妙妙和苏子冉回来了。

"浅浅，你有空吗？能不能陪我们去个地方？"沈妙妙压不住嘴角的弧度，被苏子冉用眼神警告了好几次。

还好孟浅状态不佳，并没有察觉到异样。她甚至没问沈妙妙去哪儿便木讷地点头应下了，反正无论和她们去哪儿、做什么，也总比她呆坐在这里，一直想着那则报道要好。

孟浅被沈妙妙和苏子冉挽着手出门时，外头的雪已经逐渐下大了。三个人在东校门外打了辆出租车，沈妙妙直接报了酒吧一条街的位置。

孟浅也不知道她们是几时到的酒吧一条街。

这边平时人就很多，今晚聚集的人群是平时的两三倍。

孟浅被沈妙妙和苏子冉带入一家酒吧里时，外面的喧嚣被彻底隔绝了。本该音乐喧天、五颜六色的酒吧，里面竟是一片漆黑，寂静无声。

直到此刻，孟浅才察觉到事情不对劲。她被苏子冉和沈妙妙轻轻推入了伸手不见五指的黑暗中，心下一慌，思绪凝聚："冉冉？妙妙？"

孟浅唤着两个人，可她们像是凭空消失了一般，没有任何回应。

"沈妙妙？苏子冉？"孟浅一边喊两个人的全名，一边伸手到大衣口袋里摸手机，却突然感觉到身后有人靠近她。

她摸手机的动作顿住了，因为感觉到那人在她背后站住了。一股熟悉的清冷淡香在空气中渐渐扩散，循着孟浅的呼吸，钻入她的鼻息间。身后的人慢慢贴近她，热意从她的背后源源不断地传来。

"小孟同学，"顾时深的声音响起，低沉沙哑，带着无尽的缱绻爱意和温柔，"节日快乐！"

孟浅呆住了。那一声"小孟同学"险些让她哭出来，因为就在顾时深出现的前一秒，她还深深地以为他可能要为了成远集团和施诗订婚了，也许过两天，他就会打电话联系她，跟她提分手的事。

就在孟浅鼻子酸涩，沉默无语之际，从背后轻轻拥住她的顾时深变魔法似的在她眼前摊开了一只手掌——一只小巧的、正方形的、不知道是什么材质的盒子在伸手不见五指的黑暗中亮了起来。

借着微弱的光，孟浅被眼泪模糊的视线落在了盒子里被照亮的那枚戒指上。

她的泪意忽然就止住了，脑袋空了几秒，耳畔传来顾时深徐缓低沉的声音："我已经把我的户口迁出来了。如果你愿意让我为你戴上这枚求婚戒指，那我现在就可以把我的户口簿交给你保管。这样等你到了法定结婚年龄那天，就可以直接带着我去民政局了。"男声款款如"潺潺"溪水，不疾不徐，悦耳动听，似有蛊惑人心的魔力。

孟浅悄悄用手捂住了嘴，压住了想哭的欲望，听顾时深继续道："浅浅，你愿意让我为你戴上这枚戒指，接受我的求婚吗？"

顾时深的话音落下的那一刻，孟浅终究还是没忍住哭出声来。

她的反应在顾时深预料之外,也让他微微慌了神。

"浅浅……"

"我愿意。"男女两道声音几乎同时响起。

而后,现场陷入了短暂的沉寂。紧接着,孟浅又郑重地回答了一次:"我愿意嫁给你,顾时深。"

"啪——"

孟浅的话音刚落,酒吧里的灯忽然全部打开了。施厌带头欢呼出声,随后起哄的声音从四面八方传来。

孟浅因光源闭了下眼睛,再睁眼时,她和顾时深已经被一张张熟悉的笑颜围住了,其中有顾时深的朋友、同事,还有孟浅的朋友和同学,甚至连孟航和时森都在。

"恭喜顾大哥求婚成功!"

"恭喜浅浅暗恋成真,抱得美男归!"

"恭喜二位新人……"

此起彼伏的祝贺声几乎把孟浅淹没。她有些傻眼了,半晌才反应过来今晚这一切是顾时深一早准备好的。

他是从什么时候开始计划今晚向她求婚的?为什么她一点儿也不知道?还有那家媒体报道他要和施诗联姻,又是怎么回事?

太多的疑问让孟浅觉得困惑,但此时此刻她没有心思去细想这些。

顾时深的求婚来得突然,却无疑将她空落落的内心填满了。如今她总算是踏实了,因为顾时深向她求婚了,这意味着他自始至终都没有想过要和施诗联姻,一直都在为了娶她而努力。

"亲一个,亲一个!"

"老顾,你赶紧的!亲一个让大家饱饱眼福!"

在众人的起哄声里,顾时深勾着薄唇笑得温柔又肆意,满眼浓情地看着孟浅。

当顾时深牵起她的手为她套上求婚戒指的那一刻,他的脸上浮现出前所未有的骄傲表情,像是打了一场胜仗。

随后,顾时深在众人期待的目光里,摸出了一早准备好的灯光遥控器。那是他为了这一刻,为了和孟浅在众目睽睽下接吻,又不让她感受到半分尴尬而特意准备的。

就在众人噤声,好奇地看向顾时深高高举起的塑料遥控器,猜测他要做什么时,他按下了开关,酒吧里的灯幕地全灭了。四周惊呼一片,连孟浅都吓到了。再次陷入黑暗中的她下意识地伸手去抓顾时深,却在半空中被男人温热宽厚的大手握住柔荑。紧接着,顾时深用另一只手精准无误地揽住了她的后颈。

顾时深像是为了此时此刻在脑海中设想过无数次这个场景,也闭着眼睛练习了无数次。他低头,轻而易举地覆上了孟浅柔软冷凉的唇,轻吮慢吻,用自己滚烫的薄唇慢慢地点燃她。

黑暗中,他们在周遭嘈杂中尽情接吻。

有人似乎猜到了这一幕,懊恼地骂骂咧咧,说顾时深小气。可他们越是不乐意,顾时深吻孟浅便越深,肆意又霸道,直至吞没她所有的呼吸,令她身软力竭。

顾时深才松开她,又在黑暗中将她抱在怀中,粗重不一地平复着呼吸,在她耳畔低声道:"我的浅浅,快些长大吧。"

他已经迫不及待地想要把她的名字写在他的户口簿上了。

孟浅因为翌日要上课,所以昨晚并没有跟顾时深回公寓。

顾时深说顾锦成的身体已经渐渐恢复了,顾凝似乎也慢慢打起了精神。再过一阵子，他就能把成远集团交回顾锦成手里。到时候他的生活就会回归正轨，做回她最爱的顾医生。

昨晚顾时深向孟浅求婚的事，今日一早便被挂到了市内各大财经报纸的头条版块，求婚现场的照片也被曝光了两张。

现在深市商圈内所有人都知道成远集团代理董事长求娶深大一位在校女大学生的事。

之前因为顾时深代理董事长的身份，他的照片曾在财经报纸上曝光过，吸引了一拨粉丝，所以现在关于他求婚的消息一报道出来，难免引起众多网友的关注。

有人费尽心机地扒到孟浅身上，曝出她是深大校花以及她的感情史等其他信息。顾时深的那些粉丝知道孟浅的身份后，难免要在网上议论几句：

"这是什么总裁爱上校花的狗血戏码？他们在这儿拍电视剧呢？"

"典型的门不当户不对，小顾董是怎么想的，竟然喜欢上一个灰姑娘？"

"虽然这女生确实是难得一见的大美人，和小顾董在颜值上也很般配，可是身份也差得太远了点儿，真就是现实版灰姑娘与王子的戏码，也太不靠谱儿了。"

"我不管，我还是希望小顾董和施家那位千金大小姐联姻，孟浅配不上我家小顾董！"

…………

孟浅看见了这些网友的议论，不过她不在意。毕竟顾时深喜欢谁，向谁求婚，最终又和谁结婚，又不是网友们几句话就能决定的。

但是沈妙妙和苏子冉看不下去了，为此苏子冉还打算找点儿人去网上评论一拨。结果她还没实施，顾时深就在成远集团的某个新项目的新闻发布会上直接表示，他已经求婚成功，并且这辈子非孟浅不娶，希望网友理智发言，不要造谣，说一些会让他家小公主不开心的事。

"她要是因为这些子虚乌有的事情生气了，会显得我很无能，护不好她。"顾时深自始至终语气温和，眉眼间却透着淡漠，他只在提到孟浅时才会提起唇角，发自内心地笑一笑。

顾时深在媒体面前一口一个"小公主"地称呼孟浅，不知道让孟浅惹了多少妙龄少女羡慕。就连沈妙妙都忍不住在宿舍里摇着孟浅的肩膀尖叫："救命啊！顾大哥也太会说了吧！你是他心里独一无二的小公主啊！"

孟浅忍俊不禁，虽然觉得这个称呼有点儿羞耻，心里却是甜的，像含了一颗糖，甜意一点点地化开，甜而不腻。

过了几日，网上说孟浅配不上顾时深的流言依旧存在，只不过孟浅没有再去关注。

因为顾时深还不能从成远集团完全抽身，所以孟浅这几日都在学校，每天三点一线，就在宿舍、教室和食堂之间徘徊。

很快又到了周五，孟浅结束了下午的课程后，接到了一个深市的陌生号码打来的电话。打电话的是一个男人，听声音像是六七十岁，自称是茂林集团施家的老管家。

"请问孟小姐今晚是否有空与我家老爷子共进晚餐？"老管家声音慈爱，语气温和。孟浅回话时也忍不住放柔了语气，对老人家很是尊重。

她知道茂林集团是施厌家的家族企业，也知道施诗就是茂林

388

集团的千金。施诗虽然是私生女，但到底姓施，身上流着施家的血。

所以当孟浅得知施家老爷子要请自己吃晚餐时，第一个念头便是施家老爷子是不是想砸钱让她离开顾时深，好让他的孙女嫁给顾时深？

孟浅犹豫了几秒，答应了吃饭的事。半个小时后，她在学校附近的巷口上了施家老管家的车。

来接她的是一辆黑色宾利车。

施家老爷子订的餐厅在市郊，环境清雅，已经包场，里面只有施家老爷子和孟浅两个人。

看见施家老爷子时，孟浅不由得想起了施厌和施诗。他们俩似乎一点儿也不像施家老爷子，孟浅却无端觉得施家老爷子的眉眼有点儿熟悉。

"孟浅？"施老爷子坐在轮椅上。虽然餐厅内开着暖气，他却仍旧怕冷似的，在膝盖上盖了一张薄毯。

被点名的孟浅朝老人家微微欠身："您好，我是孟浅。"

"坐吧，我随便点了一些吃的，你自己看看菜单，看还需不需要再点些什么。"施老爷子的话音刚落，便有服务生过来递菜单给孟浅。

孟浅接了菜单，却没点菜。她不想拐弯抹角："不知道施老先生找我有什么事？"

就在孟浅静等施老爷子让人拿卡扔给她时，施老爷子却从他身边的老管家手里拿过一封信，放到餐桌上，转到了孟浅面前："这是你母亲写给我的信。"

孟浅愣住，险些怀疑自己听错了他老人家的话，不禁喃喃道："我母亲？"

施老爷子接着说道："你母亲在信里求我出面成全你和顾家那小子，为此甚至不惜在信里向我认错，还说择日要登门来跪我。"

孟浅还处在茫然之中，一时间没弄明白：施雯婕怎么会给施老爷子写信？而施老爷子为什么会因为施雯婕的一封信，就叫自己过来吃饭？

"也不知道她跟着孟永安到底吃了多少苦，受了多少委屈，才会将一身风骨骄傲磨个干净，居然来向我服软……

"但不管怎么说，你母亲信里有一句话说得很对。你身上有我施家的血脉，既然如此，那你当然配得上顾家那小子。"

施老爷子说到这里，孟浅也拆开了信，仔细地看了几行，确实是她母亲施雯婕的字迹。随后她盯着落款处"施雯婕"三个字，不由得想到了眼前这老爷子也是姓施。

在孟浅的记忆里，她和孟航从未见过姥姥姥爷，他们小时候问过爸妈，爸妈都说姥姥姥爷在很远的地方。

后来长大了，孟浅和孟航便一致认为姥姥姥爷已经不在人世了。她和孟航只有爸爸妈妈，没有姥姥姥爷、爷爷奶奶——因为孟永安是个孤儿。孟浅和孟航比起时森，从小就少了许多亲人的呵护和疼爱，不过他们姐弟也习惯了。反正孟永安和施雯婕都很疼爱他们，两个人从小倒也不怎么缺爱。

如今看着施雯婕写给施家老爷子的信，听着施家老爷子刚才说的话，孟浅才惊觉，原来她和孟航是有姥爷的。

施雯婕的"施"就是茂林集团施家的"施"，所以施家老爷子是……

孟浅呆住，被这突如其来的真相震惊了。

她连后面施老爷子说了些什么都没怎么听清，只依稀从施雯婕的信里猜测出当年她爸妈为了在一起，似乎是不顾施老爷子的反对私奔了。为此，施老爷子和她妈妈断绝了父女关系，这些年一直没有联系过，权当彼此死了。

如今因为孟浅，施雯婕却主动给施老爷子写了这封信，只是希望他老人家能够看在孟浅有施家血脉的分儿上，让孟浅和顾时深未来的路走得顺利些。

毕竟顾时深不是孟永安，他有顾家，有成远集团，身份显贵。如今他和孟浅两情相悦，若是顾家和施家都同意他们在一起，那与联姻又有什么区别？比起让顾时深娶一个他不爱的施诗，不如让他和孟浅在一起。

反正施老爷子对施诗那个私生孙女一直不待见。他最瞧不上那些低贱的人不择手段地攀上高枝儿——施诗的母亲便是那种人。

曾经施老爷子认为孟永安也是那种人，偏偏施雯婕又是他最疼爱的小女儿。

当初乖巧懂事的施雯婕为了孟永安那个穷酸小子要和他断绝关系，可真是把他气了个半死。

或许因为对施雯婕的喜爱远超于对儿子施雯熊的，所以在施雯婕和孟永安离开深市以后，施老爷子才会因爱生恨，狠心到这么多年过去了，愣是没有过问过施雯婕的死活。

这顿饭，孟浅吃得无比沉重，被这个天大的消息压得差点儿喘不过气来。

施老爷子告诉她，顾锦成那边他会去疏通。而且他老人家过两天会登报正式承认孟航和孟浅这两个外孙、外孙女的身份，到时候再正式将孟浅和顾时深订婚的消息登报，并着手筹办孟浅和顾时深的订婚宴。

孟浅听着，半点儿反应都没有。她满脑子都是自家老妈是施家大小姐这件事，感觉很梦幻。吃完饭被送回学校时，她连脚步都是虚浮的。

顾时深给孟浅打了三个电话，她都没接。于是他开车到深大女生宿舍楼下，又给苏子冉打电话询问孟浅的行踪。

顾时深刚拨给苏子冉，一辆黑色宾利便在他的车前停下了。随后顾时深看见了下车来的施家老管家，以及被老管家亲自迎下车的孟浅。

顾时深愣了几秒，立刻推开车门下去。他没顾上和施家老管家说话，只扶住了差点儿摔倒的孟浅："浅浅，你怎么了？施家老爷子找你做什么？"

这辆车是施家老爷子的专属座驾。既然是施家的老管家亲自送孟浅回来的，那她刚才一定是和施家老爷子见过面了。

孟浅听到顾时深的声音，这才回过神来。她扭头看向他神情严肃的脸，欲言又止。

顾时深看出了她的不对劲，便让她上车，今晚去他那儿住。孟浅点点头，上了车。

夜里 11 点多，孟浅沐浴完，穿着薄薄的衬衫裙，抱着腿坐在客厅的沙发上。

洗澡的时候她想了很多，逐渐接受了自家老妈是施家的千金这件事。

她给施雯婕打了个电话。

这是开学以来，孟浅第一次主动给施雯婕打电话。之前因为施雯婕不同意她和顾时深在一起的事情，她跟施雯婕置气，一直不肯主动打电话。

没想到这么晚了，施雯婕几乎是秒接电话。只是电话接通后，施雯婕沉默了几秒钟后，没听到孟浅的声音，冷声道："一心只想着嫁人的不孝女，这么晚给我打电话做什么？"

听到施雯婕铿锵有力的声音响起的那一刻，孟浅忽然鼻子一酸，眼圈红了，不知道说什么。约莫是抽泣的声音传到了施雯婕的耳朵里，施雯婕愣了愣："哭什么？你和顾时深都已经修成正果了，还哭个什么劲？"顿了顿，施雯婕忽然放软了声音，不自在地接着道，"行了，年底带他回来，正式拜见我跟你爸。"

孟浅低低地"嗯"了一声，随后哽咽地低喃："谢谢妈妈……"

和施雯婕打完电话后，孟浅擦干了眼泪，起身回了主卧。

顾时深也刚洗完澡，看见她眼眶微红，心脏抽疼了一下，上前将人揽到怀里："怎么哭了？"

孟浅没出声。顾时深只好把她抱到床尾坐好，然后蹲在她面前，搓揉她的手背："还在想阿姨和叔叔的事？"

施雯婕的身份顾时深已经知晓了。虽然他也觉得这件事很戏剧性，但毕竟他算是局外人，接受得自然比孟浅快一些。

孟浅看着他，轻咬嘴唇，依旧不吱声。她那样子让顾时深拿她没辙，最后不得已，他只能凑上去咬她的嘴："不说就算了……"

"既然你不开心,那我就陪你久违地做点儿开心的事好了。"他的嗓音忽然变得低沉沙哑,刻意将"久违"二字咬得重一些。

孟浅被扣住了后颈,顺势后躺,被卷走所有的呼吸。她的情绪在这个吻里得到缓解,身心都放松下来。

换气之际,她问顾时深:"你说,如果没有施家这层关系,我们真的能走到最后吗?"施家老爷子的一句话就能替他们扫清所有的阻碍,还真是有些讽刺。

顾时深又吻上她,双眸深沉:"当然,身份只不过是锦上添花。"因为不管前路有多艰难,还有多少隐藏的阻碍,他都会将孟浅护在身后,带她闯过去。

孟浅偏头,用娇柔无力的手捂住了顾时深滚烫的薄唇:"你知道吗?我从没想过我妈妈竟然会和茂林集团的施家扯上关系,这太不可思议了,就像做梦一样。"

顾时深的吻逐渐打开了她的心房,也让她将憋闷在心里的复杂情绪一点点流露出来。

孟浅回眸认真地看着双眸含欲、深情凝视着她的顾时深,声音恢复了往日的娇软:"顾时深,你这辈子有没有遇到过让你觉得很不可思议的事?"她想在他这里找到同感。

顾时深沉沉地看着她,虽居高临下,却像是虔诚的信徒在凝视他的神明。

"有……"他的声音从她指缝间温柔地传出。随后他拉下了孟浅的手,垂下长睫亲吻她的额头、鼻梁、嘴唇,"我这一生……最让我觉得不可思议的事情就是……爱上你……"

顾时深滚烫的呼吸辗转在孟浅的唇上,他一边亲她,一边沙哑地说:"我本以为自己永远不会对一个小自己8岁的小丫头动情。

可是浅浅，我还是爱上了你。"

当他意识到自己爱上孟浅时，天地仿佛变了颜色。

他虽然觉得不可思议，却又无法阻止这份感情的诞生。

情如风动，风止难歇，大概就是他爱她最好的诠释。

（正文完）

番外一
订 婚

深市的冬季偶有大雪,柏油路被铺得一片雪白,路上行人寥寥无几。

这是孟浅在深市度过的第三个冬季。

今年的寒假和前两年不一样,她要和顾时深回顾家老宅一起过。

不仅是孟浅,孟永安和施雯婕也来了深市,再加上孟航,他们也算一家四口聚齐了。孟永安夫妇赶来深市,是为了孟浅和顾时深明年七夕订婚宴的事。日子是施家老爷子施茂林和顾锦成商量后定下的。

原本顾时深和孟浅的计划是叫上亲朋好友,小小地欢聚一下,意思意思也就罢了。现如今施家和顾家两边的家主都要插手这件事,顾时深便计划着给孟浅一场盛大的订婚宴,将仪式感拉满。

大年三十那天晚上,孟浅一家四口在施老爷子的带领下到顾家老宅,和顾锦成一家人聚在一起吃了年夜饭。

施雯婕和施厌的父亲是亲兄妹,两个人多年未见,自然免不了叙旧。这让施厌感慨不已。

"想当初我还觉着小美人不错,要不是因为她是老顾瞧上的人,我说不定就对她下手了……啧,还好当时把持住了,不然这关系不就乱套了吗?"

施厌和孟航凑在了一起,饭桌边也只有孟航和他一样孤身一人,可以唠两句,哪怕孟航只是听着,一言不发。

听施厌说对孟浅动过心思时,面无表情的孟航总算有了那么一丝丝的反应。他扭头看向施厌,眼眯成线,微露警告的意味。

施厌感知到了,立马摆手:"我那时候什么也不知道,再说这不是没酿成大错吗?你就别瞪着我了。"

孟航收回视线,难得搭理他一句:"也不是谁都能入得了孟浅的眼的。"

"什么意思?你是不是瞧不起我?"施厌挺直了腰板。虽然他和顾时深比可能确实差了那么一点点,但也不至于被孟航看低了。

孟航撇了撇嘴角,似笑非笑:"意思就是,就算没有顾大哥,孟浅也瞧不上你。"

"啧,这话我怎么就这么不爱听呢?她都能瞧上那个姓江的,难不成我连那个姓江的都不如?"施厌来劲了,趁着大家都把注意力集中在孟浅和顾时深身上,极力跟他们俩商讨订婚宴方案时,他挽起衬衣袖子,一副今晚非要跟孟航掰扯清楚的架势。

孟航拧眉,沉思了片刻,扯了扯嘴角,似乎因为想到了江之尧觉得有点儿晦气。

"姓江的应该感谢自己生了一双像某人的眼睛。"

"这我倒是听说过，我只是不理解，小美人为了一双相似的眼睛就答应了江渣男的追求？"

"你溺过水吗？"孟航忽然抬眸，双眼定定地锁住施厌，"当你开始沉入水底，最绝望的那一刻，一块浮木正好漂到你眼前，你是选择抱住浮木还是沉入水底？"

施厌噎住，虽然没能完全理解孟航这话的深意，但好像领会到了什么："也就是说，江之尧就是那块浮木，在小美人濒临绝望、心死如灰的时候漂到了她的面前？"

孟航没再多说什么。其实关于孟浅暗恋顾时深的事，他知道的并不多。孟浅没跟他聊过这个话题，他所知道的一切都是从时森那里扒出来的。

但即便只是听时森讲述，他也能理解孟浅的心情。或许因为他们是龙凤胎，从玄学的角度讲，可能他们真的有一些心灵感应之类的。

总之，他很明白那种看不到一丝希望地喜欢一个人是一种什么样的情愫。

酒过三巡，年夜饭也差不多结束了，孟浅和顾时深订婚宴的事情也基本有了定论。

订婚宴所需要的支出全部由成远集团负责，订婚宴的地点以及整个流程则由顾时深自己决定。

凌晨1点多，孟浅和顾时深回了公寓。他们在顾家老宅里和大家一起跨年，之后又把孟浅的父母和弟弟安顿好，最后才一起离开。

按理说，孟浅和顾时深现如今还没有订婚，孟浅今晚应该和施雯婕他们住在一起。

可知女莫若父母,孟永安和施雯婕猜到顾时深前一天才把成远集团交回顾锦成的手上,这么久以来,顾时深和孟浅一直聚少离多,今晚定然是想多一些独处的时间,好好过一下二人世界的。孟永安和施雯婕便什么也没说,睁一只眼闭一只眼地让孟浅随顾时深去了。

在回公寓的路上,孟浅将手肘支在副驾驶座的车窗框上,吹着从窗户缝隙间灌进来的冷风。

大年三十的晚上,凌晨1点多的街头,行人和车流量都比平时少许多,这让深市这个喧嚣的城市难得寂静下来。

雪花簌簌而落,被寒风卷着落在柏油路上,也落在孟浅探出车窗的手心里。

她似乎一点儿也不觉得冷,倒是驾驶座上的顾时深有些担忧:"夜深风冷,别吹感冒了。"他低沉的声音如悦耳的大提琴声。

孟浅在席上替顾时深喝了点儿酒,这会儿竟被夜风吹出了几分醉意。她将脑袋搭在了手肘上,看着窗外飞逝的街景,回道:"不会感冒的,因为你会给我煮姜汤喝,暖身子。"孟浅笃定的语气让顾时深忍俊不禁,颇为无奈。

正如她所说,他确实有这样的打算。刚才他就在想:家里的冰箱里还有没有老姜和红糖,够不够给孟浅熬制一碗红糖姜汤驱寒。

不知道为什么,孟浅这番话听着好像平平淡淡,没什么稀奇的,却让顾时深心里的爱意一阵汹涌,大概是因为她这般任性都是他平时过度宠溺她的结果,这说明他的宠爱她都已经切身感受到了,这很好。

"对了,顾时深,我们的订婚宴,凝姐会来参加吗?"

孟浅虽然嘴上说着不怕感冒,也知道顾时深会无条件纵容她,并把她保护得很好,但她任性了没几分钟,还是觉得有点儿冷,自觉地把车窗升上去了。

她关上车窗后,"呼呼"的风声被隔绝在外,车内陷入一片寂静中。她扭头看向驾驶座上的顾时深,随口问起了顾凝——因为年夜饭,顾凝没回来吃。

虽然孟浅对顾凝了解不多,却知道顾凝爱过那个温寒。

自从温寒联合他的母亲给顾锦成下慢性毒药的事情败露后,加上他泄露了集团机密,犯下经济罪,顾凝和温寒的恋情算是走到头了。

如今温寒已经被起诉、定罪,进了监狱。他的母亲温婉君因为受了刺激,精神失常,被送进了深市最有名的精神病院里。

所有的事情都尘埃落定,成远集团回归正轨,顾锦成的身体也彻底养好了。

孟浅认为,这一年多来发生的所有事,受影响最大的人应该就是顾凝。大概是同为女人的缘故,让她对顾凝多了几分关心。

孟浅知道,顾凝半年前出国了。说是去国外进修,但顾凝出国以后便没再回来,甚至连顾时深和顾锦成都很少联系。孟浅总觉得需要有人关心一下她的情况。

顾时深知道孟浅的好意,沉思了片刻,温声回道:"过两天我打电话问问她吧。"说完,他顿了顿,为了不让孟浅太过担心,便多了句嘴,"我姐那边有人照看,你别担心。"

"有人照看?"孟浅愣了愣,闻到了八卦的气息。

但顾时深不是一个八卦的人，随口提了一嘴，便再也不肯接着往下说了。恰好孟浅接到了苏子冉打来贺岁的电话，沈妙妙也在微信上给孟浅发了消息。

等孟浅和沈妙妙、苏子冉还有时森她们互相发完一通祝福，顾时深已经将车开进了公寓大楼的地下车库里。

将车停稳后，顾时深也不催促孟浅，只是将手搭在方向盘上，支着脑袋，微侧上半身，嘴角噙笑地凝视着她。

孟浅毫无所觉，正捧着手机回复群里的消息。

沈妙妙："浅浅@孟浅，你能不能找顾大哥要一下江先生的微信啊？"

苏子冉："江先生？你说江耀哥？"

苏子冉："他的微信我有，我推给你吧。"

沈妙妙："可以吗？！我直接加他会不会很突兀啊？"

孟浅："咦？我好像嗅到了春心荡漾的味道……"

苏子冉："浅浅不说，我还没反应过来。你要江耀哥的微信干吗@沈妙妙？"

沈妙妙发了个对手指的表情。

沈妙妙："那个……这个……嗯……"

沈妙妙："之前顾大哥和浅浅请两边的朋友吃饭，江先生不也在吗？我觉得他……有点儿好看。"

孟浅正是因为沈妙妙的这番话来了兴致，一门心思都放在手机上，根本没注意到车几时停了，而驾驶座上的顾时深又满眼噙笑地看了她多久。

后来在等沈妙妙细说详情的间隙里，孟浅终于察觉到了异样。她先是看了一眼车窗外静止的熟悉的环境，接着后知后觉地回头看向驾驶座上的顾时深。

目光猝不及防对上他噙笑的眸,孟浅呼吸一滞,心跳也跟着漏掉了一拍。随后她默默地把手机锁屏,不自觉地坐直了:"不好意思,我没注意到。"说完,她又尴尬地挠了下鬓角,"你怎么不提醒我?"

顾时深唇角的弧度大了些。见孟浅的心思终于回来他这儿,他倾身过去,动作娴熟地解开了她的安全带。

男声低沉好听:"看你那么入神,想必一定是有什么比我更重要的事,我等等也无妨。"

他那句"比我更重要的事"让孟浅抽了抽嘴角——这话怎么听着那么酸呢?

就在孟浅走神儿的片刻,顾时深解开了她的安全带,人却没有第一时间退开,而是顺势将手臂撑在她的腿侧,半个手掌抓着座椅边:"说吧,是什么人、什么事比我还重要?"

孟浅贴着座椅的椅背,呼吸被男人困住,脸上一片烧热,再加上他们俩大半个月没见面、没亲热,这会儿哪怕只是近距离地呼吸相缠,也能轻易勾动孟浅的神经。

她试图摸到座椅的调节按钮,悄悄把座椅往后放,这样能和顾时深拉开一点儿距离。不料顾时深似乎有所察觉,在她摸到控制按钮的那一刻捉住了她的手。

孟浅以为顾时深是要阻止她,结果他只是顿了一秒,便压着她的手背,借力摁下按钮。

随着座椅徐徐地往后沉下,孟浅也渐渐躺了下去。只是她和顾时深的距离一点儿也没拉开,因为他顺势压了下来,似有意又似无意,滚烫的唇点了一下她的,转而贴上她的耳垂,声音极尽喑哑:

"新年快乐,浅浅。我能不能向你讨要一份新年礼物?"

孟浅心里"咯噔"一下,有种不妙的预感。但她没办法拒绝顾时深的请求,含混地"嗯"了一声,试探似的问:"你想要什么?"

她的话音刚落,顾时深便咬上了她的耳垂。微微的刺痛感令孟浅沉吟一声。随后她感觉顾时深像是舔舐伤口的野兽,轻轻舔舐着她的右耳耳垂上那颗不起眼的红痣。

酥麻感通遍全身,孟浅不禁咬紧了齿关。她呼吸错乱,心跳快得像要炸裂。她情不自禁地闭上了眼睛,只在黑暗中听见顾时深撩拨人的低哑嗓音:"你知道我想要什么。"

孟浅只能放弃反抗。

七夕佳节前一天,顾时深包机将孟浅的朋友、同学送去了滨海市,只因他和孟浅的订婚宴将在滨海市7号港口等候的一艘游轮上举行。

顾时深的这番安排震惊了整个深大学校论坛。这几日,关于孟浅和顾时深订婚的消息,在论坛上的热度高涨不下。

毕竟他们是大家一路看着走过来的情侣,如今也算修成正果,要订婚了。大家就算没有收到订婚宴的请柬,也依旧愿意在网上"云祝贺"一番。

孟浅同班的那帮同学则全都受到了邀请,七夕前一天出发前往滨海市时,他们便一直在论坛上直播进度。

七夕当天,滨海市天高云淡,是个适合出海的好天气。

这日一早,孟浅便在自己的房间里等来了为她化妆、做造型的专业团队。沈妙妙和苏子冉则陪着她闲聊解闷儿。

"顾大哥真是大手笔啊,这还只是订婚宴而已就豪华游轮七日行!难以想象你们俩结婚得是多大的阵仗。"沈妙妙坐在孟浅后面的沙发上,边说边拿着手机拍孟浅的背影。

孟浅坐在梳妆台前,造型师正在为她打理头发。听见沈妙妙的话,她仔细地看了看镜子里的自己,也有一种似幻非真的感觉。

从落地窗外的阳台进来的苏子冉接了沈妙妙的话:"你以为呢,这可关乎成远集团和茂林集团的声誉,自然要隆重,惊天动地。"

沈妙妙"啧啧"两声,不由得感慨:"难怪那么多人想嫁入豪门,光是这订婚宴的配置,我都有点儿羡慕了。"

苏子冉和孟浅先后被沈妙妙的话逗笑,会意地对视一眼后,苏子冉说道:"有机会啊,江耀哥的汇江集团也不比成远集团和茂林集团差,你只要拿下他就可以圆梦了。"

三个人闲聊倒是也不避着孟浅的造型师。不过造型师毕竟是专业的,该听的听,不该听的不听,专心地给孟浅做造型。

就是沈妙妙有些不好意思,又有点儿无奈:"可江先生真的很难追,他太高冷了,心里似乎只有工作。"

自从过年那会儿,在群里跟孟浅、苏子冉提过自己喜欢江耀这件事后,沈妙妙便从苏子冉那里拿到了江耀的微信,但她加了很久,江耀也没通过好友申请。后来还是顾时深组局一起吃饭,她才和江耀当面加上了好友,而且还是因为大家玩真心话大冒险的游戏,江耀输了,接受大冒险做任务才加的。

后来这半年,沈妙妙一直对江耀穷追不舍。那人却始终岿然不动,仿佛没有男女之情这个东西,任凭沈妙妙使尽浑身解数,他的反应还是不冷不热。

事到如今,沈妙妙已经有些气馁了。苏子冉过去拍了拍她的肩膀,安慰道:"没办法,谁让你喜欢他呢?江耀哥可是我们圈子里出了名的高冷禁欲,不近女色。山高路远,你加油吧。"

沈妙妙歪躺在沙发上,打算摆烂。

梳妆台前闭着眼睛,好让造型师给自己画眼影的孟浅懒懒地开口:"或许你可以试试你们之前教我的方法。过来人告诉你,没谈过恋爱的男人是真的不禁撩拨。"

孟浅这么一说,沈妙妙和苏子冉皆是秒懂——想当初孟浅追顾时深时,就是她们俩给孟浅出主意,让她试着以美色诱之。孟浅亲身试过,确实管用。不然顾时深怎么会按捺不住,抢在她之前同她表白?

没想到,孟浅的话音刚落,房门便被人推开了。是顾时深,他过来看看孟浅的造型怎么样了,顺便提醒苏子冉和沈妙妙去用早餐。至于孟浅的早餐,顾时深已经让厨房的人一会儿给她送到房间里来。

顾时深的出现差点儿让孟浅咬到自己的舌头。她不确定他有没有听到她刚才和苏子冉、沈妙妙说的话。

若是他听到了……孟浅不敢往后想,总有种做贼心虚的感觉,怕顾时深以为她是瞧不起他。毕竟她刚才的言论和语调,听着挺轻浮的。

还好,在房间里吃早饭时,孟浅和顾时深独处,他并未提起"不禁撩拨"的事。孟浅便以为,他应该是没听到的。否则以他的性子,他必然要缠着她问个清楚。

事实证明，孟浅对顾时深的认知还是不够清晰。

这个男人一直忍到了晚上的订婚宴开场舞。他们俩在聚光灯下翩然起舞，在万众瞩目下贴在一起，顾时深就那么毫无征兆地与她咬起了耳朵："早上你和沈妙妙她们说的话，我都听见了……"

男声低沉，缱绻于孟浅的耳畔。她的心烧烫了一瞬，跳动的频率难免变快，她有些慌乱忐忑。

孟浅是真没想到顾时深能忍这么久，直到现在才跟她提这件事。

"所以呢？"孟浅咽了口唾沫，问得小心翼翼，生怕顾时深误会自己的意思。

还好，顾时深并没有误会她。只不过他似乎对她的说法有意见，跳舞时，大手悄无声息地滑到了她的腰侧，握住她的腰，收紧力道，将她柔韧的身子揽到自己的怀中。两个人在舞池中央紧紧相贴，形同一体。

顾时深垂首，薄唇轻轻咬了一下孟浅的耳垂："你说错了，浅浅。"

孟浅吃痛，咬唇忍下了。疼意后的酥麻感导致她踏错舞步，不小心踩到了顾时深。顾时深不以为意，改为抱着她，与她随意地跟着慢节奏的纯音乐随便跳跳。

他的声音与温热的呼吸落在孟浅的耳畔，嗓音沙哑："禁不禁得起撩拨和谈没谈过恋爱没有关系。"

孟浅呼吸紊乱，下意识地捏紧了他的西服一角，在他的怀中仰起头，眼神迷蒙地看着他："那和什么有关系？"

顾时深也垂眸看着她。两个人视线相接，似天雷地火勾在一起。

406

他眸色黯了些，语气低沉诚恳地说道："人。"

"什么？"孟浅轻轻蹙眉，神色疑惑。

顾时深接着说道："因为是你，所以我才会那么……不禁撩拨。"说话间，顾时深低头，抵住了孟浅的额头。话音刚落，他便凑上去亲吻她微张的红唇。两个人都渴望的吻在偌大的舞厅里一发不可收拾。

他们是今晚宴会的主角，这一吻自然备受宾客关注，现场一阵此起彼伏的欢呼声、起哄声。

顾时深和孟浅的订婚宴格外隆重，七天七夜，从滨海市到南台市，再折回滨海市。整个航程要跨越广阔无边的海域，还要途经一片群岛。

夜里10点多，苏子冉去了一趟洗手间，便顺势离开了宴会大厅，来到甲板上。

她喝了点儿酒，略有几分醉意，想吹吹夜风醒醒酒，然后再回去。

只是苏子冉刚到甲板上不久，便有一个圈子里认识但不熟的男生过来搭讪。

对方也喝了不少酒，比她醉得厉害。大概是酒壮怂人胆，那个男生抓住了苏子冉的手，非要跟她要电话和微信，还说去他的房间里喝一杯。

若是平时那人清醒着，倒也没这么大的胆子来跟苏子冉搭讪。毕竟苏家也算是深市有头有脸的大家族，虽比不得成远集团、茂林集团，倒也差不了多少。她一个堂堂苏家千金，又岂是他们这些拈花惹草的花心公子哥儿敢招惹的？

坏就坏在这人今晚喝醉了酒,这会儿不仅敢邀请苏子冉去他的房间里喝酒,还敢上手去揽她的腰。

就在苏子冉与其争执之际,从甲板入口处徐徐地走来一道身影。与此同时,一道熟悉的、漫不经心的男声传来:"哟!这不是李家的二公子吗?"

"谁借你的胆?喝点儿酒就敢来缠着我们家冉冉?"施厌说着,将西装外套拎在手里,走到了苏子冉和那位李二公子面前。

没等李二反应过来,施厌扬手便将西服外套劈头甩在李二的身上,随手拉过被其纠缠的苏子冉,上去冲着那位李二的腹部狠狠地砸了一拳。

对方痛呼一声,酒似乎醒了一些,只听见施厌吊儿郎当却暗含警告的声音:"真是酒壮厌人胆啊,你都敢把主意打到冉冉的身上了?信不信老子把你从这儿扔到海里喂鲨鱼去?"

说着,施厌拎着李二的衣领便将李二往栏杆上提,一副真要把人推下海的架势,可把李二吓得不轻,两条腿直打战。

李二一边求饶,一边痛哭流涕,看得旁边的苏子冉都捏了把汗。她也怕施厌真的把人推下海去,哪怕是不小心的也得担责任。所以犹豫了片刻,她上去抓住了施厌的胳膊,让他把人松开。

李二这才得救,被施厌喝了一声,连滚带爬地跑了。

寂静的甲板上,一时间只剩下施厌和苏子冉两个人。

"你没事吧?"施厌将掉在地上的西服外套捡了起来,随意地拍了拍。

见施厌的视线落到自己的身上,苏子冉不由得绷紧了身子,端正了站姿。紧张了几秒,苏子冉才按捺住狂乱的心跳,挠了挠头,摇头:"没事。"

施厌点点头，算是放心了。不过他也没急着离开，似乎也是喝了酒出来透气吹风的。他转身趴在了栏杆上，望向一望无垠的夜空，闭着眼睛感受湿咸的海风吹拂在脸上。

苏子冉便站在他旁边，束手束脚，不敢乱动，也不说话——她光是平复自己的心跳就已经很吃力了。

施厌并未察觉到苏子冉的异样，只是吹了会儿海风后，随便找了个话题："真没想到，我们这群人里，老顾竟然是第一个订婚的。"

苏子冉抿了抿嘴唇，附和着点头："是啊。"

"说起来，你这丫头年纪也不小了，怎么不趁着年轻，找个人谈一场轰轰烈烈的恋爱？"施厌声音噙笑，一副大哥哥的语气，视线也随之转到了苏子冉的身上，"就像老顾和小美人一样。"

虽然孟浅是他姑姑的女儿，按理他应该称呼孟浅一声"表妹"，但叫孟浅"小美人"已经叫习惯了，懒得改。苏子冉也知道他说的"小美人"指的是孟浅。

苏子冉垂眼，在男人的注视下莫名其妙地有些紧张，连呼吸都变得小心翼翼起来："哪儿有那么好找啊？"

紧张之下，苏子冉心里还有一股想要表白的强烈欲望在往外冒。于是她抬起头，转眸看向了施厌："厌哥……"

话刚起了个头，甲板入口那边便有一道女声传了过来，生生打断了苏子冉的话："施厌！"

女人冲施厌挥手，窈窕的身姿被她身后走廊里的灯光勾勒得一清二楚——她是施厌喜欢的那款，细腰长腿，身材比例近乎完美。

施厌似乎并没有听见苏子冉唤他那一声，听见那女人的声音，便回头去看那女人了,随后也没心思继续和苏子冉聊下去,敷衍地对苏子冉说道:"行吧,你醒醒酒赶紧进去,别吹太久的风,小心头痛。我先去忙了。"

说完施厌便拎着西服外套,头也不回地朝甲板入口处等他的女人走去。

苏子冉动了动唇,极小声地回了一句"好",也不知道施厌没有听见。

目送施厌和那个女人离去后,苏子冉实在难忍心中的酸涩,小声哭了出来。然后她又怕站在这显眼的地方被人看见,便一个人去了甲板角落里的昏暗处,贴着墙壁拢了拢礼服的裙摆,坐在了地上。

虽然她一再告诉自己,施厌并不是良人,理智让她不要喜欢他,可她的心还是忍不住,被他的一举一动、一言一语撩动,就像刚才那样。

苏子冉的心时常被施厌高高举起,又重重摔下。这种强烈的落差感反复折磨了她好多年,让她一直得不到救赎。

若是往常,苏子冉倒也不会一个人躲起来哭——她不是那种脆弱的女生,不会轻易让男女情感左右自己的心绪。就算被左右,她也有把握能够控制好自己的情绪,这是作为一个成年人最基本的能力。可今晚也许是喝了酒的缘故,她突然想放肆地哭一场,或许哭完以后心里会好受一些。

就在苏子冉准备放声哭出来时,一个高大的身影从甲板另一头的昏暗角落里走了出来,径直走到她跟前。

男人的脚步声不疾不徐,沉而有力,他似乎刻意让苏子冉听到一般。听到脚步声的苏子冉果然把哭腔忍了回去,但微红的眼眶湿漉漉的，眼泪显然是没有止住。

苏子冉抬头，视线顺着男人的那双大长腿一路向上，最终看清了男人的脸。

"沈学长……"苏子冉有些诧异，声音轻细，带着浓浓的鼻音。

此时站在她眼前的人，是作为沈妙妙的舞伴来参加孟浅和顾时深订婚宴的沈叙阳。虽然他已经从深大建筑系毕业一年之久，但理论上仍旧算得上是苏子冉的学长。更何况他还是沈妙妙的亲哥哥，之前他还在深大时，苏子冉和孟浅也都跟他一起吃过饭，浅浅的交情还是有的，碰面自然要打招呼。

不过苏子冉不喜欢被人看见自己脆弱掉眼泪的样子，何况这人还是闺密的哥哥。所以打过招呼以后，她便没什么好脸色，语气还有点儿凶："你这人怎么回事？我都躲到这里了，摆明了就是不想被人看见……"

他为什么要走过来，为什么要让她知道，她偷偷躲起来哭的窘态被他看见了，他完全可以装作没看见，悄悄离开。

沈叙阳似乎没想到自己会被凶，俊脸上的神情呆滞了一秒，然后他从西裤口袋里摸出一块叠好的宝蓝色手帕，蹲下身，面无表情地拉过苏子冉的手，把手帕塞到她的手里，连眼皮都没抬一下，如她所愿不看她："不好意思。"他的声音低沉地响在苏子冉的耳边，"我也没想到会这么巧，正好看见。"顿了顿，他欲站起身，"你继续，我不打扰了。"

说完，沈叙阳便一副真准备离去的样子，衣袖却蓦地被人拉住了，那股力道令他的身形顿了一下，他又沉身蹲回到苏子冉面前。

苏子冉眼眶泛红，泪意汹涌，眼神略有几分歉疚："抱歉，我不该凶你。"她很清楚自己不该对着一个关系称不上好的人发脾气，这样显得自己很没教养。

"还有……谢谢你的手帕。"苏子冉吸了口气,对着手里宝蓝色的帕子,有点儿下不去手用它来擦眼泪,总觉得手帕这种东西特别私人。

"没关系,不客气。"沈叙阳平静地回她,语气没什么起伏,但听着让人觉得舒适,就像在海边看着一望无际的大海那样。

苏子冉也不知道自己脑子里在想什么,那句"你能在这里陪我一下吗"完全没过脑子,就那么不经意地从她的嘴里溜了出来。

苏子冉说完,自己都愣了一下,随后松开了沈叙阳的衣袖,硬着头皮补了一句:"10分钟就好。"

原本苏子冉以为沈叙阳可能不会搭理她,毕竟她这请求怪无厘头的。

沈叙阳果然站起身,应该是要离开。苏子冉的心沉了沉,她挫败地将脑袋埋在了膝盖上,不想再多说一个字。

甲板上的风从苏子冉的耳畔呼啸而过,她却迟迟没有听见沈叙阳离去的脚步声。几秒后,她感觉到身边有了一点儿温度。

沈叙阳坐在临近栏杆的那一侧,高大的身躯靠着墙壁,倒是为她挡去了一些湿冷的海风。

苏子冉微微诧异,随后从膝盖上抬起头来,侧过去静静地看着在她身边坐下的男人。他解开了西服外套的扣子,露出了里面的白衬衫。

难道刚才他站起身是为了解扣子?这个认知让苏子冉的心脏突然收紧了一下,她有些恍惚。她没想到,沈叙阳这个人表面上看着冷淡,骨子里却有一种难以言喻的温柔。

"介意我抽根烟吗?"沈叙阳的声音清晰地传到了苏子冉的耳

朵里。她看见他从容地伸展一条腿，从裤兜里摸出一盒烟和一只打火机，偏头朝她看过来，神情寡淡，不知道是询问还是通知。

但沈叙阳问完以后，确实一直在等苏子冉的答案，手里拿着烟盒和打火机，迟迟没有下一步动作。

苏子冉看了他一阵，难得近距离地打量他的眉眼轮廓，发现他倒是比她之前以为的还要英俊些。

"能给我来一根吗？"苏子冉将视线从他的脸上移开，落到他手里的烟盒上。

听她这么说，沈叙阳便当她同意他抽烟了，径自从烟盒里拿出一根香烟，"吧嗒"点燃。点烟时，他问了她一句："你会抽烟？"虽是疑问，他的语气却很平淡。

苏子冉摇头，神色平静地说："不会，但我想试试。听说你们男人心烦的时候都喜欢抽烟，我想尝尝到底是什么滋味。"

沈叙阳点燃烟吸了一口，静默地听完了苏子冉的话，然后偏头冲她吐出浓浓的烟。海风带着浓烈的烟味迎面涌入苏子冉的鼻腔里，她被那刺激的味道呛到了，一阵猛烈地咳嗽，下意识地拿手扇着风，避开那些烟雾。

迷蒙的烟雾里，身穿洁白的衬衫，一丝不苟的沈叙阳轻笑了一声，说道："现在你尝到了。"

苏子冉："……"

她赶走了烟雾，望着沈叙阳那张冰雪初融般含着薄薄春意的脸，愣神儿片刻，拧眉："你这人，一直这么……"

她的声音戛然而止，只因沈叙阳侧首，沉沉地看向她，眼里噙着笑，饶有兴味地问道："怎么？"

苏子冉忽然愣住了，被昏暗的环境里沈叙阳嘴角难得一见的弧度惊艳到了,竟莫名其妙地觉得此时此刻的沈叙阳很有男人味,让人很有安全感,用沈妙妙的话来说,应该叫有点儿迷人。以至于苏子冉脑袋死机,愣在那儿盯着他好一阵,连眼睛都没有眨一下。

她可能显得有点儿花痴。总之,她注意到沈叙阳那双晦暗不明的眸子里涌起浪潮,几经起伏,最终眸色越来越沉。

沈叙阳被她直勾勾地盯着,很难维持平静。时间每过去一秒,他心里便慌乱一分。

他似下定了决心,将手上才抽了一口的烟摁灭在了甲板上,倾身靠近苏子冉,在她眨眼之际扣住了她的后颈,将她带向自己,低头咬上了她轻抿的唇。

苏子冉惊到了。事情发生得太过突然,她空白的大脑还没来得及反应,只觉唇上一软,烫人的热意令她的心跳漏了一拍。

好几秒后,苏子冉才意识到自己被沈叙阳亲了。

她被他毫无征兆地、强势地亲了!

这是她的初吻!苏子冉下意识地认为自己应该立刻推开沈叙阳,然后狠狠地往他的脸上甩一巴掌,骂他一句"登徒子"。可她的手刚抵住男人的胸膛就变得绵软无力,使不上劲。

不仅如此,她心里还莫名其妙地生出一种奇妙的感觉,身体似乎不受控制,眼皮越来越沉,压得她不得不合上眼,令她沉入黑暗中。如此,她唇上的温度和触感便更清晰了。

沈叙阳毫无章法地亲着她,像海底的暗潮,将他隐忍的渴望推上来。他对苏子冉的所有图谋,正悄无声息地浮出水面。

夜里 11 点多,从订婚宴累得回屋休息的孟浅,因为顾时深的纠缠,疲累半分未减。

他的吻比夏日的烈阳还要灼人，一下一下地落在她白皙的肩头上。

阳台的落地窗开着，湿咸的海风吹入室内，也吹不散满室的浓情。

"浅浅，我爱你。"顾时深的声音沙哑到极致，他从压抑渴求到兴冲冲，始终没有孟浅期盼已久的餍足。

忽然，床头的手机响了，铃声刺破旖旎。孟浅睁开眼，激灵了一下。顾时深低低"嗯"了一声，亲吻孟浅的耳垂："好险……"

孟浅被顾时深的话和灼热的呼吸烧得耳根发烫，偏头看了眼床头上一边振动一边响铃的手机，推了推他，声音绵软地说道："电话……"

顾时深正好需要缓一缓，便放开孟浅，好让她翻身爬去床头拿手机。见是苏子冉的来电，孟浅打算接听，哪知后背忽然一沉，似有一座巨山压了下来。

顾时深燥热的呼吸又吹拂在她的耳畔，声音磁性，带着点儿痞坏："你接你的，不用管我。"

什么叫不用管他？她这电话还能接吗？！

孟浅内心抓狂，但一想到早上自己说过顾时深不禁撩拨，便只能咬牙认命，拿手捂住嘴，接了苏子冉的电话。

"浅浅，抱歉这么晚打扰你。"苏子冉的声音听着很不对劲，她瓮声瓮气的，像是哭过，语气也有点儿慌乱。

顾时深落在孟浅腰上的手微微施力，她不由得皱起眉，回头瞪他。男人坦然地接受，薄唇勾着正人君子似的笑。

孟浅狠咬了一下唇瓣，才松开手指，慢腾腾地回应电话那头的苏子冉："没……没事……"

"这么晚了打电话,是有……"孟浅咬牙,顿了片刻,平复了一下呼吸才接着问苏子冉,"是有什么要紧的事吗?"

电话那头,苏子冉也莫名其妙地心虚得厉害,说话支支吾吾的:"那个……我……我和沈叙阳……"

孟浅捂紧嘴,将脸埋进了被褥里,心下很乱,却还是留了一丝理智认真地听苏子冉的话。听到"沈叙阳"这个名字的时候,孟浅反应了好一会儿才反应过来,他是沈妙妙的哥哥。

等了半晌,也没再等到苏子冉一句完整的话,孟浅急了:"沈叙阳怎么了?"

苏子冉沉默了几秒,而后声若蚊蚋地说道:"他……亲了我。"

迟来的震惊让孟浅的精神松懈了一瞬,她被顾时深折腾得惊呼了一声,声音几乎刺破电话那头苏子冉的鼓膜。

随后接下来的半分钟里,电话两头都陷入了沉默中,气氛变得有点儿奇怪。

孟浅抓狂地捶床,反手捏了顾时深的小臂一把。谁知他的小臂肌理分明,像盔甲一样,她根本捏不疼。

最后孟浅放弃了,事到如今,只能硬着头皮跟电话那头的苏子冉解释:"那个……我刚才……刚才被你的话吓到了!"对!就是因为听到苏子冉说被沈叙阳亲了,所以她吓到了,才惊呼了一声。

这个解释孟浅认为很合理,说不定苏子冉会相信。

可惜她低估了苏子冉。

"我……我找妙妙说去。不打扰你了!"苏子冉话音刚落,电话便突然挂断,留下一阵"嘟嘟"的忙音。

直到忙音结束,孟浅才又羞又恼地转头瞪着顾时深,像只暴走

416

的野猫似的，反手要去挠他，嘴里喊着："都怪你！都怪你！顾时深，我跟你没完！"

今晚以后，她短时间内还怎么有脸跟苏子冉碰面啊？啊啊啊！

孟浅抓狂着扭来扭去。本想就此放过孟浅的顾时深有些无语，他觉得她似乎忘记了当初某个早晨，他接苏子玉的电话时，她是如何造作的。

而且他方才真的已经很克制了。似乎为了向孟浅证明自己，顾时深抓住了她乱挥乱挠的"猫爪子"，根本不费吹灰之力便握住她的后颈，将她压制住了。

因她方才奋起反抗，他心下没来由地躁动起来，有些失控……后来，孟浅昏昏欲睡时，顾时深温柔地亲吻了她的耳垂，迷离磁性的嗓音绕着她："浅浅，我刚才真的已经很克制了。"

她知道了，切身体会到了，他倒也不必刻意来她的耳根旁一字一字地告诉她。

虽然知道顾时深刚才确实很收敛，孟浅心里却还是有气。见状，顾时深只好继续亲她，温声软语地哄："我错了，你罚我吧，别生气了。"

孟浅才不相信他的鬼话。以她对顾时深的了解，他知错了，但他下次还敢犯！

夜色渐浓，游轮上的夜生活刚刚拉开帷幕。

虽然孟浅和顾时深这两个主角不在，但并不影响其他人狂欢。

苏子冉像是个例外，捂着嘴巴，一路往沈妙妙的房间走去。因为今晚发生的事情苏子冉一个人消化不了，而且对于沈叙阳亲她时，她心里产生的那种奇妙的感觉，她也需要找一个人告诉她，那到底是怎么回事？那种异样的感觉是什么？

可沈妙妙似乎不在房间里，苏子冉敲了她的门许久也没人应。

不得已，苏子冉只好给沈妙妙打电话。电话响了好一阵才被接通，苏子冉询问沈妙妙的去向，沈妙妙也支支吾吾的："我……我……我在江先生的房间里。"

电话这头的苏子冉："……"

好家伙，今晚一个个的都挺忙啊！

虽然苏子冉不清楚沈妙妙和江耀具体是什么情况，但知道这通电话不能再继续下去了，因为再继续说下去就不礼貌了。

于是沉默了两秒后，苏子冉压着声音提醒了沈妙妙一句："注意安全……"然后直接挂断了电话。

在电话那头的沈妙妙听来，苏子冉那最后一句仿佛烫嘴。

听着"嘟嘟"的忙音，沈妙妙半晌才反应过来苏子冉最后那句话的意思。随后她看向站在床尾居高临下地看着她的江耀——想来他也听见了苏子冉的话，毕竟连电话接通都是他操作的。

他当时正着急解着沈妙妙的裙带，便将电话直接免提。这也是苏子冉在电话里问沈妙妙在哪儿时，她回答得支支吾吾的原因——江耀就在她跟前，沉眸凝视着她，屏息等她的答案。

沈妙妙想：若是自己当时找了个理由搪塞了苏子冉，说了假话，将她困在床尾、俯身凝视着她的男人，说不定当场就能化身野兽，将她撕成两半。

江耀的脾性就是如此，他不喜欢别人在他面前撒谎。而这世上能在他眼皮子底下撒谎还不被看穿的人，一个也没有。

所以思虑再三，沈妙妙还是选择了实话实说，也顾不上电话那头的苏子冉听完她的话会有多惊讶，更没想到苏子冉会如此贴心地提醒她。

就在沈妙妙以为苏子冉的这个电话八成已经唤醒了江耀的理智时，俯望她的江耀眸色一黯，直起身："说得对。"

留下这么一句无厘头的话，江耀转身去了床头那边，不知道从床头柜上拿了什么。沈妙妙扭头看过去，隐约看到一点儿包装袋的边。四四方方的小包装袋被江耀夹在指间从盒子里拿出来，但他停顿了一下，不知道在想什么，后来干脆将整盒一起拿了过来。

沈妙妙："……"

这事很玄幻。

半个小时前，沈妙妙还在顾时深和孟浅订婚宴的宴会厅里。作为她的舞伴的沈叙阳不知道跑去哪儿了，就剩下她自己游走在流水席附近，对那些样式精妙的甜品垂涎三尺。但为了不给孟浅丢脸，沈妙妙一直克制着，这才没有停在那儿大快朵颐。

就在她嘴馋时，一个身穿西服的男人端着香槟酒靠近，邀请她一起跳舞。对方绅士温柔，也很风趣。出于礼貌，沈妙妙并未拒绝他的邀约，两个人便契合地跳了一支舞。

一支舞结束，沈妙妙借口去洗手间整理妆容就溜了。因为那男人打算跟她交换联系方式，听着像是想要了解她，与她进一步相处的意思。沈妙妙这才后知后觉地反应过来，男人是看上她了，对她有意思，想追求她。

可惜，她心里已经有人了。即便再怎么想接受对方的心意，沈妙妙也终究没能迈过心里那道坎。

让沈妙妙没想到的是，她在去洗手间的途中被江耀截下了。

江耀穿着衬衫和马甲，将西服外套搭在臂弯上，上前拦了路，便抓住她的手腕，带着她一路快步离开了宴会厅。

沈妙妙被惊到了，直到被江耀带回他的房间，房门在她的身后被重重地关上，她被他抵在墙角困住，才迟钝地反应过来。

然而接下来发生的事和江耀说的话又让沈妙妙震惊了许久。

江耀随手将西服外套扔在了入户的鞋柜上，高大的身躯欺近沈妙妙时，随手扯开了领带。他身上散发着浓烈的男性气息，露出来的脖颈和突出的喉结有一种难以言喻的性感。

沈妙妙全程看着，不自觉地屏住呼吸，咽了口唾沫。

就在这时，江耀的手从她的耳畔撑在了墙上，他以自己的身体筑起了一道墙，彻底将她困在了他与墙之间，低头看着她。

入户的感应灯熄灭后，两个人陷入了黑暗中，沈妙妙根本看不清他的脸，只感觉他那双逼人的眸子正一眨不眨地盯着她。

"你是不是故意气我？"江耀沉声开口，一句无厘头的话令沈妙妙一头雾水，好在江耀继续说了下去，"不是说只喜欢我吗？为什么要跟别的男人跳舞？"

江耀一副质问的语气，几乎将他身体所有的重量都压在了沈妙妙的身上。

她快要呼吸不到新鲜空气了，感觉自己像一条濒死的鱼。面对江耀莫名其妙的发难，她推了他的胸膛一把，然而她的力气太小，根本不足以撼动沉稳如山的男人。

江耀一动不动的样子，也不知道触到了沈妙妙心里哪一处柔软脆弱的地方，她忽然委屈起来，眼眶中蓄起了泪意。她偏头不看江耀近在咫尺的俊脸，狠狠地咬了一下嘴唇，双手依旧无力地抵着他的胸膛，没好气地反问道："我追你这么久，你给过我好脸色吗？"

"凭什么我就不能跟别的男人跳舞？你是我的谁啊？你管得着吗？"她嘴上这么说，心里想的却是：不就是一支舞吗？江耀这狗男人至于这么生气吗?他该不会为了这件事以后连面都不许她见了吧?

就在沈妙妙思忖着要不要立刻服软时,昏暗中,沉眸凝视了她许久的江耀呼吸微滞,像是被她娇软委屈的声音揪住了心脏,没来由地涌起一股冲动。

他用骨节分明的手捏住了沈妙妙的下颌,将她的脸转回来,正对着他。随后也没等沈妙妙反应,他冰冷却柔软的薄唇便压上了她的唇……

再后来,事情便发展得一发不可收拾。沈妙妙也不知道自己和江耀是如何辗转到大床这边的。总之,她的理智是被忽然响起的铃声唤回来的,也就是苏子冉刚才打来的那个电话。

只不过替她接电话的人是江耀,而且开了免提,苏子冉说的话他全都听到了。再后来……江耀便用实际行动向沈妙妙说明了他是她的谁。

七天七夜的订婚宴结束后,孟浅和顾时深同他们在深市的一众朋友一起飞回了深市。

这七天里,有不少人成功地脱单,在网上感谢孟浅和顾时深的订婚宴,还说他们俩的爱情有魔力,能让身边的其他人也跟着遇到真爱,变得幸福。

顾时深对这个说法不以为意,孟浅却深信不疑。

因为这一趟以后,苏子冉和沈叙阳的关系悄无声息地拉近了。两个人虽然还没有确定关系,但同时出现或者互动,都能看出一些暧昧情侣的影子。

还有沈妙妙和江耀直接在朋友圈里"官宣"了。而且回深市时，他俩都没有和大队伍同行，据说是趁着暑假，要单独出去旅游一圈。

孟浅和顾时深回到深市后，日子倒是过得稀松平常。顾时深回玉深动物医院正常上班，孟浅则趁着暑假开始写剧本，成为一名居家办公的实习编剧。

两个人订婚了，便也光明正大地住在了一起。孟浅在学校也不过占了一个床位，宿舍也不打算再回去了。

适逢周末，顾时深他们医院忙，要值班，晚上去机场接顾凝的任务便落到了孟浅头上。

据孟浅所知，顾凝此次回国，是回来接手成远集团的，说是暂时代替顾时深接手，等以后顾时深的动物医院不忙了，再将集团交还到他手上。

孟浅作为一个局外人，深深地觉得他们姐弟俩真是谁也不想接管成远集团。顾时深是因为和他父亲的关系一直算不上好，顾凝嘛，八成是还没过去温寒那道坎。

晚上 8 点左右，孟浅在机场接到了顾凝。

顾凝回国这件事暂时没有告诉顾锦成，航班提前了几天，知道这事的也只有顾时深和孟浅小两口儿。所以接下来这几天，顾凝要暂时住在顾时深的公寓里。

孟浅与顾凝交情不深，虽然会觉得有点儿不自在，但顾凝好歹是顾时深的姐姐。所谓爱屋及乌，孟浅自然也是真心对待这个姐姐的。

孟浅甚至盘算好了，接下来几天带顾凝在深市四处玩一玩——就她们俩，增进一下感情。

许是顾凝领会了孟浅的心意，对这个弟妹倒也是说不尽的满意。顾凝从刚回国时少言寡语，到后来敞开心扉，主动跟孟浅提起自己和温寒的那段过去，不过三五天的时间，甚至在顾凝回顾家老宅的前一天，孟浅还陪顾凝去了一趟深市郊外的监狱。

顾凝去见了温寒。

当初事发后，她因接受不了事实远赴国外。如今她回来了，总要面对过去，自己做一个了断。

正如孟浅对她说的话——人要向前看。

而且她当初喜欢一个人并没有错。无论是顾时深还是顾锦成，他们都没责怪过她半句。

相反，顾锦成因为这件事一直对顾凝心存愧疚。因为在他们的母亲去世以后，他这个做父亲的都没有担负起父亲的责任，所以才会让顾时深与他生出嫌隙，对家没有归属感，才会让顾凝被温寒母子的温柔体贴蒙了心，一心以为他们母子是这世上待她最好的人。

顾凝见完温寒出来，眼圈有些红。

孟浅猜她在里面应该是哭过了，但没有多问。

"浅浅，谢谢你陪我走这一趟。"顾凝和孟浅坐在车上，停在路边静坐了一会儿。这还是顾凝借住在顾时深的公寓里以来，第一次以顾时深的姐姐的身份和孟浅说话，"也谢谢你出现在阿深的生命里。"

顾凝看向窗外，看向监狱外围的高墙，不由得想起她刚才见到温寒时的场景。

其实温寒母子刚住进家里时，顾凝也和顾时深一样并不待见他们母子。

她曾向温寒砸过厚厚的字典，字典的棱角划破过他的额头，鲜血直淌；她也曾冲温寒的母亲声嘶力竭地大喊大叫过，认为是他们母子害死了她和阿深的母亲。

可后来，他们母子待她一直很好。温寒像个大哥哥，成了顾凝的避风港。

因为父亲平时工作忙，而顾时深在母亲去世后性格一直很孤僻，所以顾凝在很长一段时间里感受到了前所未有的孤独。她的世界逐渐变成了黑白色，冷冰冰的，没有温度，直到温寒强势地进入她的生命里，极其有耐心，重新温暖了她。

"我并不后悔喜欢过他。不管他对我是否真心实意，至少他曾经带给我的快乐是真的。"顾凝说这些时，唇角久违地勾起了弧度，是释怀的语气，也代表着她即将开始崭新的人生。

"从这方面来看，我这些年过得比阿深快乐多了。"顾凝话锋一转，回眸看向孟浅，"阿深和我不一样，他目睹了妈妈的死亡。他这些年因为温寒母子，与整个顾家，基本算是断绝了关系。如果不是遇见你，他可能真的会孤孤单单一辈子，我们一家的关系也不可能缓和到现在这个地步。"

至少现在，顾锦成要顾时深带孟浅回家吃饭时，顾时深不会拒绝。若是换作以前，顾时深恐怕连家里人打的电话都懒得接。

"这一点，阿深比我幸运。他的光是真的，我的光是假的。"顾凝自嘲地笑了笑，然后又在孟浅开口安慰她之前深呼吸，闭上眼，笑意加深，"算了，不说这些了。"

"你给阿深打个电话吧，就说今晚我请你们小两口儿吃饭，就当弥补之前没能赶回来参加你们的订婚宴的遗憾。"顾凝从包里翻出口红补妆，笑盈盈地看了孟浅一眼。

孟浅合上了微张的嘴，想说的话也咽了回去。她给顾时深打了电话，好在顾时深今晚不用值班，晚上可以一起吃饭。

只不过孟浅和顾凝都没想到顾时深来赴约时会带上苏子玉。

用顾时深的话说，苏子玉今晚要值班，晚饭没有着落，过来蹭一顿。顾凝自然没有意见，毕竟她和苏子玉也是从小一起长大的朋友。更何况她出国这些时日，苏子玉一直跟她保持着联系，苏子玉去国外出差的时候还去看望过她。

席间，苏子玉对顾凝的照顾，孟浅全都看在眼里。让她诧异的是，苏子玉对顾凝的口味喜好，竟然比顾时深这个做弟弟的还要了解，不知道的还以为苏子玉和顾凝关系匪浅。

晚饭过后，顾凝便没跟顾时深和孟浅一起回去。

她的行李已经让管家提前取了，送回老宅那边。今晚她直接回老宅住，明天一早就要去公司上任。

孟浅本来打算让顾时深送顾凝回老宅的，顾时深却把这个任务交给了苏子玉："我姐就拜托你了。"

苏子玉沉声应下，走之前还不忘跟孟浅打了招呼，完全一副自家人的做派，把孟浅看蒙了。

回家的路上，孟浅靠在副驾驶座的椅背上，抄着手，偏头看着驾驶座上的顾时深，满眼都是审视的意味。

顾时深被她盯了一路，终于平安地回到家。下车后，他绕到副驾驶座那边替孟浅拉开了车门。哪知他家小祖宗却不肯下车，依旧抄着手稳坐在那儿。

顾时深哭笑不得："先回家，想知道什么我都告诉你。"

这还差不多！孟浅朝顾时深伸出双手，他会意地弯腰，将她抱下了车，用脚踢上车门，锁好车。

顾时深就这么抱着孟浅进了电梯里，哪怕遇见公寓楼里其他的住户也没把她放下地，以至于最后因为害羞，将脸埋在他的颈间不敢抬起来的人倒成了她。

一起乘坐电梯的阿姨盯了他们俩好一阵子，顾时深坦然地回望过去，薄唇勾起淡淡的弧度，简单地解释道："这是我的未婚妻，她有点儿不舒服。"说着，他还将手上的订婚戒指露给阿姨看了一眼。

阿姨这才信了他的话，将视线挪开。不过在电梯上升过程中，阿姨还是好心地提醒道："不舒服的话还是去医院看一下比较好。"

孟浅听了，搂紧了顾时深的脖颈。顾时深则噙着笑，柔声道谢："不用，她这是老毛病了，回家我替她治就好。"

阿姨了然地点点头，还说孟浅福气好，找了个医生男朋友。

要不是阿姨家的楼层到了，孟浅真要装不下去了。

"叮——"电梯到了他们家的楼层，顾时深抱着孟浅出了电梯，轻车熟路地开门进屋。

一直将脑袋埋在他颈间的孟浅终于活了过来，咬了一下他的耳垂，紧搂着他的脖颈："你说谁老毛病呢？说谁？"

顾时深虽然吃痛，但电流般的酥麻感大过痛感，他根本顾不上。

被孟浅一阵惩罚似的啃咬后，顾时深终于脱掉了他和孟浅的鞋，抱着孟浅直接往主卧的浴室走去。

进了浴室，他直接将孟浅抵在洗手台上，低头便是一阵带着惩罚意味的吻。孟浅拒绝不了，很快便沦陷在了他疾风骤雨般的攻势里。

在彻底失去思考的能力前,孟浅攀着顾时深的脖颈,呼吸粗重地拂在他的耳畔,哑声追问:"你到底打的什么主意?干吗让苏院长送凝姐回去?"

"苏子玉喜欢我姐。"顾时深也声音嘶哑,情难自控,"你不是说我姐已经从过去走出来了吗?或许苏子玉能帮她尽快重新开始……"

孟浅了然,随后身子腾空,后背抵在了冰冷的墙上。她快被顾时深高大的身躯压得喘不过气来了,只能死命地抠着他的肩膀。

顾时深吻至她的嘴角,呼吸滚烫:"先别管他们了,管管我。"

孟浅被顾时深的吻乱了心神,也深知这几日顾凝住在这里,他有多克制。加上今日听顾凝说的那些,关于顾时深小时候的事,孟浅是打心眼儿里心疼他的。

但她不知如何安慰顾时深,更不想在他面前提及他的过去,揭开他的伤疤,所以她思来想去,只能主动一些,用全部的热情回应他的爱意。

后来,孟浅久违地看见了深市清晨6点的晨光。

大三这年的暑假算是孟浅度过的最充实、忙碌的一个假期。先是七夕七天七夜的游轮订婚宴,随后她又替顾时深陪伴了顾凝几日。再后来,她完成了一个小制作影视剧的剧本,被那位导演推荐给另外一位大导演,得到了一个和某位知名编剧合写剧本的机会。

那位编剧叫朱莹,是圈内近两年比较知名的编剧。听说是她排不开时间,手里有个本子一个人无法完成,便只能找人分写配角情侣的戏份。孟浅运气好,之前写的那个剧本引起了那位大导演的注意，这才得到了这么个机会。

于是在顾凝离开后，孟浅基本大门不出二门不迈。每天顾时深去上班，她便窝在书房里写剧本，可谓废寝忘食，其认真程度让顾时深都不敢贸然打扰她。

他若是在家休息，也是默默地把家里收拾干净，负责孟浅的一日三餐。没有经过孟浅的同意，他连书房的门都不敢推开，就怕影响到她。

下笔之前，孟浅自己做了一下配角的人设，花了三天时间把人设吃透，这才开始撰写二人之间的爱恨情仇。

因为结局是悲剧，所以打动人心是必要的，孟浅怎么虐心怎么写，写到两个人杀青的戏份时太过投入，一边哭一边写。

好在孟浅的努力没有白费，她赶在暑假结束的前一天将剧本分别发给了那位大导演和总编剧，等他们过目，有问题的地方可能还需要修改。

剧本交上去的那天晚上，顾时深订了一家法国餐厅，带孟浅出去庆祝了一下——就他们两个人。

吃完饭，他们又开车回深大。两个人手牵手，久违地在学校里散步，绕着足球场走了一圈又一圈。

深大的毕业生走了一批又一批，新生更替，学校里自然也多了一些不认识顾时深和孟浅的学弟学妹。不过即便学弟学妹不认识他们，也不妨碍大家被他们俩的颜值吸引目光。

一路上，两个人的回头率高达百分之百，无论男女都会驻足观望他们，甚至有人拍照发到学校论坛上，还有人一边感慨天造地设的颜值，一边询问两个人的身份，结果自然是被学校里的老生一顿介绍——尤其是孟浅班里的同学。

孟浅的同班同学们参加过孟浅的生日派对，也参加过孟浅和顾时深的订婚宴，每每说起他们俩的事迹便有一种说不清的骄傲和自豪感，总有一种喜欢的情侣修成正果的喜悦弥漫在众人心间。

晚上10点左右，顾时深陪孟浅去深大校内的小公园里喂那些流浪猫。

这个点的小公园里寂静无人，倒是很适合情侣独处，恰好顾时深也有事情要跟孟浅说。

关于自己要去国外进修两个月的事，原本顾时深心里一直很忐忑，怕孟浅舍不得跟他分开那么久，便做好了带她一起去国外的准备。反正大四最后一年，孟浅也没什么课程，可以去国外小住两个月，权当是去散心。

不料孟浅的反应很平静："既然是去进修，那你就去吧。正好我这边如果剧本没问题，后面可能也要跟剧组跑一段时间。"毕竟一部分剧本是她负责的，如果临时有需要修改的地方，她在剧组里也方便应对。

看孟浅一副不太在意的样子，顾时深才意识到：原来是他离不开她，不想与她分开两个月之久，而不是她舍不得他。

虽然这么想，顾时深难免会有点儿心塞，但看见他家浅浅这么能干，已经可以独当一面，心里还是很替她高兴的。

"要分开两个月，你对我难道就没有一丁点儿不舍？"顾时深牵住了孟浅的手，放在自己宽厚温暖的掌心里把玩。

孟浅这才察觉到了他的情绪，愣了几秒，忍俊不禁："岂止一丁点儿啊，是非常非常不舍。但是仔细地想想，我们还有漫长的一辈子可以相守，相比之下，短短两个月又算得了什么？"

"听说剧组里有'小鲜肉'。"顾时深垂下长睫，闷闷不乐。

孟浅轻笑出声:"原来你是在乎这个啊!"

话音刚落,她反抓住顾时深的手,与他一起停下脚步。随后,在朗月之下,她攀着他的肩膀,踮脚吻了他。

孟浅柔情似水的声音随着夜风轻轻拂过顾时深的耳畔:"笨蛋顾时深……你曾是我的求之不得。如今好不容易求得,我自然会加倍珍惜。"

"你啊,别太小看自己的魅力。除了你,谁还能让我心心念念这么久?"孟浅不太会安慰人,只能把自己掏心窝子的话说给顾时深听。

顾时深似乎得到了一些安慰,扣着她的细腰和后颈,动情地加深了这个吻。

呼吸分离之际,顾时深恋恋不舍地蹭了蹭孟浅的鼻尖:"浅浅,等我回来,我们就领证,好不好?"

婚礼原定在孟浅大学毕业后,也就是明年七夕,因为婚礼需要筹划的事情纷繁复杂,婚服也需要时间设计、制作,明年七夕已经是极限,再不能提前了。

但领证和举行婚礼不一样,只是领证的话,目前来说,孟浅刚过法定结婚年龄,是可以领结婚证的,所以顾时深才会动了这个心思。

他每日每夜都在渴盼着,与孟浅成为名正言顺的、真正意义上的夫妻,不仅有夫妻之实,还要有夫妻之名,受法律保护。

孟浅没想到顾时深会提领证的事,或者说一直忽略了结婚要领证这件事。听顾时深这么一说,她才后知后觉地意识到,除了举行婚礼,领证也是他们结为夫妻的过程中一个很重要的环节。

恍惚了片刻,孟浅敛了思绪,将脸埋在顾时深的怀里,点了点头:"那你回来前告诉我一声,我让我妈把户口簿寄过来。"

许是没想到她会答应得如此爽快,顾时深有些反应不过来。半晌他才收紧手臂,力气大得几欲把孟浅揉碎在怀里,声音里是压不住的狂喜:"好。或者这件事交给我就好,你不是要进组吗?就别操心了。"

孟浅想想,觉得顾时深说得也有道理,便点头应下了。

9月中旬,顾时深去国外进修了。

他走的那天,孟浅没能起来相送。只因晚上顾时深折腾得比以往都要厉害,她就算想送他去机场也是有心无力,根本起不来。

顾时深显然也料到了这个结果,走之前还给孟浅准备了简单的早餐,留了字条,叮嘱她睡醒了记得吃点儿东西。

孟浅一觉睡到了下午2点多,距离顾时深的飞机落地还有两个多小时。她简单地洗漱后吃了点儿东西,然后去书房把她之前没写完的处女作收了个尾。

忙到下午,孟浅收到了顾时深报平安的微信。她一边揉着后颈,一边回他的消息:"想我了就给我发消息,我随时待命。"

S深:"你也是。我不在家,你要按时吃饭,早点儿睡觉。"

S深:"晚上记得把门窗锁好,实在不行你就先回学校住,和苏子冉、沈妙妙她们在一起,我也放心些。"

孟浅:"妙妙都已经搬到江耀的别墅里了,冉冉也住在她自己家里。我回宿舍也是一个人啦!"

S深:"要不我去拜托一下她们?"

孟浅被逗笑,想说这个世界又不是以她一个人为中心,干吗所有人都得围着她转?但她仔细地想想,顾时深之所以这么想,应该是因为在他的世界里,她就是他唯一的中心吧。

孟浅:"不用了,我自己去问问她们吧。"如果苏子冉和沈妙妙要回宿舍住,她便搬回宿舍暂住一段时间。如果她们不想回,她也不强求。再说了,接下来她还得跟组呢。

就在孟浅和顾时深聊完后没多久,她接到了大导演徐正的电话,说是已经审过了她写的那部分剧本,很不错。徐正顺便还跟孟浅说了一下剧组开机的时间,也就是9月下旬,估摸着还有一周的时间,让她准备一下,到时候得辛苦她跟着剧组跑两个月。

除此之外,徐正还对孟浅刚写完的那本处女作感兴趣,因为听之前跟孟浅合作过的张导说起过。

张导当初也想和孟浅合作她的处女作,可惜他就是一个小导演,制作和选角方面达不到她的期望,再加上她那时候也不知道自己到底多久才能写完这个剧本,所以没能达成合作。

徐正不一样,他是业内知名导演,有资源,有人脉,缺的就是能入他眼的好剧本。而且他也有时间等孟浅慢慢完成剧本。

看完孟浅负责的那部分剧本后,徐正很看好她,自然也就对她精心对待的处女作感兴趣。

恰好孟浅刚刚完成了这个剧本,便和徐正约好了见面谈,带上剧本给他看一眼。如果合眼缘,徐正愿意买下版权,自己去找投资商。

孟浅自然希望自己的本子能遇到靠谱儿的导演。徐正是她比较喜欢的导演之一,能得他老人家的青睐,她自是欢喜。

所以第二天下午,孟浅便和徐正约了个下午茶,将剧本带过去给他过目。

最终合作达成,孟浅第一时间给顾时深打电话报喜,还说等他回来，要请他去旅游、吃好吃的。

顾时深光是在电话那头听着她欢喜的声音，唇角的弧度便压不住了。最后他还不忘调侃孟浅，说她以后将会是他们家里的顶梁柱，让她不要太辛苦了，千万别累着自己。

孟浅9月下旬进组，正式和那位前辈朱莹打照面儿。

出于新人的自觉，她进组第一天，便请大家喝了奶茶，倒也收买了部分人心。

令孟浅没想到的是，这部剧的女二号竟然是时淼！

因为男二号和女二号的选角一直保密，剧组预热也一直在用男女主角做宣传，所以连孟浅都不知道自己写的剧本竟然是给时淼准备的。时淼必然签过保密协议，也从没跟孟浅提过自己接的新戏是徐正导演的。

两个人在剧组里相遇，一个比一个惊讶。

"好家伙，我闺密写剧本让我演这种戏码居然真的出现在了现实生活里！"时淼的反应比孟浅的大，她不敢相信孟浅还在实习期就能进徐正导演的组。要知道，这是多少圈内编剧梦寐以求的事。

"不愧是我的闺密，就是比别人厉害！"时淼私下里是什么性子，孟浅最清楚不过，两个人在时淼私人的化妆间里说话，自然不用注意形象。只是孟浅没想到，朱莹会突然过来找她，推门进来前连门都没敲一下，恰好撞见孟浅和时淼勾肩搭背，有说有笑。

朱莹眼眸一黯，微笑着招呼孟浅出去，说是剧本有需要她修改的地方。

毕竟朱莹是总编剧，孟浅自然要听她的差遣，便匆匆地辞别了时淼，先出去了。

"小孟，你这里配角情侣的互动剧情，和我写的主角情侣的互动剧情重合了，改一下吧。"朱莹出了门，便把孟浅负责的那部分剧本丢给孟浅，言简意赅，一个多余的字都没有。

朱莹是一副命令下属的口吻，孟浅接住本子却是有点儿蒙了。因为主角的对手戏孟浅都看过，写配角的互动剧情时，她刻意避开了一些雷同的设定。所以按理说，她写的配角互动，应该和主角的互动完全没有冲突和相似之处，根本不需要修改才是。

可是朱莹既然这么说，孟浅只能重新将剧本翻看一遍。

果然，如朱莹所说，其负责的主角情侣的互动有一处做了修改，修改后的内容和孟浅写的配角情侣互动雷同。

但这不该是她的问题吧？尽管孟浅心里不认为这是自己的问题，可朱莹是业内前辈，面子总要给的。所以这一次，孟浅姑且忍下了，点头答应去修改剧情。但是在走之前，孟浅还是没忍住，对朱莹说道："希望下一次朱老师修改剧本之前，能先花一点儿时间把整个剧本熟悉一下，以免再发生这样的事情。"

孟浅说话直，又因为心里有气，声音听着沉沉的。孟浅不明白朱莹为什么在这种时候修改主角情侣的互动剧情，而且从专业角度来看，她不认为朱莹修改后的剧情适合主角情侣的人设。

后来事实证明，孟浅的判断是正确的。

导演徐正最后过目剧本时，也指出了朱莹修改后的问题。

朱莹表示，修改完的互动设定是她绞尽脑汁想了很久才想出来的，一定能戳中观众的心。但徐正始终不满意，最后一眼相中旁听的孟浅，让她试着改一下。

徐正对孟浅改后的互动相当满意，顺便还拉着她说了一下下部剧合作的事。

剧组里一帮人看着徐正导演一向严肃的脸上挂满笑意，各个觉得稀奇，便多看了孟浅几眼。大家对这个新来的美女编剧颇有好感，也都觉得以孟浅这相貌、身材，做编剧可惜了，因此大家私下里不免对她议论得多一些，以至于她这个实习编剧的风头完全盖过了朱莹这个总编剧。

没几天，剧组里便冒出一个传闻，说孟浅和徐正导演关系匪浅，不然平时对大家都很严肃的徐导，怎么偏就给她一个人好脸色？

时淼在听到这个消息的第一时间便给孟浅打电话，彼时孟浅正在酒店房间里撰写新的剧本。这是她跟组时获得的新灵感，想写一个青梅竹马的校园剧的本子。

时淼刚拍完一场戏，下午没有戏份，便回酒店找孟浅，一进门便忍不住跟孟浅吐槽剧组里的传闻："也不知道是谁传出来的，真是气死我了！徐导的年纪都够做你爸了，那人传你们俩的绯闻，这心思可真够恶毒的。"

孟浅慢条斯理地合上笔记本电脑，起身去给时淼倒了一杯白开水，顺便给自己冲了一杯热咖啡。

虽然今天她是第一次听到这个绯闻，但她比时淼平静许多。她不以为意地说道："我都已经订婚了，假的还能被他们传成真的不成？"孟浅说着，扬了扬右手中指上的订婚戒指。

她订婚的事，从她第一天进剧组被人问起手上戒指的来源时，她便如实交代过了。

"就是因为你订婚了，他们这么传才可怕啊！这不是拐着弯儿说你私生活不检点吗？回头这事要是传到顾时深的耳朵里，你还得费心跟他解释……"时淼蹙着眉，现在一门心思想把那个传谣的人抓出来，让其受到应有的惩罚。

孟浅刚进这个圈子里，不知道他们这个圈子的腌臜，所以时淼想保护好她。孟浅意识到这一点时，安慰似的拍了拍时淼的肩膀："放心吧，没事的，我自己可以处理好。"

"这件事徐导知道吗？"孟浅喝了口咖啡，神色严肃了许多。正如时淼所说，她可不想让这种谣言传到顾时深的耳朵里。

时淼摇摇头："应该还不知道。毕竟也没人敢在他老人家面前传这种谣言。估计传谣的人就是吃准了这一点，所以才敢这么肆无忌惮。"

孟浅了然地点点头："那我去问问他老人家。"

时淼入圈这么久以来，就没见过比孟浅更勇敢的。不知道的还以为孟浅这是动用了成远集团和茂林集团的关系呢，有什么事是真敢往大佬面前捅啊！

事实证明，孟浅的决定是正确的。

徐正知道后，第一时间在剧组里指桑骂槐，将传谣的人骂了一通。而且以他老人家的手段，他很快便查到了谣言的来源——竟然是这部剧女主角身边的一个小助理！巧的是，这部剧的女主角孟浅也认识，正是当初跟施厌交往过一段时间的凌萱。

早前孟浅和她还一起去农家乐玩过，虽然交集不多，但到底也算认识。

事发后，凌萱第一时间带着礼物找孟浅道歉，说她没管好自己手底下的人，给孟浅造成麻烦，很抱歉。

虽然时淼认为是凌萱指使助理散布的谣言，但孟浅始终觉得凌萱没理由这么做——自己跟凌萱往日无冤，近日无仇，凌萱何必造谣一个小小编剧？

"会不会是你表哥甩了她，她把这仇记到你头上了？"时森胡乱揣测着。不然她也想不明白，为什么散布谣言的人偏偏就是凌萱的助理。

"应该不会，毕竟她有今日也多亏了施厌的照拂。"

孟浅认为凌萱是一个很懂得进退的人，不然也不会在和施厌和平分手后，半点儿死缠烂打的迹象也没有。

为此，施厌还苦恼过一阵，觉得不习惯。因为他以往交过的那些女朋友，每一个都在分手的时候跟他哭哭啼啼过，甚至偏激一点儿的，还致力于搞臭他的名声。唯独凌萱不同，施厌提出了分手，她便安安静静地搬出他的别墅，寂静无声地退出了他的世界。

所以像凌萱这样的人，不可能在明知道孟浅和施厌是表兄妹的情况下还让自己的助理做这么愚蠢的事情。

"那不是凌萱还能是谁？总不能是那个小助理自己传的吧，她图什么？"时森摸着下巴，思来想去也不知道孟浅进剧组以来得罪了什么人。

但是孟浅心里有自己的想法。因为偌大的剧组里，和她有过冲突的只有一个人，那就是总编剧朱莹。因为目前没有证据能证明谣言的源头就是朱莹，再者孟浅也不想把事情闹大，这件事便就此作罢。但她没想到，没过几天，徐正剧组某个小编剧靠"潜规则"和徐正合作新剧的消息在网上不胫而走。

这件事闹到了网上，自然惊动了广大网友，引起大家的注意。孟浅的名字和徐正的名字一起被挂上了热搜，大家都开始议论他们的关系。

这件事施厌和顾凝先后知晓，毕竟他们俩平时也算比较关注演艺圈的事。施厌是因为他交的那些女朋友基本是圈内人，顾凝则是因为手底下有个影视公司还在正常运作，所以她私下对演艺圈的风向也比较关注。

两个人先后给孟浅打了电话询问情况。孟浅相继安抚完他们，又接到了顾时深的越洋电话。

显然，她被徐正"潜规则"这一不实消息，也传到了远在海外的顾时深的耳朵里。

顾时深对演艺圈的事情不了解，只是相信孟浅不会如那群网友所说的那样去勾搭一个导演。如果孟浅真的想走捷径，目的只是一个剧本，那干吗放着成远集团和茂林集团两棵大树不要，而去傍一个小小的导演？

顾时深只是很气愤，打电话是怕孟浅被伤到，想要安抚她。本来他是想告诉孟浅，网上的一切她都不用去管，他会找人处理。但孟浅比他想象中镇定，还反过来安慰他："事情不是网上传的那样，你别多想，知道吗，顾时深？"

电话那头，准备了许多说辞的顾时深突然就噎住了，莫名其妙的挫败感令他哭笑不得。因为就在刚才那一瞬间，他忽然意识到，他的浅浅哪怕是遇到这么严重的事情也能冷静地应对，根本不需要他替她操心。

"浅浅，其实这种时候，你也可以适当地依赖我一下。否则，会显得我这个未婚夫像个没用的装饰品。"顾时深叹了口气，虽是半开玩笑的语气，却让孟浅听出了几分心酸的味道。

孟浅被逗笑了，本来她觉得自己挺坚强的，这种事情能应付得来，可是蓦然听顾时深这么说，忽然觉得鼻子有些酸涩，莫名其妙地委屈起来："顾时深……"

女声忽然带了浓浓的鼻音和哭腔，把电话那头的顾时深吓了一跳：“宝宝不哭，我现在抱不到你……”

他的语气略带焦急，他似乎恨不得从国外飞回来，无奈又心疼。男人嗓音温柔，缱绻怜惜，孟浅听得破涕为笑，抹了把眼泪：“没事啦，我又不是小孩子，这种事情我处理得来。”

而且处理这件事其实很简单。

因为孟浅和顾时深的订婚宴曾震惊了整个深市，虽然两位主角没有登报露过脸，但是大家都知道，在滨海市曾有过一场举世无双的游轮订婚宴。只要孟浅挑几张订婚宴的照片找人挂到网上，谣言必然不攻自破。

而且那个被凌萱开除的小助理，孟浅这阵子也拜托了苏子冉找人帮自己盯着。就在半个小时前，苏子冉给孟浅发微信，传了几张照片过来，正是那个小助理私下和朱莹碰面的照片。苏子冉的人已经买通了那个小助理，该交代的，那个小助理一句也没有落下。

小助理没想到孟浅的身份并不简单，还以为孟浅只是一个还没毕业、处在实习期的小编剧，只是凭借着自身的才华才会得到徐正导演的赏识。

像这种小年轻，遭到业内大佬记恨、使绊子，在他们这个圈子里那也是常有的事。所以那个小助理并没有多想，拿钱办事该怎么做，她再清楚不过。

只是她没想到她跟的凌萱竟然私下和孟浅认识，而且竟然为了孟浅这个小编剧把她开了。要知道，她和凌萱可是亲戚关系。

虽然明面上她是凌萱的小助理，但私下里她根本瞧不上凌萱。就算平时她打着凌萱的名头做点儿不入流的事，凌萱也一向是睁一只眼闭一只眼，所以她不明白这次凌萱的反应怎么这么大。

439

事到如今，小助理总算明白了——因为孟浅来历不凡，比起得罪那帮只会吸血的亲戚，凌萱更怕得罪孟浅。

谣言在网上传开的当天晚上，孟浅便把手里掌握的所有证据交给了徐正。最后经徐正之手，将朱莹这些天来的所有恶行公之于众。

如此一来，网上的风向顿时变了。大家一边痛斥朱莹，一边惊讶于小编剧孟浅的身份。随后还有人扒出孟浅和顾时深平时在深大里被人偷拍，发到学校论坛上的照片。他们俩因此被送上了热搜，成了唯一一对备受广大网友关注的素人未婚夫妻。

孟浅和顾时深的爱情故事在剧组里广为流传。

朱莹在网上公开向孟浅道歉，勉强留在剧组里继续完成编剧的工作。但大家都知道，这是她和徐正合作的最后一部作品。

朱莹自己也没想到事情会发展到这个地步。她只是和以往一样打压一下新人而已，没想到这回竟然碰上一个硬茬儿。早知如此，她不会主动地招惹孟浅，可惜一切都已经迟了。

谣言起得突然，消失得也很干净，孟浅的日子也恢复了正常。

将事情摆平的当晚，她给顾时深打电话，想把这件事告诉他，让他不要担心，不料他的手机一直处于关机状态。

后来，凌晨1点多，一场夜戏结束后，孟浅和时淼以及其他工作人员一起回酒店，远远地便看见酒店门口停着一辆黑色大G，车牌号她倒背如流。

那车似乎刚停稳，驾驶座上的男人正拿手机要打电话，还不忘拿起副驾驶座上的那捧玫瑰整理其花瓣和枝叶……

时淼也认出了驾驶座上的男人，拿胳膊肘子撞了撞孟浅："我就说你家那位肯定会不放心地飞回来吧，你还不信。"

孟浅笑了笑，鼻子莫名其妙地酸涩。她包里的手机响起铃声时，她没接，而是不顾一切地朝那辆黑色大G跑过去。

车内的男人似乎有所察觉，目光瞥向窗外，恰好看见不远处迎面跑来的女人。顾时深愣了几秒，急忙解了安全带，推开车门下去。他抱着花奔向孟浅，与她在半路相拥。

时淼等人将这一幕看在眼里，在不远处一阵起哄：

"好家伙，电视剧里才有的画面，竟然就在我眼前发生了！"

"不得不说，孟浅和她未婚夫的颜值真是绝了，好般配啊！"

"双向奔赴的爱情我真是羡慕！好甜！"

…………

孟浅被同事们的话逗笑，从顾时深怀里抬起头来时，眼圈却红红的，声音也带着哭腔："你怎么回来了？"

顾时深腾出手，替她将被风吹乱的头发别回耳后，低头亲吻了一下她的额头，声音低沉又心疼地说道："因为我的浅浅哭了，我得回来抱她。"

孟浅哼了一声，终于放肆地哭了出来，眼泪全都蹭在男人的怀里："那些人说话真的难听……好讨厌他们……"

顾时深温声哄着她。能切实地将她抱在怀中安慰，他空落落的心总算被填满，踏实下来："我一会儿就上网帮你骂他们。"

顾时深一本正经的话却逗笑了孟浅："算了吧，我怕你被他们的唾沫淹死。"

"那我花钱雇人骂他们。"

孟浅笑得更欢了，从顾时深怀里仰起头。也顾不上这是在街头,又是酒店门口的台阶下,她踮脚便捧着他轮廓分明的俊脸,吻了上去。

"顾时深,我真的很难不爱你……"

"尽管爱,多爱一些,我承受得起。"

番外二

盛大婚礼

次年盛夏,毕业季。

这是孟浅在深市的第四个年头,拍毕业合照时,她还有一种恍若隔世的错觉。仿佛昨日她还是刚入学的大一新生,转眼却到了毕业离校的时节。

顾时深带着花来学校接她离校。宿舍里还有些零碎的东西,她全部打包带回了顾时深的公寓。

这一年间,他们俩的婚礼已经筹备得差不多了。

因这场婚礼代表着顾家和施家的颜面,所以婚礼规模大得超乎了孟浅的想象。为了举办婚礼,顾、施两家联手包下了一座小岛,花了大半年的时间造景,在小岛上打造出一空中浮台。

岛上具体是什么情况,孟浅不知道。连她的婚纱都是顾时深一手置办的,她只负责量尺寸、试婚纱,其余杂事与她无关。

至于孟浅和顾时深的婚房,顾家和施家分别准备了几套别墅,让他二人挑选。奈何他们意见一致,还是觉得顾时深自己花钱买下的大平层公寓更有家的感觉。两边的长辈拗不过他们,只能作罢。

如今,孟浅终于大学毕业。她和顾时深早在年前就领了结婚证,在法律上已经是合法夫妻。所以毕业后,她便没有回陶源镇,和顾时深一起在深市待到了7月份。

因婚礼定在七夕那天,所以七夕的前一天,顾时深便包机,将孟浅和她在深市的亲朋好友送到了他们举办婚礼的那座小岛上。

飞机落地后,孟浅和苏子冉他们一起入住岛上的酒店。宾客按男女划分,分别在两个大酒店里落脚。

孟浅住的是酒店顶级的套房,已经精心布置过,有家的温馨感,明日她便会从这里出嫁。

伴娘团和伴郎团也全部就位,男女各六个人。伴郎团是江耀、沈叙阳、施厌、苏子玉、许卫民和杨铁军;伴娘团则是时淼、苏子冉、沈妙妙、凌萱还有陈茵和许佳人。

伴郎团和伴娘团人选都是顾时深和孟浅商量后敲定的,其中不乏凑人数的,比如凌萱、陈茵、许佳人还有施厌。按理说,施厌是孟浅的表哥,没理由做顾时深的伴郎,帮着顾时深抢亲。但没办法,他们俩的人际圈子算不得广,他们只能抓人凑数。

到小岛上的那天夜里,伴娘团和伴郎团分别以时淼和施厌为首,各自为孟浅和顾时深举办了告别单身的聚会。

考虑到不能耽搁明天的婚礼,双方各自都在落脚的酒店里小聚,而且不喝酒,只喝饮料。所以,与其说是告别单身的聚会,不如说是茶话会。

聚会上,施厌他们那群单身男人都来向顾时深取经,毕竟孟浅无论是容貌还是才华,都算是同龄人中的佼佼者。作为损友,大家一致认为,顾时深娶孟浅有老牛吃嫩草的嫌疑,都想知道他到底是如何把小他8岁的小美人娶到手的。

至于孟浅这边,时淼特意找了一帮身材好、长相也好的年轻男人过来跳舞助兴,一大帮女生围着台上露腹肌和人鱼线的男人尖叫连连。

孟浅处在中心,几乎被周遭此起彼伏的呼喊声淹没。她没来由地跟着大家欢笑,以纯欣赏的目光打量舞台上那些张力爆棚的男人。

用苏子冉的话来说,时淼是真会玩,活成了她们之中许多女生想活成的样子,肆意洒脱,哪怕只是饱眼福也是极胆大的。

夜里10点多,聚会结束,孟浅被时淼、苏子冉和沈妙妙护送回套房。

因房间太大,她一个人住实在空寂,便将她们三个留了下来。

"我真是做梦都不敢想有生之年居然能参加这么盛大的婚礼。"沈妙妙洗完澡便在大床上躺下了,"浅浅,你去婚礼现场看过了吗?"

孟浅吹干了头发,正在敷面膜,打算临时抱佛脚,保养一下皮肤。听到沈妙妙的话,她摇头:"还没。"

一方面是她太忙了,刚落地小岛便忙着招呼客人,后来又被时淼拉着参加了告别单身的聚会;另一方面,她也想让婚礼现场保持一些神秘感。

沈妙妙欲言又止,是真的很想告诉孟浅,顾时深斥巨资为她打造了一座"天空岛"。他们俩的婚礼仪式将会在"天空岛"上举行,到时候宾客满座,在下方观礼。

那种感觉一定是前所未有的美妙，孟浅肯定终生难忘。

"老实说，看见你和顾时深这婚礼的规模，我也有点儿想嫁人了。"时淼拿着手机刷微博。

她身为艺人，时常要关注热搜，以及发点儿日常动态来巩固自己的粉丝群体。前些日子，时淼的粉丝便知道她要参加顾、施两家盛世婚礼的事。因着孟浅的关系，时淼在圈内的资源比同时期的其他艺人好太多，不少人羡慕她有孟浅这么个好闺密。在大家的起哄下，时淼在征得孟浅的同意后，也答应适当地为大家转播婚礼现场。

这不，今天刚下飞机，她便发了微博报告行程。评论区一溜儿凑热闹的粉丝，有的想看她的自拍，有的还想看她和新娘子的合照。

为了满足粉丝的好奇心，时淼拉着孟浅她们仨，拍了一组穿浴袍的合照。当然，她发到微博上的照片里只有她们四个人的背影，让粉丝们猜哪一个是新娘。

这条微博孟航他们也刷到了。

孟航虽然是孟浅的亲弟弟，但被施厌拉着也参加了顾时深的告别单身聚会。不为别的，孟航就怕施厌这个不靠谱儿的，背着孟浅请一些美女参加顾时深的告别单身聚会。

好在施厌还没有不靠谱儿到那个份儿上。聚会上清一色的男人，大家喝茶和饮料，轮番述说各自的感情经历。

其中恋爱经历最丰富的自然要数施厌，他交过的女朋友比孟航这些年参加射击比赛拿过的奖项都多，也是能人一个。

因孟航算是他们一帮大男人里年纪最小的，轮到他讲述自己的感情经历时，大家忽然安静下来，注意力全都聚集到了他这边，似乎对他的感情经历充满了好奇。就连今日的主角顾时深也端着茶杯喝了一口茶醒神，打算好好听一听他这位小舅子的感情史。

众目睽睽下，孟航的脸色逐渐转红，说不出的青涩感令施厌感叹不已。

见孟航神情忸怩，迟迟不开口，顾时深似乎意识到了什么。就在顾时深准备为孟航解围，揭过这个话题时，施厌抢先开口了："小表弟，你不会到现在为止还没有正儿八经地谈过一次恋爱吧？"

施厌这话明显地戳中了孟航的软处，孟航脸上可疑的红晕以肉眼可见的速度蔓延到了耳根处。似乎不满施厌一副瞧不起自己的语气，孟航烦闷地看了施厌一眼："不行吗？像你一样勤换女朋友是什么值得骄傲的事情吗？"

孟航接连两问，让施厌噎住了。

施厌以前觉得自己身边美女如云，感情史丰富确实是一件值得骄傲的事情。可事到如今，他看见顾时深对孟浅，苏子玉对顾凝，连江耀那小子也对那个叫沈妙妙的丫头情有独钟……他忽然觉得自己那些丰富的感情史突然变成了廉价品，仔细地想想，丰富的感情史确实没什么了不起的。

"好好好，我的错。我只是担心你一心扑在比赛上，耽误了谈恋爱的好年华。"施厌无奈地笑笑，拍了拍孟航的肩膀，做大表哥的，基本的气度还是有的。

孟航蹙眉，脑海里不受控地闪过一道身影。他垂下眼，不接话了。

窝在沙发上的顾时深一眼就看穿了他的心思。后来趁去洗手间的时候，顾时深随口问了孟航一句："有心上人了？"男人嗓音低沉，充满磁性，有一种稳固人心的魔力。

哪怕是孟航，也无端觉得这位姐夫是个靠谱儿的人，忍不住想把藏在心里多年的事一五一十地告诉对方。但理智还是让孟航忍住了倾诉的欲望，他的脸上愁云不展，也不想回聚会上。

顾时深见他不答，倒也不强求，只是轻声说道："方才你表哥有一句话倒是没有说错。别光顾着训练、比赛，要是有喜欢的人，也要把握机会。

"我跟你姐结婚以后，爸妈那边也该为你的终身大事操心了。你最好提前做好应对准备，小心被拉去相亲。"

顾时深最后一句"相亲"差点儿让孟航愣住。

因为几天前，他爸就在他耳边吹过风了，说是哪个亲戚有意要给他介绍对象。虽然孟航以训练吃紧为由拒绝了，但保不准后面还会有多事的亲戚。

所以就在顾时深洗完手打算回房间时，孟航叫住了他："姐夫……"

穿着衬衣、西裤的男人站住，在走廊里冷白的灯光中回身，神色温和地看向孟航。在他的眼神询问下，孟航朝他走近，压低了声音："你当初是怎么追上我姐的？"

之前在聚会上，大家起哄向顾时深取经，他愣是一个字没说。这会儿听孟航问起，他才带孟航去旁边的露台上站了一会儿，徐徐地说道："很简单。在我察觉到我对你姐的心意时，第一时间找她表白。"

孟航追问道："然后呢？"

顾时深悠悠地道："然后她就同意以结婚为前提跟我交往了。"

这过程比孟航想象的简单多了。不过他转念便想通了，看向没有尽头的夜空，情绪低落地喃喃道："说到底还是因为我姐早就喜欢上你了。你们两情相悦,所以才这么顺利。"

"可我向你姐表白时,并不知道她对我的心意。"顾时深打断了他的话,大手落在了他的肩上,轻轻地拍了拍,"所以啊,喜欢一个人,你得勇敢地告诉她。说不定她也一直在等着你开口表白。"

顾时深的话令孟航翻来覆去睡不着。孟航只要一闭上眼睛,就是时淼的一颦一笑,连潜意识里都有一道声音在敲打他,催他去坦白自己的心意。

可时淼的择偶标准向来是大叔型,她喜欢那种一眼看上去就让人觉得成熟稳重的男人,时常觉得同龄人幼稚,比她年纪小的更甚。这便是孟航这么多年来始终不敢在她面前表露自己心迹的原因。

事到如今,大家都已经到了谈婚论嫁的年纪,他若是再沉默下去,只怕终有一日,时淼也会如同孟浅一样嫁作他人妇。

这件事一直搅着孟航的心绪,让他一晚上没睡好。

隔日一早,顾时深他们迎亲闯关时,孟航状态很差,连孟浅卧室的门都没能堵住,不到一分钟便被顾时深他们攻克了。

施厌虽然是伴郎团的人,但到底是孟浅的表哥,关键时刻放水不出力,饶是如此,还是被顾时深抢走了孟浅。连被沈妙妙她们藏起来的婚鞋都是后来苏子玉他们找到了以后,给顾时深送到婚车上的。

临近中午时,迎亲车队辗转到了小岛中心的世纪公园,顾时深斥巨资打造的浮台"空中岛"就在公园的中心位置。

孟浅刚到现场时便看见了"空中岛",足足愣了两三分钟,才从震惊中回过神来。

449

婚礼现场布置得也很梦幻,让她无端想到了"天空之城"这四个字。

唯美清新的风格,真的很接近孟浅从小就很喜欢的漫画里的世界。她没想到,有生之年竟有人愿意倾尽全力,为她编织出一个这样唯美梦幻的世界。

步上"空中岛"举行仪式时,孟浅忽然想到,去年订婚后的一个夜里,酣畅淋漓后餍足的顾时深搂她在怀,温声问她想要什么样的婚礼。

那时候孟浅的回答是,只要新郎是他,哪怕只有他们两个人的婚礼,她也是想要的。

后来顾时深压着她近乎痴迷地吻,缱绻深情,像一场温柔的龙卷风,仿佛势必耗费完她身上的最后一丝力气。

那晚孟浅不明白,她说错了什么竟又激起男人的欲望。

现在她知道了,那是因为她的回答触动了顾时深的心,让他感受到了她心里对他浓烈的爱意,所以他才会情动难歇,一度失控。

正如此刻孟浅也想立刻投入他的怀中,用自己的方式向他倾诉浓烈的情意一样。

她家顾先生真的很爱她,否则也不至于将婚礼打造成她梦中的动漫世界一般,梦幻唯美、举世无双。

正如他们领证那天,他在她耳畔轻声所说:"老婆,余生的每一天,我都不会让你有一刻后悔嫁给我。"

当时孟浅只觉得他这话说得有些绕口,反应了好半晌才会意。但当时她只当顾时深是随口一说,毕竟在她喜欢上他的那一刻起,她就不可能后悔嫁给他。

孟浅没想到他竟然时刻谨记着他说过的话,当真是没有一刻让她有过后悔的念头。所以当司仪庄严地询问孟浅,是否愿意嫁给她眼前的这个男人时,她没有丝毫犹豫地说道:"我愿意。"

明明是很简单的三个字,她说出口时却无端红了眼眶——是多年夙愿终于达成的喜悦之泪。

顾时深见了,不顾司仪还在,也不顾底下宾客的目光,在亲手为孟浅戴上婚戒的那一刻便欺身靠近她,捧着她的脸低头亲了下去,用他滚烫的薄唇温柔地吻去她眼角上的泪。顾时深耐心且温情,最后才辗转到孟浅的唇上,与她呼吸相融,吻至忘我。

旁边的司仪根本不敢多看,倒是不远处的伴郎、伴娘们起哄得厉害。

与此同时,本来该在司仪宣布礼成后绽放的烟花也在这一刻冉冉升空,成千上万的心形气球被放飞,白鸽扑棱着翅膀,见证这一刻的幸福与美好。

顾时深和孟浅的婚礼确实前所未有地盛大。

仪式的最后一个环节是扔捧花,代表着幸福延续的捧花在一众人的刻意安排下落到了苏子玉的手里。

大家都知道顾凝回国后,苏子玉一直默默陪在她的身旁。

身为玉深动物医院的院长,苏子玉本来早已不过问家族中的事情,却为了能在工作上帮到顾凝,而选择将玉深动物医院的大权交到顾时深手里,自己全身心地投入集团业务中,里里外外地帮衬着顾凝接手成远集团。

所以顾时深十分认可苏子玉这个未来姐夫。其实,苏子玉除了情感方面有些像根木头,表现得迟钝一些,倒是再没有其他缺点了。

要不是施厌说苏子玉暗恋顾凝多年,顾时深还真是半分也看不出来。苏子玉把心思藏得太深,深到这么多年来,虽然他和顾凝一起长大,顾凝却愣是半分没有察觉到他的情意。

用施厌的话来说,若是苏子玉当初能够表现得稍微明显一点儿,把深藏在心里的爱意用行动或者语言表达出来,或许根本没有温寒什么事,也不至于这么多年都只是顾凝身边最没存在感的竹马。

但顾时深知道,有些人非得在彻底失去的时候,才能意识到某些人或事的重要性,只是在意识到失去时,每个人的选择不一样,比如,江耀选择了开窍,反追沈妙妙;苏子玉当初却选择了彻底埋藏那份心意,而且还藏了这么多年。

好在一切都还来得及。

"其实缘分这东西真的很奇妙。"孟浅依偎在顾时深的怀里。他们身为婚礼的主角,此刻却以旁观者的身份见证苏子玉向顾凝求婚。大家都在起哄,唯独他们俩贴在一起窃窃私语。

"怎么说?"顾时深揽着孟浅的腰,趁众人的注意力都在苏子玉他们那边,他低头亲了一下她的额头。

孟浅唇角的弧度极大,她仰头看向他:"有缘分的人,哪怕是萍水相逢后离别,兜兜转转也有重逢的一天。"

顾时深险些溺死在她的满目柔情里,心中花开千树,薄唇微扬:"老婆,你是在说我们吗?"

想当初他也只是把她当成一个萍水相逢的小丫头,那个暑假离开陶源镇后,便没想过还会有和她再见面的一天。后来在深市重逢,他也没想过自己会爱上她。

孟浅眨眨眼,唇角的笑容有些坏:"要是有缘无分,就算在一起了，也会分离。"

顾时深低头咬上孟浅张合的唇，惩罚似的在众人没注意的间隙里吞没了她所有的呼吸。直至她腿软，他才揽着她的纤腰，松开她的唇，低沉沙哑地在她的耳畔低喃："大喜的日子，不许说不吉利的话。"

婚礼结束后，顾时深和孟浅忙着送客，也不知道要忙到多晚。

而且今日是他们夫妻的新婚夜，没有哪个不识趣的会去打扰他们。所以时淼等一帮伴郎、伴娘便自己组局，在岛上的一家KTV里聚了聚，吃喝玩乐的经费算在新人头上，顾凝和孟航作为孟浅和顾时深这对新人的至亲，自然要尽到待客的责任，替他们俩招呼好时淼一行人。

一帮年轻人在KTV要了一个大包间，凑在一起玩真心话大冒险的游戏，每个人都有自己的如意算盘。

譬如沈叙阳受罚时选了大冒险，作为他的亲妹妹，沈妙妙自然没放过撮合他和苏子冉的机会。

"大冒险的话，哥，那你就跟你喜欢的人打电话表白呗。她要是接受你的表白，就算你过关。反之，你得接受惩罚！"沈妙妙说这话时，特意看了一眼旁边端着一杯果味鸡尾酒浅酌的苏子冉，果然见苏子冉身形一僵，抬眸飞快地瞟沈妙妙一眼，娇嗔又羞涩，显然是看穿了沈妙妙的心思。

沈叙阳和苏子冉之间一直隔着一层窗户纸，在场的众人都知晓，所以也就默许了沈妙妙的计划。这会儿大家一个个安静下来，齐刷刷地看向沈叙阳，只见穿着白衬衫、黑马甲的男人慢条斯理地从西裤裤兜里摸出了手机，而后隔空看了眼对面的苏子冉，眼神意味深长。

沈叙阳思忖了片刻,又在众人期待的目光下将手机揣回了兜里:"我接受惩罚。"

他的话音刚落,沈妙妙脸上的笑直接僵住了。众人也带上了失望的眼神,因为谁也不理解沈叙阳为什么要放弃大冒险,直接接受惩罚。连苏子冉都呆愣了几秒,有些不敢相信。沈叙阳被罚酒三杯,她看着他从容不迫地一杯接一杯喝下那些酒,心中没来由地生出一股烦躁。

酒过三巡,沈叙阳去外面上了一趟洗手间。从洗手间里出来,他一眼就看见了在走廊里等着的苏子冉。

苏子冉穿着一身香槟色抹胸伴娘礼服,脸上的妆容未卸,有种精致又安静的美,迷得男人移不开眼。

好半响,沈叙阳才迈着长腿走向她,最终在她跟前站定,将手揣进裤兜里,语气犹疑地问道:"在等我吗?"

苏子冉抬头,美目猝然撞上沈叙阳的墨眸,背在身后的手绞紧了手指,脸上是前所未有的局促表情,浮着淡淡的红晕。只是沈叙阳不知那红晕是因为她喝了酒,还是因为他。

"你刚才⋯⋯"苏子冉开口,声音轻微,不太能听清。因此站在她跟前的沈叙阳便自觉地弯腰,侧耳凑近她唇畔,却吓得她声音一顿,呼吸一滞。

寂静的走廊里,除了拂耳的风声,便是苏子冉的心跳声最为明显。沈叙阳听见了,偏头正对上她的视线,薄唇微动:"冉冉,你的心跳得很快。"

沈叙阳的视线在她的脸上游移片刻,他沉声问道:"你方才想说什么?"

苏子冉咬着唇不说话。沈叙阳近在咫尺的俊脸压迫感很强,她实在无法平静地询问他刚才为什么要放弃大冒险的挑战,而直接选择接受惩罚。

但即使她不开口,沈叙阳也能猜到,嗓音染了几分磁性:"是不是想问我为什么不给你打电话?"

苏子冉藏在身后的手抠得更紧了,清丽的脸蛋儿微偏,她垂眸避开了沈叙阳炙热滚烫的注视:"才不是。"她声若蚊蚋,毫无底气。

沈叙阳心知肚明,眼里染了几分笑意:"我若是给你打电话了,你会接受我的表白吗?"

苏子冉的心跳得飞快,她却并没有给出明确的答案。

沈叙阳早有预料,缓缓直起身:"我是真心喜欢你的,冉冉,所以我不想用游戏的方式逼迫你束手就擒。"

"谁要束手就擒了?"苏子冉别开脸,下一秒却被沈叙阳捉住下颔,扭正面向他。炙热而久违的吻覆上了她的唇,他贪恋、失控地吞没她的呼吸。

最后,沈叙阳充满歉意地将头抵在苏子冉的肩上,沙哑地低叹:"你看,你的身体远比你的心诚实!"

苏子冉羞红了脸,愤懑半天,最终也只是伸手在沈叙阳的腰侧拧了一把,没敢太用力,嘟囔:"沈叙阳,你这动不动就亲人的臭毛病能不能改一改?"

抵在她肩头的沈叙阳餍足地低笑,沉沉地"嗯"了一声:"好,下次我一定先报备。你同意了,我再亲。"

凌晨1点多，无边的夜色笼着一弯新月，清冷且孤寂，孟浅和顾时深临时的婚房里却是春意正浓。

记不清是第几遍"最后一次"，孟浅在顾时深又一次蠢蠢欲动时一脚踹了过去，声音娇滴滴的，带着几丝柔媚："要折腾死人了……"

顾时深轻易便抓住了孟浅踢过来的脚，掌心的温热源源不断地传给她。他沙哑地低笑，不费吹灰之力便将滚到了床边的孟浅重新拉回了怀里："不是你说要决战到天亮吗？怎么说话不作数呢？"

孟浅偏头将脸埋在枕头里，瓮声瓮气地耍赖："人家随口说说而已……"

她娇羞地耍小性子的模样，深得顾时深欢心，让他忍不住想沉身压上她。

顾时深的吻缠绵在孟浅的耳畔，他噙笑低声道："可我当真了啊，老婆。"

就在这时，孟浅放在床头柜上充电的手机忽然响了一下，是微信提示音。她就像抓住了救命稻草一般，从顾时深温暖的怀抱里逃了出去。房间里空调的温度有些低，冷风簌簌，有那么一瞬间，她激灵了一下。她身后，跟着她缓缓坐起身的顾时深拉了薄被凑上去，将自己与她一起裹住。

他也不阻挠她看手机，就只是从背后抱着她的腰，懒懒地将脑袋搭在她的肩上，低垂着视线，与她一起看着手机上的微信消息。

消息是孟浅她们宿舍的小群里的。孟浅原以为这个点还在群里发言的人必定是沈妙妙，结果点开消息一看，发现在群里说话的竟然是苏子冉！

苏子冉："嗯……趁你们不在，我宣布一件事……"

苏子冉:"那个……我和沈叙阳在一起了……"

虽然只有短短两句话,孟浅却感觉到了苏子冉的害羞。估计在这个只有她们三个人的小群里宣布这个消息,已经耗尽了苏子冉所有的勇气。

一想到手机那头的苏子冉可能会是一副面红耳赤的模样,孟浅便忍不住扬唇。这时,她耳畔传来顾时深低沉的打趣:"沈叙阳那小子倒是挺有能耐,能拿下苏子玉的宝贝妹妹。"

苏子冉从小到大都是在她哥的羽翼下长大的——或者说,她是在苏子玉和施厌两个人的保护下成长的。她是正儿八经的名门小公主,这么多年,除了施厌,一直没对哪个男人动过心。没想到兜兜转转,她落在了沈妙妙那个沉默寡言的哥哥手里。

孟浅回眸看他一眼,轻轻一笑:"不管怎么说,沈叙阳也勉强算是一个好归宿吧。"沈叙阳至少比施厌强多了。从旁观者的角度来看,沈叙阳也比施厌更适合苏子冉。

而且沈叙阳和苏子冉在一起本就是孟浅预料之中的事,所以她很快回了苏子冉一句:"恭喜啦!"

苏子冉:"你怎么在?"

苏子冉本来想着今晚是孟浅和顾时深的洞房花烛夜,孟浅肯定没空看手机;而沈妙妙在聚会结束时已经醉得不省人事,被江耀抱走了,因此料定她们俩今晚都不会看群消息,这才向沈叙阳妥协,先在群里宣布一下的。

她没想到,孟浅居然有空看手机!

苏子冉:"看来顾大哥还不够努力。"

孟浅:"……"

因为苏子冉的话,孟浅的两只耳朵都烧烫起来,根本不敢回头去看顾时深的脸色。以顾时深的性子,她怕自己现在回头看他,哪怕一眼,也会被他压下去再努力努力。

所以眼下孟浅顾不上和苏子冉继续闲聊,而是暗暗盘算着如何巧妙地、不动声色地从男人的怀里"逃"出去。

可惜,她的小心思顾时深一眼就能看穿。她才动了一下,还没来得及把想好的说辞说出口,顾时深揽在她腰上的手便收紧了,他噙着笑,低沉地在她耳畔轻问:"是不是想去一下洗手间?"

被猜中了小心思的孟浅回眸,惊疑不定地看了顾时深一阵,抿了抿唇瓣:"我是想去洗个澡……身上黏糊糊的。"

顾时深温柔一笑,并不戳穿她的真实想法,只说道:"正好,我也黏糊糊的。一起吧。"

0点之后,孟航和顾凝组的局就散了。

苏子玉送顾凝回酒店,苏子冉也和沈叙阳提前离开,喝醉酒的沈妙妙则被交给了江耀。

像凌萱这种连参加婚礼、当伴娘都是来凑数的人,自然无人在意她的去留。聚会结束后,她给助理打了个电话,让助理派车到KTV楼下接她。

本来凌萱今晚就要飞回深市,但时间太晚了,加上明天的广告档期往后排了一天,她倒也不想折腾了。她坐上保姆车后,便捏着眉心犯困,可是一闭上眼,脑子里便浮现出施厌那张招桃花的脸来。

其实凌萱也没想到孟浅会邀请自己来参加她的婚礼,并且让自己做她的伴娘。虽然是凑人数,但这件事还是让凌萱感到诧异,因为自从和施厌和平分手以后,凌萱就没想过会和他再见面。

今天在婚礼上,他们俩作为伴郎和伴娘,没少一起互动。其中一个游戏是伴郎替新郎做俯卧撑,当时凌萱作为伴娘代表,全程坐在作为伴郎代表的施厌的背上。施厌愣是驮着她坐了30个俯卧撑,不带喘粗气的。

结束后大家都调侃施厌体力好,只有凌萱半点儿也不惊讶,因为施厌的体力她早就已经领教过了。

想到这里,凌萱睁开了眼睛,侧头看向窗外。说不清自己眼下是何种心情,但她知道,再这么心乱下去很危险。

凌晨1点多,保姆车在凌萱落脚的酒店外停了。

因顾家和施家包下了整座小岛,岛上的治安和私密性自是不用担心。所以经纪人和助理没将凌萱送到房间,而是在酒店门口跟她简单地说了两句便离开了。

凌萱很享受独处的时间,因为只有这个时候,她才能够做真实的自己,卸下所有的伪装。

她踩着高跟鞋徐徐地走进了酒店里。这个时间点,在酒店前台值班的只有两个人。他们认出凌萱后,掩着嘴窃窃私语。

凌萱装作没看见,径直往电梯口走去。她现在只想立刻回到自己的房间,踢掉高跟鞋,泡进浴缸里。

"叮——"电梯从负一楼上来,到了一楼停下。门徐徐地打开,里面站着一男一女,正是成远集团的大小姐顾凝和苏家那位大少爷苏子玉。

不久前,在KTV包间里,凌萱与他们照过面儿,因此一眼认出了他们。令她尴尬的是,电梯门打开时,那两个人正挤在轿厢的角落里接吻。

要不是门开了,苏子玉护着他怀里的顾凝,回头朝电梯门外站着的凌萱看了一眼,她也不能第一眼就认出他们俩来。

这种情况下,凌萱自然不好意思进电梯里去打扰他们,于是道了一句"不好意思",然后又说:"你们先走吧,旁边的正好来了。"随后她灰溜溜地挪到了旁边的那个电梯口。

恰好旁边的电梯也到了,门开后,里面空无一人。凌萱暗暗松了一口气,还好没再撞见刚才那样尴尬的场面。

就在她以为这趟电梯里只有她一个人乘坐时,电梯却忽然往下去了负一楼。

凌萱:"……"

"叮——"电梯门在负一楼打开,门外仍旧站着一双男女。而且那男人凌萱还很熟悉,正是不久前提前离开KTV的施厌。

当时他说什么来着——好像是说要去接一个朋友。

凌萱不动声色地扫了一眼被施厌搂在怀里的女人。巧的是,这人她也认识,是圈内最近火起来的一个名模。那前凸后翘的婀娜身材实在好得没话说,更何况对方的衣品也很好,穿着一件黑色修身的露肩连衣裙,裸露在外的肌肤十分强势地撞入凌萱的视野里。

她一个女人都看得挪不开眼了,可以想象施厌私下会为其如何疯狂。凌萱这么想着,眸色黯了黯,冷冰冰地移开了视线。

门外的施厌虽然怀里搂着名模,却也第一时间就注意到了电梯里的女人。诧异了片刻,他轻挑眉毛,不以为意地搂着怀里的女人进了电梯里。

见状,凌萱自觉地退到角落里,给他们俩腾出一片空地。

为了方便一会儿下电梯,凌萱站在电梯控制面板旁的那个角落里。因自己挡住了面板,她便礼貌地冲那位名模笑了一下,问他们到哪一楼,她好帮忙按电梯。

名模自然也认得凌萱,而且还知道当初凌萱也跟过施厌,这会儿便下意识地将凌萱当成了情敌,眼里微露挑衅,嘴角轻轻扯出弧度:"凌小姐又何必明知故问呢?施总的房间除了在顶楼,还能在哪儿?"说着,名模往施厌的怀中贴过去,一双匀称白皙的胳膊环着他的腰,声音娇媚动人:"施总,您说是吧?"

施厌的嘴角勾着若有似无的笑意,含情的双眸旖旎地睨着怀里的美人,随后他微挑眉毛,微掀眼皮,睇了凌萱一眼,沉沉地"嗯"了一声,目光复杂难懂,似笑非笑。

凌萱忍下了嘴角的抽搐,点点头表示了解了。随后她转身背对那两个人,十分从容地帮他们按了顶层的按键。

她身上还穿着伴娘的礼服。

每个伴娘的礼服都是定制的,设计风格差不多,但款式不同。

凌萱这件礼服是开背设计,她转过身去时,一片白皙如瓷的美背便裸露在身后那两个人的眸中。礼服的开背设计蜿蜒到她不盈一握的腰下,流畅柔美的背脊线像雪山的山脊一样明晰,透着说不清的性感,一路延伸至收腰处的衣料之下。

这一幕很难不让人浮想联翩,好奇那条弧度优美的线条尽头处是一片怎样的旖旎风景。

"施总……"施厌怀里的女人轻轻地扯了一下他的衣角。

施厌堪堪回神,故作平静地收回了视线。可他也只是低头看了怀里的女人一眼,便又克制不住地将视线转回凌萱那片过分白皙的美背上。

凌萱的骨相极美,身材匀称,皮肤细腻。施厌依稀记得,她的肌肤摸起来手感很好,如上好的瓷器一般,被打磨得十分光滑温润。

白花花的美背令他失神片刻，不知怎么就牵出了那些久远的记忆，比如曾经无数个夜晚里，凌萱在他的怀里娇滴滴地唤他"阿厌"的样子，还有她被他欺负得眼尾绯红、含泪欲泣的可怜模样，令人心生无尽怜惜。

太多的画面在施厌的脑海里一闪而过，他没来由地觉得口干舌燥，突起的喉结滚了滚，视线落在凌萱的背上，似在那儿点燃了火。

一直背对他的凌萱淡淡地蹙了蹙眉，显然察觉到了他炙热的视线，感到有一丝不自在。

虽说以前她和施厌什么事都干过，浑身上下没有什么地方没被他瞧过，但如今他们早已分手，不是那种关系了。久违地被他盯着，凌萱心里多少感到不适，因此她无比期盼电梯赶紧到。

终于，电梯到了六楼，"叮"的一声，门应声开了。

凌萱没有丝毫犹豫，连头也没回，更别说跟身后那两个人打招呼了，便踩着高跟鞋急步出了电梯，行色匆匆，略有几分落荒而逃的意味。

电梯里，目光追随着女人远去身影的施厌在怀中人的娇嗔和不满中收回了视线。

"施总，我还在这儿呢，您就这样明目张胆地打量别的女人，不合适吧？"

施厌淡淡一笑，低头亲了女人一口，温声道歉。

他哄女人向来很有一手。

到了酒店顶楼的套房里，施厌同女人抱在一起，顺理成章地接吻、踢上房门，一路火热地朝着浴室的方向走去。

说起来，主动的是那女人。打进门起她便攀上施厌的脖颈亲他，似乎试图用这种办法拉回男人的心，让他的注意力回到自己身上来。

可惜，他们俩一路吻到浴室门口，施厌还是没能提起兴趣来。

他握着女人的后颈，阻止了她的攻势："乖，你先洗澡。"呼吸虽未平稳，但他的声音已冷下去，听得出没有包含一丝的情和欲。

"我去外头抽根烟。"施厌说完，便不顾女人的挽留、撒娇，转身朝门外走。

他这会儿心烦意乱得厉害，闭上眼，满脑子都是凌萱那雪白无瑕的美背，急需抽一根烟压一压。

出了套房的门，吹着过道里拂面而过的夜风，施厌心下却忽然萌生出一个念头来。

他的思绪更复杂了，不断回想起和他交往时的凌萱是如何娇媚可爱、风情动人。她就像他饲养的一只猫，乖得不像话，小嘴也甜，说的话都是他爱听的，做的事也很合他的心意，那般千依百顺，与现在的她判若两人。

施厌已经记不得自己和凌萱分手的场景了，怎么都想不起来分手的缘由。但他心中有数，多半就是她太过乖顺听话，让他失去了征服欲、新鲜感，所以他在腻了之后才提的分手。

可跟他分手后的凌萱又是怎么回事？她像是变了一个人似的，方才看见他也装作不认识一般，冷冷地移开视线，连礼貌的微笑都是对着他怀里的女人，未曾给过他一个眼神。

只要一想到凌萱装作不认识自己的样子，施厌的心里就没来由地躁动。

他点了一根烟，在走廊里抽了一半，便再难按捺住心下的躁

· 463 ·

动，将烟头摁灭在电梯口的垃圾桶上，低头进了电梯里。

凭着记忆，施厌寻到了六楼。他记得凌萱出了电梯是往右走的，似乎停在了 6020 房间的门口。于是他也站在了 6020 的房间门口，鬼使神差地抬手敲响了房门。

他不想再理心下那团乱麻，明知理不清，干脆放弃，只听凭自己的心意，所以他来找凌萱了。

施厌心中有一股强烈的冲动，想让凌萱像以前一样满心满眼只有他，对他温柔乖巧、百依百顺，费尽心思地讨他欢心。

施厌始终觉得，那样的凌萱才应该是他认识的凌萱，而不是像今日这般对他视若无睹，仿佛他们之间的过往都不曾存在过的人。

最重要的是，凌萱害他对他房间里的女人提不起半点儿兴趣来，所以，他得找她追究责任。

房门被敲响时，凌萱刚脱了礼服，一身轻松地进了浴室里，准备洗澡。

敲门声略显急促，实在让凌萱无法忽略。于是她拿了一条浴巾裹在身上，披着长发，赤着脚便去开门了。

因这酒店是顾家和施家安排的，她一点儿也不担心安保问题，只当是酒店的工作人员来送睡前的热牛奶或者红酒。

结果房门打开后，出现在她门外的却是刚才在电梯里偶遇过的施厌。凌萱愣住了，后知后觉地后悔起来，怎么刚才没多走两步，去拿浴袍穿上。

现在她后悔也晚了。门口的施厌视线如烙铁一般炙热，沉沉地落在她的身上。

施厌眸色晦暗，很难不让人误会他的脑子里是如何浮想联翩。

464

凌萱有些不自在,但还是轻咳了一声,稳住了心神,故作淡然地对上门外施厌的目光,礼貌地唤他:"施总,这么晚了不在房间里陪女朋友,找我有事?"

施厌在她淡漠的声音里回了神,克制着不去看她裸露的双肩和精致的锁骨以及雪白的肌肤。

他微蹙浓眉,眉心的褶皱持续许久。他还真是听不得凌萱用这般生疏的语气与他说话,冷淡的样子仿佛当初在他的怀里娇滴滴地求饶的人根本不是她。

"我们复合吧。"施厌开口,开门见山。

他一向不喜欢拐弯抹角,也总是能在第一时间弄清楚自己眼下最想要的是什么。但凌萱不清楚,整个人僵在原地,连脸上敷衍的笑意都凝固了,双眸微滞,瞳孔紧缩,满心诧异差点儿令她大脑死机。

凌萱陷入了沉默中,门口的施厌却往前挪了一寸,高大的身躯逼近她,神情认真地继续说道:"复合以后还和以前一样。我给你想要的资源,你随叫随到,乖乖地听话。"他说完,刚想补充说,要是凌萱有其他条件,也可以现在提出来,他都可以接受。

结果凌萱回神后,第一反应却是退后半步,作势要关门。

施厌见状一愣,立即手脚并用地抵住了门:"你干什么?"他正说着话呢,她怎么能关门呢?!

凌萱的力气不如他的力气大,和他僵持好几分钟后,凌萱终于放弃了挣扎,松了手。房门被施厌彻底推开了,撞得"哐啷"一声响。凌萱蹙眉,抄起了手,满脸不悦地说道:"不用了,施总,现在我已经不缺资源了。"

她当初跟施厌,是因为她刚入圈,根本没办法成为她想成为的那种人。她屈服于现实，所以才会千挑万选地选择了施厌。因为哪怕她真的要委身于某个男人，那也得找一个养眼些的，至少她跟着他的时候，心里不会觉得太过委屈。

更何况，施厌有这样的身材和颜值，她跟了他，哪怕没有资源也是不亏的。

当然，凌萱很有自知之明。她在接触施厌之前就清楚地知道他喜欢什么类型的女生，和他在一起后自然也就积极地扮成他喜欢的样子，对他百依百顺、甜言蜜语。

她从未奢望过有朝一日能让施厌这么个浪子为自己回头，所以尽可能地不让自己对他付出真心。等得到了自己想要的，她便故意做了许多施厌会讨厌的事情，比如在他面前忌妒别的女人，或者争风吃醋、跟他耍脾气。

后来施厌真的对她失去了兴趣，提了分手，还给了她一笔不少的分手费。从那以后，凌萱便没再和施厌见面，尽可能地绕着他走。

凭借自己的专业水平，她在圈子里风生水起，没有再缺过资源。所以她刚才对施厌说的话也是实话。她不打算跟他复合，甚至认为对她说出复合这种话的施厌一定是疯了。

施厌完全没想到凌萱会拒绝自己的提议，还说什么她已经不缺资源了，倒是比以前硬气了不少。

沉默了片刻，施厌进了门，神色前所未有地冷峻，逼视着凌萱："是吗？可我觉得，你接下来一定会比以前更缺资源，你信吗？"

凌萱也不知道自己哪句话惹怒了施厌，只是本能地感知到他生气了。

因为他的靠近,她下意识地往后退去。也因此施厌趁机进了门,并且当着她的面将房门踢上了。

玄关的感应灯灯光冷白,映得凌萱俏丽的小脸清冷,她的声音里透着怯:"我记得当初跟你时你就说过,恋爱存续期间,要我召之即来挥之即去,如果分手了,不许死缠烂打……"

她那时候为稳妥起见,还特意问过施厌,他和他那些前女友分手后,有没有过想吃回头草的时候?

施厌当时的答复是一声不屑的冷笑:"我施厌从来不吃回头草。"

那一刻,凌萱心里踏实了,可眼下……

凌萱接着问道:"施总不是从来不吃回头草吗?"

施厌:"……"

"我以为施总是一个有原则的人,说出口的话就一定会做到。当初说好的,不吃回头草……呜……"

话音未落,一直听她提醒自己的施厌磨了磨后槽牙,实在是听不下去了。他握住了她的肩膀,将她推靠在了鞋柜上。

他扣着她的后颈便熟稔地吻下去,唇齿厮磨,惩罚似的咬她。凌萱吃痛地轻呼,声音却被施厌悉数吞没,直接被他抱到鞋柜上坐着。

他抵近她,握着她的后颈,不断地加深这个强势又霸道的吻。

"我今天还偏就吃定你这棵回头草了,你奈我何?"

凌萱被吻得脑袋发晕。到底是在一起过,施厌熟悉她身上的每一处软肋。不多时,她便软成一摊水,呼吸错乱。

她的理智告诉她不能沦陷,身体和心却已不受控制,连捶打男人胸膛的手都是无力的,欲拒还迎一般。

施厌吻乱了她的心。

他向来自诩是个绅士温柔的浪子,讲求两相情愿。今晚他却像是不认识自己了一般,只拼命地想要占有眼前的女人。

直到他将凌萱扛在肩上进了浴室里,背后传来低低的抽泣声和一片温热的湿意,失去理智的施厌才蓦地愣住了,思绪回笼,兽性消散。他有些无措地把凌萱放下地,握着她的肩膀,皱着眉瞧着她。

"你哭什么?"吻后,施厌双唇嫣红,抿成直线,他觉得十分压抑。

他扫过凌萱湿红的双眼,心没来由地钝痛一下,眉头皱得更紧了:"你要是真不愿意,我不碰你就是了。不许哭了。"

她本不想哭的,但是被他亲得太疼了,心里不知道怎么就委屈起来,眼泪"吧嗒吧嗒"地往下掉,止都止不住。

没想到拈花无数、玩世不恭的施总,竟会因为她的几滴眼泪在她跟前软下态度来,真是见了鬼了。

"你到底想干什么?"凌萱平复了一下心情,避开了施厌的触碰,退到安全距离外防备地看着他,"吃错药了还是酒喝多了?大半夜的发什么疯?"

他以前怎么没发现这小妮子嘴巴这么厉害?偏偏他还不恼,莫名其妙地想看看她在床上骂骂咧咧的样子,一定比现在有意思。施厌愣怔了片刻,回神后正了脸色:"刚才都说过了,我想吃你这棵回头草。条件你开,随便开,给吃就行。"

凌萱:"……"

她和施厌,指定有一个是疯了。

顾家与施家举行的这场盛世婚礼于三日后爆红，上了热搜。

婚礼现场的相关片段在网上大肆传开，身为这场婚礼女主角的孟浅成了今年最红的普通人。后来还有人扒出她编剧的身份，说她是集才华与美貌于一身的"神仙姐姐"。

网友1："这是什么联姻小说戏码？男女主角的长相真是绝了！"

网友2："妈妈再也不用担心我看小说无法代入真人了！"

网友3："说真的，那几个伴娘，单独拉出来也都挺美的！尤其是时淼和凌萱，在演员里也是相当好看的，没想到和新娘子站在一起竟然生生地被压了一头！"

网友4："可能这就叫'艳压群芳'吧！"

…………

婚礼结束后，孟浅忙着送客，一直没空上网。不过时淼、沈妙妙和苏子冉先后截了一些图给孟浅看，还调侃她是年度最美新娘，她欣然接受了。

三天后，她和顾时深一起回了深市，同路的还有施雯婕夫妇以及孟航。

如今婚礼结束了，孟浅便算是正式离开了父母，和顾时深组成了自己的小家。

为了避免孟永安和施雯婕麻烦，孟浅和顾时深连回门宴都在小岛上一起办了。如今送完了所有宾客，孟永安他们也该回陶源镇了。

为了缓解孟浅与家人的离别之情，顾时深没给孟永安他们安排酒店，而是直接带他们回了自己和孟浅的小家。

孟浅将主次卧安排给了父母，让孟航在书房的沙发上将就——

只因他们家还养了两只猫，似玉和如墨，如今小次卧便被它们占着，改成了猫房。

对此，孟航表示其实自己可以去外面住酒店的。不过爸妈的意思，还是希望他们一家人今晚能好好聚一聚，说什么也不让孟航去外面住酒店。

晚上 10 点左右，大家吃过晚饭、洗完澡，凑在一起打麻将。孟航看着自己面前的一把烂牌，抽了抽嘴角："这就是你们说的好好聚一聚？"

孟妈不耐烦道："少废话，该你摸牌了。"

孟航撇撇嘴，打出一个三条。坐在他对面的孟浅边打出一张牌，边说："碰！大饼！"

顾时深坐在孟浅身旁，看着她扔出去的那张一筒，想问她为什么打一筒。因为他没玩过麻将，看了几圈，还是对游戏规则云里雾里，而且为什么孟浅要将一筒叫作大饼？

"小顾要不要来玩一把？叔叔给你让位子。"孟永安摸牌之余，还不忘关心一下他们唯一的看客，只不过他这自称引得其余四个人齐刷刷地朝他看去。

顾时深笑着打破了僵局："不用了，爸，你们玩吧，我给浅浅当吉祥物。"

"那行，那你想玩了就说。"孟永安略有几分尴尬。他也是没改过口来，始终记不住自己的女儿已经嫁出去了，现在多了个女婿叫他爸。

一家五口熬夜熬到了凌晨 1 点多，还是孟浅打了个哈欠，孟爸孟妈才先后开口，说不玩了。

"明天一早的飞机呢，我们得早点儿睡才行。"施雯婕说着，让孟航收拾残局。方才顾时深给他们端茶倒水、切果盘，还煮夜宵，已经累得够呛了，剩下的活儿自然应该落到孟航的身上。最主要的是孟浅打麻将累了，顾时深要帮她按摩一下。

"顾时深，要不今晚我跟我妈睡吧？"孟浅趴在铺着大红喜被的大床上。

房间门半开着，她说话的声音压低了些，是和顾时深商量的语气。正跪坐在她身侧，替她敲背、捏胳膊的顾时深愣了一下。虽然不乐意，但他理解孟浅为什么想这么做，所以没怎么犹豫便答应了。

"那一会儿你去主次卧跟我爸睡？"孟浅扭着脖子回头看他，忽地想起方才玩牌的时候老爸的自称，又打趣道，"正好你可以和我爸增进一下翁婿间的感情，省得他还以为自己是你叔叔。"

顾时深将顾长的手指往孟浅的腋下戳了戳，痒得她条件反射地从他的腿边滚开。他嗤笑道："增进感情的办法有很多，一起睡觉……大可不必。"以后回陶源镇的时候，他多陪孟爸爸下几盘象棋，保准孟爸爸就记牢他是谁了。

"那怎么办？你和孟航挤沙发？"

"不如让弟弟和爸一起睡，我自己睡书房。"

"也行。"

于是这一晚，孟航久违地和孟永安睡在了一间屋里。

因为常年独睡习惯了，哪怕是父子，孟航也不乐意挨着孟永安睡。于是他们父子俩一个打地铺，另一个睡在床上。

顾时深去了书房，在沙发上将就一晚。他离开主卧时，还不忘

471

帮孟浅和施雯婕带上房门，好让她们母女俩安静地相处。

房门关上后，孟浅从梳妆台上拿了两张面膜，先给施雯婕敷好，自己再躺下。母女俩一起躺在床上，看着镜面的天花板，舒了一口长气。

片刻的静谧后，施雯婕蹙着眉看着镜面里的孟浅："怎么在卧室里装镜子？我记得老一辈说，镜子对着床风水不好。"

孟浅暗暗后悔让施雯婕来卧室睡觉了——天花板上的镜面是孟浅在和顾时深结婚后装的，因为她时刻都想看到他为自己疯狂的样子。

"喀喀喀——"孟浅差点儿被自己的口水呛到了，敛起思绪，不敢再多想，赶紧转移话题，"妈，你和爸真不跟我们去旅游啊？"

果然，施雯婕的注意力被转移了，她偏头看了自己闺女一眼："你们小两口儿去度蜜月，我跟你爸一起去凑什么热闹？再说了，你爸的民宿，还有我的舞蹈班因为你结婚这事都歇了多久了，回去还得营业呢！"

孟浅叹了口气，寻思着她自己掏腰包，把他们这些天的损失补上行不行，但是犹豫了一会儿还是没敢说出口，担心会被老妈一顿狠批。

"对了，"施雯婕忽然想到了什么，从床上坐了起来，"你等我一下，我去你爸的房间拿件东西。"她说着，人已经往门外走去了，留下跟着坐起身来的孟浅敷着面膜，眼神茫然地看着房门那边。还好，没多久施雯婕便回来了。

"这个给你，密码是你生日的年月日。"施雯婕说着，把一张储蓄卡塞给了孟浅。

孟浅愣住，更加茫然了："给我这个干吗啊？"

"你和阿深结婚，我和你爸的亲朋好友送的礼金。我跟你爸寻思了一下，还是给你拿着吧。"

"礼金的话，你们以后不是还得还礼吗？"

"不怕，你弟弟还要结一次婚呢，到时候用他的礼金还。"

孟浅当然知道老妈这话是开玩笑的。这么多年了，他们家虽然比不上顾时深家富得那么夸张，却也没缺过钱。想必孟航结婚需要的一系列开销，他们二老早就已经替他备好了。

毕竟孟浅和顾时深结婚，二老也塞了一张卡给她，里面近七位数，说是给她的嫁妆。哪怕孟浅不要，声称自己有钱花，施雯婕和孟永安也坚持把卡塞给了她。为此，孟浅还被孟航嘲笑傻，谁会嫌钱多。

爸妈给的是他们的一份心意。

最后因为孟航一句"你不要就给我"，孟浅把卡收下了，孟航则挨了施雯婕一记爆栗。

"其实按理说应该让航航和你爸找顾时深好好谈谈的。"

"谈什么？"孟浅将那张存了礼金的卡放在了床头柜的抽屉里，重新和施雯婕躺回了床上。

施雯婕徐徐地说道："当然是叮嘱他好好对你，不许欺负你，毕竟你这也算远嫁了。"

"不过阿深那孩子我看着也不像是会欺负你的那种人，你欺负他还差不多。"施雯婕喃喃着，被孟浅扯了扯胳膊，问她到底是不是亲妈。

母女俩哄笑了一阵，室内忽然又陷入了静谧中。就在孟浅打算提醒施雯婕面膜差不多可以揭了时，施雯婕也偏头朝她看了过来：

473

"浅浅啊……"

施雯婕的声音蓦地温柔慈爱许多,孟浅愣了一下,片刻后才木讷地应了一声:"怎么了?"

施雯婕接着说道:"你和阿深以后有空,就经常回陶源镇来看看我跟你爸。虽然我们也知道你们有自己的事情要忙,但你们要注意自己的身体,适当地休息一下。要是你们不介意,我跟你爸得空也可以来这边看你们。"

孟浅静静地听着,也不知道被施雯婕的哪句话触动了,鼻子莫名其妙地有些酸涩。她偏头看向另一边,怕被施雯婕看见自己眼眶微红的样子。

婚礼当天,孟永安将孟浅交到顾时深手里时也红过眼眶。

那时候孟浅完全沉浸在婚礼的喜悦里,满心满眼都只有迎面朝她走来的顾时深,根本没有注意到偷偷抹泪的父亲。所以她当时并没有特别深的离别感,也没想过自己结了婚,以后就不能经常回家侍奉双亲这件事。

这会儿听施雯婕说那些话,孟浅心中酸涩得厉害,整晚翻来覆去,愣是没有睡好。

翌日早上,孟浅起床时,眼皮都是肿的。

她悄声出了卧室,在厨房那边看见了顾时深和孟航忙碌的身影,想也没想便走过去,一头扎进了顾时深的怀里。

孟航看呆了,随后一脸嫌弃,"咦"了一声走开,留下围着碎花围裙的顾时深。顾时深不明所以地看着将脸埋进自己怀里的孟浅:"怎么了,老婆?"

孟浅赖在顾时深的怀里,并未说话。她只是想寻求一个避风港,可以让自己调整好情绪。顾时深也意识到了这一点,便没追问,只是腾出手将她抱住,大手一下又一下地轻抚着她的后背。

后来吃早饭的时候,顾时深注意到丈母娘的眼皮似乎也有些肿,连他的岳父大人也一副没什么胃口的样子。

餐桌旁的氛围够低沉的。顾时深终于会意过来之前孟浅哭是为了什么——因为早饭之后,他们就要送爸妈去机场了。这一别,她和爸妈下次再见面也不知道会是什么时候。

到机场时,孟浅又红了双眼,似乎在这一刻,离别的伤感最为浓烈。

孟航见状,难得上前给了她一个拥抱:"行了,又不是此生不复相见了。爸妈我会照顾好的,你要是想他们,随时回来就是。你只是嫁个人而已,不用搞得像生离死别一样。"

虽然他的话不中听,但无疑起到了安慰的作用。

只是孟浅不太习惯这样的孟航,毕竟他们姐弟这么多年,都是打打闹闹过来的,小时候没少为了好吃的、好玩的打架。一转眼,他们各自到了成家立业的年纪,反倒感慨起奇妙的血缘关系来。

被孟航安慰了一阵,孟浅总算缓过劲儿来。

送别他们后,她和顾时深开车回了公寓。

一路上孟浅都没怎么说话,心事重重地看着窗外飞逝的街景,心情颇为复杂。顾时深虽然担心她,却还是忍着。直到回到了家里,他才在玄关处从背后抱住了换鞋的孟浅。

"老婆,"男声深沉,透着担忧和无力,"我怎么才能帮上你?要不我们把蜜月的行程挪到陶源镇好不好?"

孟浅感受着从身后传来的源源不断的暖意,也感受到了顾时深的担忧,安静了片刻,终于从和至亲离别的难过中缓过来,重新打起了精神。

她忽然明白,人生便是如此,有得必有失,而父母总要松开手目送子女远去的,也许将来她和顾时深也会。

而如今,她最应该珍惜的是当下。往事不可追,未来尚可期,她总不能一直沉浸在难过的情绪里,忽略了顾时深。

"不用了,还是按照原定计划进行吧。"孟浅深吸了一口气,拍了拍顾时深横在她腰上的手。

顾时深会意地松了力道。孟浅在他的怀中转了个身,正面朝向他,仰头对上他担忧的双眼:"就算蜜月回去了,最后还是会分开,又何必折腾彼此?"

"那你别哭了,我以后会陪你回去探望二老。只要你想回去,我们随时都可以出发,也可以接二老来这里住。"顾时深认真地说道。

说话间,他用温热的大手小心翼翼地拭去了孟浅眼角上的泪:"不哭了好不好,老婆?"

孟浅看着顾时深信誓旦旦的模样,心里的乌云忽然就散了。她点点头,抬手胡乱地揉了两下眼睛,然后揉了揉饥肠辘辘的肚子,眼巴巴地望着顾时深:"老公,我饿……"

早饭时,孟浅只喝了两口粥,根本没胃口吃其他东西,这会儿心情好转了才觉得肚子饿,一时没忍住,跟顾时深撒起娇来。

顾时深见她总算情绪好转,松了口气,然后无奈地一笑,低头往她微噘的小嘴上亲了一口:"好,老公这就去给你做好吃的。"

说着,他先蹲下身替孟浅换了鞋,然后抱她去客厅沙发那边,又把投影幕布放下,给她找了一部喜剧电影先看着,调节一下心情。

做完这些准备工作,顾时深才转身去了厨房给孟浅煮面,顺便切了个果盘。

孟浅吃面时,顾时深将卧室的床单和被套换成了孟浅喜欢的少女粉色,等她填饱肚子正好可以回屋补觉。

顾时深陪她一起躺了一会儿,直到她安然入睡才蹑手蹑脚地下床,去书房处理婚礼以来医院那边堆积的杂务。

等孟浅睡醒,已经是下午。顾时深带她出门吃了点儿东西,然后顺便去了商场,买一些度蜜月需要的用品——比如去夏威夷时需要准备的比基尼。

孟浅的身材比例近乎完美,该有肉的地方有肉,该瘦的地方也很匀称。

他们挑比基尼时,导购还以为孟浅是模特出身,后来店长还过来询问她,愿不愿意给他们的品牌做模特,拍一组广告海报。

"以您的身材,您不做模特真的好浪费,而且广告费我们可以谈。说不定拍完这组广告以后,以您的颜值和身材,您还能被星探挖掘,进入演艺圈。"

若是换了别人,被店长这一番游说下来怕是早就心动了,但孟浅对演艺圈不感兴趣,而且她算是半个演艺圈的人。再加上旁边等她、帮她看试穿效果的顾时深一副不情不愿的样子,她险些被他逗笑了,连忙拒绝了店长和导购的好意。

"不好意思,我可能需要去哄一下我先生了。"孟浅说完,随手拨了一下泳装上衣的细肩带,落落大方地走到了顾时深面前。

她拢起披肩的长发,露出自己的脖颈、美背,故意在顾时深的眼皮子底下转了一圈,娇媚一笑:"老公,怎么样?好看吗?"

顾时深:"……"

从刚才起,他就时刻注意着店门那边,一直提心吊胆,生怕进来一个男人。孟浅显然知道这一点,故意逗弄他。

顾时深眸色晦暗地看着她,不说话。在他沉默却炙热的眼神下,孟浅终于停下了,暗暗地咽了口唾沫,变乖了:"不喜欢的话,我去换别的就是了。"

她说完就转身进了更衣室里。

结果最后买单的时候,顾时深却把孟浅试过的十几套比基尼全都要了,另外还按照他自己的喜好给她挑了两套。

"买得太多了,我穿不过来的。"孟浅挽着顾时深的手臂,低眸看了眼他手上拎着的那些精美的袋子,"除了这次度蜜月要去夏威夷海滩,平时也没什么机会穿比基尼。"

她本来计划只是买两套去夏威夷的时候穿,没必要这么破费。哪知顾时深意味深长地看了她一眼,沉声浅笑:"谁说比基尼只有去海滩才能穿的?"

孟浅蒙了:除了去海滩穿,还能去哪儿穿?

顾时深一看她的神情,便知道她肯定没懂他的意思,不由得笑意加深,俯首到她的耳畔,用只有他们夫妻俩可以听到的声音说悄悄话。

孟浅羞红了脸,心跳得飞快,偏偏顾时深却在这个时候去了洗手间。

就在孟浅靠着墙等候顾时深时,她用余光扫到了不远处走过来的四个人。

两男两女,其中两个男人恰好是她认识的——深大的校友,建筑系的学长,张凡和孙彦。

孟浅之所以记得他们俩，是因为当初她和江之尧交往过，而张凡和孙彦是江之尧的室友。不过自从和江之尧分手后，孟浅就很少见到他们。

更何况江之尧出了那样的事，他们整个宿舍里，除了沈叙阳，其他两个人都受到了一定的影响。毕竟平时孙彦和张凡跟江之尧走得挺近，江之尧人品有问题，自然也牵连到了他们俩。

孟浅收拢了思绪，装作没看见他们，移开了视线，但孙彦和张凡与另外两个女孩儿竟笔直地朝洗手间这边走了过来。

孟浅像一尊神仙雕塑似的立在通道那儿，从她身边经过的路人都忍不住多看她几眼。孙彦一行四人自然也一眼就看见了孟浅，其中两个女孩儿还暗暗惊艳了一把，将她从头到脚打量了一番。

孙彦和张凡是陪两个女孩儿上洗手间的，她们进去了，他们俩便和孟浅一样等在了走廊里。

孟浅没想到他们也等人，与他们相隔不远地站着，有几分尴尬。想了想，出于礼貌，她还是主动地跟两位学长打了招呼。

孙彦和张凡愣了愣，似乎没想到孟浅还记得他们。两个人对视了一眼，然后张凡鼓足勇气朝孟浅靠近了一些："好久不见，孟学妹，听说你结婚了。"

"是啊。"这种客套话，孟浅还是能回两句的，毕竟她的婚礼前几天才结束。

"有一个问题……"张凡再次开口，似乎有些犹豫和紧张。说着，他朝孙彦看了一眼，孙彦立马会意，接了话："我们之前替江之尧给你寄了一封信，不知道你收到了没有。"

孟浅已经很久没有听到"江之尧"这个名字了，倒是没想到事到如今，孙彦和张凡还跟他有联系。

"我要是没记错的话,他现在应该还在……监狱里。"孟浅愣了片刻,神色还算淡然地回道。

见状,张凡少了几分顾虑,点头道:"是,判了几年。不过前些日子我和老孙去看过他,他托我们给你送一封信。"

鉴于孟浅结婚,深大里只有她班里的同学受到了邀请,所以张凡和孙彦一直没机会跟她碰面,最终选择将那封信寄给她。

只是看孟浅眼下的反应,她似乎并没有收到那封信。

"那是一封道歉信。老江其实早就意识到自己的错误了,一直都想找个机会跟你道歉。不过他也知道自己没脸见你……"

张凡的话还没说完,顾时深便从洗手间的方向走过来了。远远地看见孟浅跟前的两个男人,顾时深下意识地加快了脚步,声音低沉,暗含担忧地说道:"浅浅。"

孟浅第一时间将视线移到了他的身上。张凡和孙彦见状,也自觉地打了招呼,和孟浅拉开了距离。

待顾时深回到孟浅身边时,两个人与他擦肩而过,进了洗手间里。

"他们是江之尧的室友?"顾时深明知故问。他在当初处理江之尧那件事时,见过江之尧的几个室友,对他们自然有印象。

孟浅也没隐瞒,点了点头:"是,建筑系的孙学长和张学长。"

说着,她想到那二人刚才的话,将视线移到顾时深的脸上:"他们说江之尧给我写了一封信,寄给我了。"

顾时深蹙眉,片刻后才展平,垂眸沉沉地看着孟浅:"是,我拿快递的时候一起取了。"

孟浅"哦"了一声,没再多说什么。她将手里的袋子塞回顾时深的手里,腾出手挽住他的胳膊:"走吧,回家啦。明天还要飞往夏威夷，回去以后得收拾东西，然后早点儿休息才行。"

顾时深被她抱着胳膊，拉着往前走，恍惚片刻。他还以为孟浅会追问他为什么替她取了信，却没有给她。

"老婆，你怎么不问我？"

"问你什么？"

"信……"

"一想到那封信是江之尧写的道歉信，我就犯恶心。"孟浅暗暗抱紧了顾时深的胳膊，抿唇顿了片刻才接着说道，"你肯定是知道这一点，所以才特意瞒下来的。"说到这里，孟浅忽然站住了，抱着顾时深的手臂拽他，使得他的身体偏向她这边，侧头靠近她。

孟浅仰头亲了他的脸颊一下，声音噙笑，说道："我知道，你一定是怕那封信会让我想起之前那些不快的事。所以我有什么好问的？反正我也没打算看那封信，更没打算接受江之尧的道歉。"

顾时深愣住，片刻后才扣住了亲完他便要退开的孟浅，精准地覆上她的唇。直至孟浅几欲力竭，他才松开她，声音粗哑地说道："我们回家吧，老婆。"

孟浅和顾时深回到家时已是傍晚。鉴于明天要出远门，夫妻俩便没在家里做饭，晚餐直接点了外卖。

晚饭吃得早，孟浅和顾时深歇了一会儿便一起去洗澡了。

在浴室里待了近三个小时，顾时深才将孟浅洗净擦干，轻柔地抱回了床上。

孟浅困得不行，沾到床便陷在被窝里睡了，眼皮都懒得掀一下。相比之下，顾时深的精神状态和体力都比孟浅的好太多。

他从衣柜里拿了一件睡袍套上，去了书房。

他们这次度蜜月要去一个月，医院那边的事情还需要交接一下。顾时深打算处理完再睡，反正明天可以在飞机上补觉。只是顾时深没想到自己会忙到夜里 11 点多。

忙完工作，打算回屋休息时，顾时深忽然又接到了杨铁军的一个电话，说是有一台手术需要跟他商量，求指导。

于是顾时深便在书房里多待了一会儿，跟负责那台手术的几个同事开了个视频会议。

孟浅是 12 点多醒的。大概是晚餐的时候水喝多了，她迷迷糊糊地去了趟洗手间，回来后才意识到偌大的床上竟然只有自己一个人，顾时深不知道去哪儿了。

原本以孟浅的困意，她回到床上应该立刻睡过去才是。但或许是这么久以来，她已经习惯了顾时深在身旁，所以这会儿不见顾时深，她心里怎么都觉得不踏实。

她干脆下床去找顾时深。也不知道他到底是什么做的，大晚上的精力这么好。见卧室里没人，孟浅便直接去了书房。反正这大晚上的，除了卧室和书房，顾时深也没有别的去处了。

孟浅蹑手蹑脚地推开书房的门时，顾时深正和杨铁军他们讨论疑难病例。他们接下来要进行一场手术，开视频会议是为了定下最稳妥的手术方案。

顾时深第一时间便察觉了门口的动静，视线微抬，不经意地看过去一眼，恰好看见孟浅从门缝探入一颗脑袋。

她身上只穿了一件他的衬衣，进门时，屋内冷白的灯光将她衣摆下的双腿照得莹白如玉。

顾时深稍微走了一下神，思绪很快被视频那头的杨铁军拉了回来。回神之际，他将手机的摄像头关闭了，嘴上还应着杨铁军的话。

孟浅神色郁郁,似乎因为睡醒后没见到顾时深有些来气。这会儿虽然知道他在忙工作,她进了书房里也没出声,却报复性地朝他走了过去。

顾时深很庆幸自己关掉了摄像头,哪怕杨铁军追问他怎么回事,他也只是搪塞过去,没提孟浅进来的事。

见孟浅笔直地过来,顾时深张开双手迎接她。果然,下一秒,孟浅娇软的身子便扑进了他的怀里,跨坐在他的腿上,面朝他将脑袋埋进他的怀里。

她声音细微,也不想让手机那头的杨铁军知道自己的存在:"不是说今晚好好休息的吗?怎么又起来办公?"

孟浅这话透着淡淡的怨气,顾时深腾出一只大手轻抚她的后背,低头将薄唇贴到她的耳畔:"老杨他们有个手术拿不定主意,我帮他们看看。老婆别生气了。"

顾时深故意拖长了尾音,低沉沙哑,蛊惑人心,孟浅听得心下一阵酥麻。

她怀疑顾时深是故意的,明知道她耳后的那片肌肤十分敏感,还将他湿热的呼吸铺在附近。所以在顾时深清了清嗓,认真地回答杨铁军的问题时,孟浅坏从心起,纤细的指摸到了顾时深的腰间,扯弄顾时深睡袍的腰带。

起初顾时深没动,只当孟浅是无聊,把玩他睡袍的腰带罢了,结果几秒后,他的衣襟散开,怀里的人一口咬在他的胸口上,痛感夹杂着酥麻的电流感刺得他脑袋空白了一瞬。

顾时深垂眸,瞥了眼怀里的孟浅,听到手机那头杨铁军还在追问:"咦,老顾,你怎么把摄像头关了?"

顾时深蹙眉，强忍下了胸口的异样感受，腾出一只大手覆在了孟浅的头顶上，轻轻揉了揉，漫不经心地回复杨铁军："摄像头忽然坏了。"

埋在他怀里的孟浅："……"

好家伙，他撒谎都不带心跳加快的！她抬头瞪了顾时深一眼，冲他龇了龇牙，一副小野猫的凶样，作势就要转头去咬他另一侧的肉，结果被他半路拦截了。

他落在孟浅头顶上的手忽然落到她的嘴边，骨节分明的食指横在了她的唇间。她一口咬在了顾时深的手指上，没太用力，所以他连眉头都没皱一下，只垂着眼帘宠溺地看着她。

孟浅到底是要脸皮的，自始至终都没敢发出一丁点儿声音，更别说闹出大动静。顾时深也任由她在他的胸膛上又亲又咬，忍得脑门儿上出了一层细密的汗。

好在他的自制力向来非同一般，同杨铁军说最后几点注意事项时，声音和语气都还算沉稳。只是通话结束之前，杨铁军犹豫了片刻，还是问了他几句："老顾，你是不是不舒服？听你说话怎么有点儿喘？还是我听错了？"

杨铁军话音刚落，顾时深直接挂断了通话。

顾时深隐忍的低喘声顿时在寂静的书房里蔓延开，如汹涌已久的暗潮卷起滔天骇浪。

孟浅本欲就此作罢，毕竟她惩罚的目的已经达到了。杨铁军挂电话前的狐疑足以让她心满意足，她倒不必再继续折磨顾时深。可惜她忘记了一件事，顾时深这人从来就不禁撩拨。哪怕人前他再能忍，人后也会将她的撩拨加倍奉还，而且不把她折腾到哭着求饶，他绝对不会罢手。

这次亦然。孟浅想逃时已然来不及了，顾时深的手臂坚硬如铁，他箍着她的纤腰，顺势抱起她，将她掀在了书桌上。

没等孟浅惊呼出声，顾时深滚烫的薄唇就已经覆了上去，堵住了她的嘴。这还没完，后来顾时深又以牙还牙地将方才她的作弄悉数还了回去，咬得她直求饶。

"我错了，真的错了……"女声娇软，含着媚意。

然而听在顾时深的耳朵里，孟浅不像是在道歉，更像是在欲拒还迎，引得他欺上她的唇："错了就得认罚……"

孟浅："明天还要早起呢，我……我困了……"

"困了？可我看你精力挺好，下口也挺狠啊，应该还能再战三百回合。"

"老公！我错了，老公！"

孟浅极少这么称呼顾时深。她更喜欢称呼他为"顾先生"，或者叫他"阿深"，只有情急之时才肯松口叫几声给他听听。

她没想到这次几声"老公"不仅不管用，反倒更加激起了顾时深的玩心。他将她翻了个身压在书桌上，弯腰吻她的耳垂，呼吸如火："叫早了，老婆……"

翌日天明，孟浅在闹铃声里艰难地睁开眼，结果才清醒了两秒，铃声便戛然而止。

她定的闹钟被关了。

紧接着，她的耳畔拂来温热的呼吸，以及顾时深低沉的嗓音："继续睡吧，我把航班改到下午了。"

孟浅听完，刚睁开的眼睑立刻又合上了，再次醒来时已经是下午2点多。

孟浅醒后,顾时深带她出门吃了点儿东西,然后才回家拿行李,还特意找来施厌开车送他们俩去机场。

到机场后,孟浅去上洗手间的间隙,施厌凑近了顾时深,随手搭上他的肩膀,一副没话找话的模样:"你跟小表妹的感情一直挺好的。"

顾时深自认为和施厌相识这么多年,对施厌的性子也算了如指掌。施厌这人自诩浪荡,最瞧不上那些一往情深、白头偕老的戏码,始终认为从生理学角度讲,男女之间的新鲜感最多也就三个月。施厌这种性子的人,没事怎么可能会跑来感慨自己和孟浅的感情?

顾时深斜眼看着他,语气冷淡地说道:"吃错药了?"

施厌:"不是……我就问问,关心一下我的小表妹不行啊?"

"有屁就放。"顾时深才不信他的话,将视线转向洗手间的方向,翘首以盼孟浅归来。

既然施厌特意等孟浅去洗手间才来与自己搭话,想必他想说的事定然是男人间的小秘密,说不定跟哪个女人有关。

果然,下一秒施厌便和盘托出了:"就是……我最近想追一个人。"

"还有你施大公子追不到的人?"顾时深提了提唇角,笑得很是嘲弄。

施厌噎了噎,忽然有点儿来气:"是吧!你也觉得这世上没有我追不到手的女人,对吧?怎么凌萱那小妮子就这么难追呢?我当初第一次追她的时候,不过勾了勾手指,她就乖乖地过来了,现在想吃口回头草怎么这么难?"

顾时深无语地瞥他一眼,不禁觉得他这人脑子是不是有问题,当自己刚才的话是在夸他不成？

不过这些都不是紧要的，最让顾时深诧异的是，施厌居然说要吃回头草！凌萱……是婚礼上给孟浅做伴娘的那个女演员？

顾时深没有细想，只是打断了施厌的絮叨："所以呢？你想问我什么？"

施厌挠挠脸颊，眼神飘忽，四处打转，似乎有点儿不好意思："就……想问问你，到底怎样才能经营出一段像你和小表妹这样的感情。你是怎么做到……让小表妹对你忠贞不渝，心里、眼里只有你的？"

顾时深扬起眉毛，视线落回施厌的脸上，诧异尽显于他的双眸。直到把施厌看得脸红耳赤，像个青涩的少年，顾时深才戏谑地说："你也有今天。"

"快说，到底怎么做到的？"某人厚着脸皮催促道。

顾时深的笑容更深了。直到孟浅从洗手间那边回来，他才用目光锁着她的身影，满眼只有她，对身旁的施厌缓声道："真心换真心，心诚则灵。"

番外三
真心换真心

落地夏威夷后,孟浅和顾时深在酒店里养了足足一日倒时差,养足精神。等休养好了,孟浅才在翌日黄昏时分拉着顾时深出门。

他们入住的酒店,睁眼就能看见海滩以及海平线那头的夕阳,橘色的余晖似乎要将整片海面点燃。

这个时间段,海边嬉戏的游客不少,大家要么早早吃了晚饭出来散步、消化,要么还想一睹夕阳的风采,流连忘返。游泳的、追逐打闹的,还有在浅水区域里用玩具水枪打水仗的,场面十分热闹,人一点儿也不比其他时段少。

孟浅在更衣区换了泳装,黑色带蕾丝边的款式将她的肤色衬得瓷白如釉,平坦的小腹与美背悉数展露。

这般在大庭广众下裸露的感觉实在久违,让她多少有些不好意思。所以从更衣区出来时,她还裹了一条纯白的浴巾。

她将长发随意地披在肩上,等候顾时深时,无聊地踩着地上松软的白沙。白皙小巧的双脚在沙滩上踩下一个又一个足印。

此时，一群朝气勃发的大男生从孟浅身边走过。她见自己踩下的足印被人踏没了，便抬头朝他们看去。只粗略地扫了一眼，她便收回了目光，无事发生一般乖乖地站那儿不动了，眼巴巴地望着更衣区的出口。

也不知道顾时深怎么这么久。

就在孟浅皱着眉蹲下身去，打算慢慢等时，一道身影被西斜的日光投到她的头顶上，将她笼在了薄薄的阴影下。

没等孟浅抬头去看那人，一道男声说着标准的汉语，沉沉地响起："小姐，你好，请问你现在有空吗？"

孟浅抬眸看去，只见一个宽肩窄腰、体形修长的男人来到她面前——说是男人，其实也就是二十岁出头的大男生。不算整齐的黑色短发与他飞扬精致的眉眼一样透着肆意不羁，他穿了一件夏威夷风的蓝色短袖衬衫，扣子没系完，倾身弯腰时，敞开的领口里隐约可见他结实的胸膛。

这人一副华人长相，五官生得野性锐气，不失为一位帅哥，笑起来更是有春日的朝气，少年感很足，微露的虎牙也有些可爱。

孟浅多看了他几眼，才裹紧浴巾徐徐地站起身："不好意思，小弟弟，姐姐在等人。"

她的言外之意：姐姐有主了，拒绝搭讪。

可对方似乎并不介意，居高临下地看着孟浅，目光不动声色地将她从上至下打量了一番。他的同伴见状，朝孟浅这边吹了声口哨，调子拉得意味深长。

孟浅这才注意到他们这一群人，各种肤色的人聚在一起，年纪相仿，应该是哪所大学的留学生。

来搭讪的男生是华人，汉语说得很好，转头和他的同伴用英语交流时发音也很标准，与本地人无异。

孟浅静静地听了一通，依稀了解到他们是要去打沙滩排球，缺了个人，想拉个路人组队，恰好看见孟浅落单，便想叫上她。

最重要的原因还是她长得漂亮，在这满沙滩的人海里也是一眼就能拎出来欣赏的大美人，所以那个叫 Eric 的男生才会冒昧地上来搭讪。

他没想到孟浅会拒绝他，俊脸上闪过诧异。想来他是习惯了搭讪，几乎没被拒绝过，所以觉得惊奇。

"没关系啊，我们打球还差人，你可以叫上你的同伴一起。" Eric 不依不饶。

他约莫以为方才他们的谈话孟浅听不懂，却没想到孟浅无情地揭穿了他的谎言。她略诧异地笑问："你们不是就差一个人吗？"

顾时深便是此时从更衣区那边过来的，远远地看见孟浅被一群二十岁出头的年轻男人堵住，棱角分明的俊脸上浮起淡淡的不悦，脚下步子加快。

他很快便走到了孟浅身后，自然地握住了她的肩膀，将她亲昵地搂在了怀中。

"老婆，怎么了？"顾时深俊脸微侧，低头看了眼被他微微吓到的孟浅。

恰好孟浅也抬眸朝顾时深看去，两个人视线对上，她的心跳漏了一拍，只因他眸色深沉，露着危险的光，对不远处的一帮大男生敌意分明。

孟浅不想被人破坏了度蜜月的好心情，更不想在这异国他乡惹是生非，所以安慰似的冲顾时深笑了笑："没事，就是一群小弟弟打球缺人,想凑人数。"

"这样啊。"顾时深神色如常,薄唇浅浅勾了一下,笑容很淡,视线扫了他们一行人一圈,沉声回了领头搭讪的那个人:"不介意的话,我可以陪你们玩玩。"

顾时深说完,不只 Eric 愣住了,连偎在他怀中的孟浅都微微张嘴,满眼诧异:"老公……"

顾时深收回目光,给了孟浅一记安心的眼神。随后他接受了那帮男生的邀约,一起去了他们自己布置的场地。

他们一共 11 个人,加上顾时深,正好分出六个小队。孟浅在一旁充当观众。远远地看见顾时深摩拳擦掌地做热身运动时,她才后知后觉地意识到——她的男人可能是吃醋了。说不定他从更衣区那边过来时,老远就看见了她,自然也注意到她不经意地流转在一帮年轻男人伟岸身材上的目光。

思及此,孟浅不由得笑了。

其实她知道顾时深一直都很介意他们之间的年龄差,总担心自己的魅力随着年岁的增长而降低,届时她身边那些同龄男性正值魅力最盛的年龄段……他心里没底。

但孟浅没想到,一向温和有礼、不与人相争的顾时深今天竟然如此斗志昂扬。更令她惊讶的是,顾时深分配到的小队成员是个矮个子,这对他们的队伍来说相当不利。

没想到上场后,顾时深却以一己之力打趴下了对面小队两个身高腿长的瘦小子。

孟浅知道顾时深的体能不差,他日常都有健身的习惯,而且偶尔也会和他们医院的同事去打网球。但是她是真没想到,这男人打沙滩排球的技术竟也如此精湛。不知道的还以为他是专业的呢,起跳、扣球、拦网……他的反应完全出于本能似的。

孟浅看直了眼，一时间连"加油"都忘记喊了。倒是四周不知何时聚集了许多陌生的面孔，其中不乏年轻貌美、穿着比基尼的性感女郎。无论国籍，也无论年龄，大家都在为场上挥洒热汗的男人喝彩。

果然啊，还是成熟稳重、身材足够狂野的男人比较吸引异性。虽然 Eric 他们确实长相、身材都不算差，但和顾时深比起来还是差了很大一截。

在众人的欢呼声里，顾时深带着他的那个矮个儿队友赢了其他五支小队，成为冠军。虽然没有奖杯，但是他赢得了所有人的喝彩。

顾时深出了一身汗，在人群里搜寻了一圈，最终视线锁定在差点儿被人群淹没的孟浅身上。她还乖乖地裹着浴巾，小小的一只站在人堆里，乌发红唇，小脸莹白，在霞光里熠熠生辉。

目光捕捉到那抹靓丽的身影后，其他人在顾时深眼中已被自动虚化，沦为她的背景。

他朝她走去，半道儿有个华人小姑娘凑近他递水。顾时深看了对方一眼，礼貌地笑笑，拒绝了，随后视线再回到孟浅身上时，却见她的嘴角勾着意味深长的弧度，看他的眼神好似在说：好啊，居然敢当着我的面撩拨小妹妹。

顾时深抽了抽嘴角，有些忍俊不禁，当下加快了步子，迎面过去。

可没等顾时深走近，离他们这边不远的海边蓦地传来呼救声，汉语和英语交替，是一道女声，听着急切，几乎要喊破嗓子。

孟浅循着声音走出了人群，顾时深自然地跟上了她。没等其他人反应过来，顾时深已经朝大海的方向跑去。

孟浅没敢让他等自己，裹着浴巾，也急忙追上去。

黄昏降临后的大海似乎被天穹吞噬，远处的蔚蓝逐渐变得深沉，令人无端生出恐惧。有个小女孩儿被海浪卷走了，方才呼救的就是那个小女孩儿的母亲。

顾时深下水后，孟浅虽然担心，却还是第一时间走到那位母亲身边，温声安慰对方。虽然她在安慰他人，但其实和那位母亲一样一颗心悬在嗓子眼儿里，她极其担心顾时深的安危，怕他救不下那个孩子，更怕他被那个孩子拉入海里，毕竟这种下水救人者反被被救者害死的事件也不是没有发生过。

好在几分钟后，顾时深终于安稳地将小女孩儿带回了岸上，并第一时间将其放平，进行紧急施救，还不忘招呼孟浅过去帮忙做人工呼吸。

好在小女孩儿被海浪卷走时，她的母亲立即就发现了，并大声呼救，顾时深及时救援。因此，小女孩儿呛的水不多，将海水吐出来后，人就已经清醒了。

后来小女孩儿在她母亲的怀里虚弱地靠了一会儿，恢复了些力气。急救车将她们母女带走时，小女孩儿的父亲终于赶了回来。

据说他是去给小女孩儿买救生圈了，路上遇见卖小玩意儿的，便想着也买给女儿，所以耽搁了点儿时间。

事情发生得紧急，结束得很圆满，围观的人大多松了一口气，但也有人指责那对父母连自己的小孩儿都看不好。

孟浅后知后觉地将身上的浴巾拿下来，裹在了顾时深的身上。

她方才还冰凉的手脚终于开始回温，脸色还有些惨白，替顾时深擦拭身上的水渍时，她的手都在轻微地颤抖。

顾时深察觉到这一点,下意识地握住了孟浅的手腕,又顺势用自己的大手包裹住她的手:"老婆……"

他垂眸看着孟浅,在她抬头朝他看来时,清晰地捕捉到了她眼中的后怕,顿时明白过来。

"抱歉,让你担心了。"顾时深低声说着,将孟浅拉入怀里,把浴巾和她一并抱着。

直到这一刻,孟浅微颤的身子才定下来。她高悬在嗓子眼儿里的心也终于落回了原位,看向顾时深的目光坚定无比:"以后不要那么无所顾忌地冲在最前面了,行吗?"

顾时深沉默了片刻,低沉的声音似乎有些无奈:"医者仁心……"

孟浅噎住,本想说他是动物医生,又不是给人看病的医生,但转念一想好像也没差别——不都是救死扶伤吗?

憋了半响,她也就憋出一句极小声的:"可你有老婆了……"

顾时深听见了,听得分外清楚。薄唇勾出弧度,他将怀里的人搂得更紧一些:"嗯,你说得对。我有老婆了,说不定以后还会有孩子,是得顾及你们的感受。你看这样好不好?以后遇见这种情况,我先预估一下危险系数,在有把握全身而退的情况下,我再下水,就像今天一样,好吗?"

换句话说,其实方才去海里救那个小女孩儿,顾时深心里是有九成把握的。他接受过专业训练,知道如何在水中正确有效地救人,确保自己不会被落水者连累丧命。

孟浅以前并不知道这些。不仅是这一件事,还有他会沙滩排球的事,她之前也不知道。

"顾时深,你到底还有多少事情是我不知道的?"孟浅缓了过来，心情好转，脸上也恢复了血色，终于有心思向男人追根究底，秋后算账。

被严肃审视的顾时深哭笑不得，低头亲了亲她噘着的小嘴，低声道："实话告诉你吧，你老公呢，打小儿就聪明。从小到大除了学习好，十八般武艺也是样样精通的。"

孟浅："……"

"念大学那会儿，好些运动项目，我可都是拿过奖的呢。"

"看你平时一副与世无争的样子，不知道的还以为你从小就是个书呆子呢。"孟浅无情地打断他。

顾时深淡笑着，搂着她同 Eric 他们打了招呼，便要先走一步。不料 Eric 他们一帮大男生虽然输了比赛，却各个心服口服，对顾时深生出敬仰之情，说什么也要请他们夫妇吃晚饭，还想趁机跟顾时深学两招儿，比如时机的把控以及一些专业技巧。

孟浅听不懂，但看 Eric 他们非常热情，便替顾时深答应了这顿晚饭。

所谓晚饭，也不过是他们在海边寻了一个僻静处，架了烧烤架，大家聚在一起喝啤酒、撸串。

顾时深被几个大男生围着，满足他们的求知欲。孟浅便坐在火堆旁，看着"噼里啪啦"炸开的火星子，随着炊烟袅袅升上夜空，飘远不见。也不知怎的，她忽然想起了顾时深之前随口说过的一句话。

他说，以后还会有孩子……

冷不防想到这话，孟浅微顿，一种说不清的感觉浮上心头，似憧憬，又似对未知的事情感到些微恐惧。她在想：顾时深到底是随口那么一提,还是他心里对要孩子有了想法?毕竟他平时似乎还挺喜欢小孩子的。

孟浅独自坐在火堆前思考了很久。待顾时深打发了那些小子,来到她身旁坐下,她还沉浸在自己的思绪里,望着繁星点缀的夜空出神。

"在想什么?"顾时深蓦地开口,沉声打断了孟浅的思绪。

她的视线从天边回到顾时深的脸上,她凝视了他片刻,柔软的身子顺势靠过去,抱住了他线条分明的胳膊:"顾时深,你是不是想要孩子了?"

孟浅还是问出口了,这个问题一直盘旋在她的心头,让她无法静心享受眼前的美好。若是压在心里太久,她也怕积压出隔阂。果然,问出口以后,她心里好受多了,看向顾时深时的眼神也坦然如常。

顾时深愣怔,似乎没想到孟浅会提到孩子,但很快他便会意,长臂一伸,将神色忐忑的孟浅捞到怀里:"没有,你别多想。"

"我想要的只有你。"顿了顿,顾时深又接着道,"就算以后我们真的有孩子了,浅浅,你也一定要记住——在我这里,第一顺位的永远是你。我是否幸福取决于你是否幸福,明白吗?"

虽然顾时深年长一些,但结婚生子,他也是平生第一次,很多道理不见得比孟浅懂得更通透。所以在这方面,他的叙述和表达总显得有些笨拙。

但孟浅听懂了,心中荡开涟漪,暖意烘人。她顺势靠在顾时深的胸膛上,听着他因为紧张而加快的心跳,强而有力,却令人心安。

许久,孟浅轻柔的声音被夜里的海风吹到顾时深的耳畔:"其实我还挺好奇我们俩的孩子会长什么样,模样是随我还是随你,会是男孩儿还是女孩儿,性子以后会像谁……

"刚才一直在想这些,既害怕,又期待。顾时深,你明白那种心情吗?"

"明白。老婆,无论是害怕,还是期待,我都会一直陪着你。我们永远在一起。"

夜深时,顾时深和孟浅总算辞别了那帮小年轻。

夫妻俩说笑着回到酒店,洗完澡,一起坐在房间外的大露台上吹着夜风,喝了点儿红酒。哪怕静谧无言,孟浅也觉得岁月静好,很安逸也很享受。

只是风平浪静之后的海面,总要迎来肆虐的风浪。

风浪来得毫无征兆,正如孟浅也不知顾时深是几时从背后贴上来吻她的。

两个人在繁星遍布的夜空下,在湿咸的海风里,在空旷无人、绝对私密的露台上尽情拥抱、接吻。

直到后来,情到浓时,顾时深架着孟浅两条纤细匀称的腿,抱她往室内走去,一边走,一边吻,呼吸交缠。他嗓音沙哑地说道:"老婆,蜜月快乐。"

顾时深也没想到,他和孟浅的蜜月旅行会从一个月延长到半年之久。

他给苏子玉打电话延长假期时,电话那头的男人沉默了许久。饶是斯文如苏子玉,也忍不住想冲顾时深骂两句脏话。

但有什么办法呢?他们的情分苏子玉还是要念的,所以他特例批了顾时深半年的长假，好让顾时深趁这个机会陪着他家孟浅环游世界，找找创作灵感。

这次蜜月旅行，孟浅和顾时深去了许多国家。走了大半个地球，孟浅越发感受到了自己作为人类有多渺小，也有了很多感悟，这对于她的创作事业来说很有帮助。

不过任凭外面的世界如何多姿多彩，飞机在深市落地的那一刻，浓浓的思乡情还是令她的鼻子酸了酸。

在外面漂了半年，她和顾时深就像脚不停歇的候鸟一样，直至此刻才终于有了归属感。

半年的时间，深市已由夏入冬。

顾时深和孟浅回来的那天，正赶上元旦。

登机前，施厌便给顾时深打了电话，约好晚上一起吃饭、看电影。哪怕顾时深严词拒绝，施厌依旧没皮没脸、不依不饶，说什么都要亲自接机，为他们接风洗尘。

后来到吃饭的地方，孟浅才知道原来这顿饭大有文章。

施厌才不是为了给她和顾时深接风，而是找借口凑了一帮人，让大家晚上捧场看电影——凌萱的新电影，今天上映。

施厌包场了，要大家去帮忙捧个场，说是还约了凌萱到现场。最重要的是，他是用孟浅的名义约的凌萱，再加上凌萱那边有公司施压，今晚一起看电影的事情就这么敲定了。

孟浅听完顾时深转达的说辞，差点儿忍不住抄起手里吃西餐用的刀叉扎施厌两下。

她就没见过比施厌更不要脸的人。身为他的表妹，孟浅觉得很丢人。

为此，顾时深替她去训了施厌两句："我走的时候，在机场跟你说过的话都当耳旁风了？"

"当然没有，我拿小本本记着呢！"施厌反驳。他觉得自己这半年来对凌萱挺真心的，不求回报地给她资源，无论什么节日，都会第一时间送上礼物。时间、金钱、名誉、地位……他有的，他都给了她，毫不吝啬，这还不够真心吗？

可是凌萱还是没给过他一次好脸色。他想请她吃顿饭都排不上号，能怎么办，只能暗地里找她公司的老板谈一谈，求人家帮个小忙啰！

顾时深听完，一时间有些哭笑不得："你之前说的那些，别的男人也能做到。所以人家凌小姐凭什么选你？"

别的男人？这世上除了他，还有谁能出手那么大方，往凌萱身上砸那么多钱的？别的男人能做到才怪！

"喜欢一个人的基础是学会尊重对方。你得先弄清楚她想要什么，再给她什么。而不是你想给她什么，她就必须得接着。"

施厌听得似懂非懂："是不是就跟看病一样，得对症下药？"

顾时深忍俊不禁："差不多吧。感情的事一向深奥，你自己慢慢摸索领会。"

"那今晚的电影，你和小表妹得去看啊，我可是你的表哥！"施厌皱眉道。

从小到大，他就从没为哪个女人这么费心费力过。

电影顾时深和孟浅都去看了，一起看电影的还有顾凝、苏子玉、沈妙妙和江耀。其他人都成双成对，凌萱和施厌自然被影院的工作人员误会也是一对。

其实凌萱的经纪人倒是对施厌挺殷勤的，也劝了她好多次，让她见好就收。

她心里拿不定主意，倒是在看电影的时候和孟浅在洗手间里遇上，没忍住问了一下孟浅的意见。她就想知道，施厌到底是什么意思。他追她这么久也没放弃，总不能是真的喜欢她吧？

可惜对于这个问题的答案，孟浅也不清楚。她站在洗手台前，一边拧开水龙头，一边对凌萱道："浪子回头金不换都是哄小女孩儿的。大家都是成年人了，你要是信了，就是傻子。"

反正施厌在男女关系这方面向来胡来。更何况他是施家的继承人，婚姻大事还不一定能不能自己做主呢。

孟浅觉得自己还是得帮理不帮亲，不能误了凌萱。凌萱却被她的话逗笑了："不知道的还以为你不是他的表妹。"

孟浅也笑："不是表妹能跟你说大实话？"

不过话说回来，施厌是怎么样一个人，还得凌萱自己去看、去了解。若是凌萱当真因为孟浅的三两句话就对施厌彻底下定论，那只能说明她和施厌是真的有缘无分。孟浅也不能因为施厌是自己的表哥，就在凌萱面前夸大其词，说假话诓骗她。

凌萱抿唇笑着，看向孟浅的眼神漾着温柔的光。凌萱这人几乎没朋友，也没想过和谁做朋友，孟浅是第一个。

两个人洗完手，孟浅等凌萱补妆。一起回影厅的途中，凌萱提了一句自己最近合作的那个导演想找人定制剧本的事——现实题材的剧本，奔着拿奖去的。凌萱询问孟浅的意向，想向导演推荐孟浅。

电影散场时，施厌要送凌萱。

见凌萱和孟浅关系要好，他心里比谁都高兴，至少以后有更多的理由约凌萱出来吃饭了,最多也就是带上孟浅夫妇两个电灯泡而已。

顾时深和孟浅下飞机时,是施厌开车接的他们。眼下他要送凌萱,顾时深和孟浅只好先将行李箱放在他的后备厢里,得空再让他送到家里。

至于他们俩,原本施厌是要给他们叫车的,但孟浅拒绝了:"反正这里离我们家也不远,我们走回去就行。"她正好想和顾时深牵着手一起散散步。

施厌没说什么。他包的电影院确实距离顾时深和孟浅的公寓不远,大概两个十字路口的距离。他们步行回去,磨蹭些最多半个小时也就到了。

大家各自开车离去后,顾时深便牵起了孟浅的手,用自己温暖的手掌包裹着她的,一边给她搓揉冰冷的小手,一边沉声问道:"天这么冷,你确定要走回去?"他怕孟浅冻着,感冒就不好了。可孟浅是多么固执的一个人,想要浪漫的时候可以不要命。

"确定!"

听着她这般语气坚定的回答,顾时深忍俊不禁,只能揽过她,搂在怀里,慢慢顺着人行道往前走。

晚上10点多的深市,寒风刺骨,长街上车水马龙,行人却见不着几个。

偶尔遇上两个寒冬腊月还坚持出来跑步锻炼的,孟浅和顾时深都会忍不住多看几眼,暗暗佩服对方的毅力。

"顾时深,你说我们也没结婚多久,怎么我现在就有一种老夫老妻的感觉了呢?"

"什么意思?觉得我很无趣?"

"不是，就是有一种……岁月静好的感觉，心里很平和，好像一生的期望都被满足了。"或许是天气的原因，又或许是人行道被橘色路灯光投落的树影染出宁静的意境，孟浅觉得自己突然有点儿矫情，文绉绉的，好像是职业病犯了，总想说些酸不溜丢的话。

估计也就顾时深听得下去，还愿意出声附和她，与她讨论。

"结婚只是你人生的一部分，结婚的意义，不过是往后余生多了一个我陪着你而已。你想做什么，依旧可以去做，唯一和以前不同的是，你不再是一个人。"

顾时深温柔地低喃着，温暖的手掌一直不紧不慢地摩挲着孟浅的手，替她生热暖手。

"可我这辈子最大的心愿就是追到你。"孟浅仰头，从顾时深下方看过去，看见灯光、树影斑驳地落在他立体的俊脸上。

他低眸朝她看来时，眼神温柔得能掐出水来。他薄唇勾着弧度，眸色深深，似乎要将孟浅融化，声音更是磁性蛊人："就这么点儿出息？"

"不然呢？"

"我还以为你的心愿是当最知名的编剧。"

"也算吧，但跟追你比，还是差了那么一点点。"

顾时深被逗得心里喜滋滋的，步子蓦地停下来，将孟浅拽到了怀里，抱个满怀。两个人正好走出了一片树影，站在一个路口处。左右都是暖橘色的路灯，灯光似有温度。漆黑无边际的夜空中似轻飘飘地往下落着什么——盐粒似的莹白细雪轻盈地飘落而下。

孟浅将脑袋蒙在顾时深的怀里，看不见，却感受得到从手背擦过去的冰凉感觉。她在顾时深的怀中闷闷地低笑，有些喜悦地说道："顾时深，好像下雪了。"

顾时深低低地"嗯"了一声，收紧怀抱，然后慢慢松开她。孟浅仰头看向夜空，脸上溢满欢喜："这是深市今年的第一场雪吧？是吧！"

顾时深还是沉沉地应着，视线始终落在孟浅娇俏的面庞上，不曾被这场突如其来的初雪分走半分注意力。

后来，孟浅突然想到什么，视线终于回到了顾时深的脸上，与他翻涌着暗欲的眸子对上。她唇角弯出大大的弧度，笑得绚烂，声音娇娇软软的，意有所指："听说在初雪里接吻，能幸福到白头。"

"顾时深，你想不想试试？"孟浅小意温柔，踮起脚，揪住了顾时深的衣领，顺势攀上他的脖颈，跃跃欲试。

如此的孟浅，怕是没人能抵挡得住其诱惑。顾时深亦不例外。

他眸光晦暗，声音沙哑，搂着她的纤腰，扶着她的后脑勺儿，低头便吻了下去，从温柔纠缠到粗犷凶悍，不过顷刻。孟浅感觉她似乎要被他揉碎吞下，心跳频频变快。

直到孟浅呼吸不上来，顾时深才松开她，又在她嫣红诱人的唇珠上轻咬了一下，眼神眷恋不舍："浅浅，你怎么这么甜？我怎么尝怎么尝……总也尝不够。"

孟浅的呼吸尚未平复，她被他吻得腿肚子发软，一双美眸水盈盈的，十分招人，嗓音更软更柔："没关系，反正我们会永远在一起，你可以尝一辈子。"

她的话触动了顾时深的心，他垂了睫毛，又吻上去。

唇齿厮磨之际，他的声音似乎被揉碎了一般，缱绻沙哑："你说得对，我们永远在一起。"

漫漫夜色，满天细雪，在橘色路灯灯光的辉映下，拥吻的两个人当真白了头。

元旦那晚的初雪过后，深市的气温突降，正式进入了寒冬。直到次年3月，气温才上升，全市回暖。便是在这样春暖花开的好时节，孟浅从顾时深口中得知了一个好消息——今年年底，顾凝和苏子玉也要结婚了。

如今两家正在商议婚事，婚期初步定在12月26日。

伴郎和伴娘的人选，也差不多通知到位了。伴郎和伴娘各6位，伴娘中自然包括了沈妙妙、苏子冉、时淼和凌萱，另外还有顾凝自己的两个朋友。

伴郎团和伴娘团基本是成双成对的，只有施厌和凌萱的关系不清不楚，另外还有孟航和时淼两个凑人头的。

这一年里，孟浅经由凌萱牵线搭桥，接了一位知名导演的定制剧本，花了半年左右的时间删删改改，总算是敲定下来。

紧接着，这部剧便进入筹拍阶段，拉投资、找演员这些事自然不需要孟浅操心，她只需要等剧组开机时，跟组一两个月。

国庆节假期以后，孟浅陪着顾时深，帮忙做了一些顾凝婚礼前最后的准备工作。

顾凝毕竟是顾时深的亲姐，这又算是两大家族联姻，婚礼排场自然不能比孟浅和顾时深结婚时小。听说单是顾凝的婚戒，都是花了九位数量身定制的，是独一无二的珍宝。

婚礼策划团队还是沿用了孟浅和顾时深结婚时的团队。之前的小岛婚礼，顾家和苏家都觉得不错，婚礼交给他们倒也放心。

他们这一忙，便忙到了婚礼前夕。

孟浅帮着安排好从国外空运过来的鲜花，便去机场接了孟爸、孟妈和孟航。

孟爸和孟妈还是暂住在孟浅家里，因为顾凝和苏子玉的婚礼在深市郊外的一处庄园里举行。至于孟航……他再也不想去睡书房了，坚决表示自己去外头住酒店。

后来时淼正好给孟浅打电话报平安，顺便想着晚上约个饭，孟浅便想将孟航暂时塞到时淼的公寓里。

时淼爽快地应下了，反正平时她都是一个人。

她住的那栋公寓隐蔽性挺强的，倒也不怕狗仔队拍到什么，但孟航还是忧心忡忡，一脸不自在。和经纪人去接他时，时淼还如同知心大姐姐一般，揽过他的肩膀拍了拍："没事，就算真被狗仔队拍到了，我就说你是我弟。"

谁知她的话音刚落，孟航便毫不留情地拍开了她搭在他肩膀上的手，黑着脸往路边走了几步。然后他又突然停下来，不知道怎么了，回头盯了把自己遮得严严实实的时淼一阵子，毅然决然地上了她的保姆车。

时淼被看得头皮发麻，不由得回头看了眼送孟航下楼来的孟浅："什么情况？他怎么了？"

孟浅摊手："可能'大姨夫'来了。"

时淼："……"

孟航是第一次坐时淼的保姆车。孟航上车后便看着窗外的夜景，沉默不语，脑子里来来回回都是时淼的那句"我就说你是我弟"。

可他从来就不是她的弟弟，也从来没叫过她一声"姐姐"。

这丫头平时看着顶聪明的一个人，不明白"年下不叫姐"的意思吗？

孟航越想心里越气，索性抄着手偏头朝着窗外，闭目装睡。恰好时淼在他旁边落座，身上淡淡的香水味如同一只无形的手，朝他的鼻腔探来，搅得他心绪迷乱，莫名其妙地觉得烦躁。

回时淼公寓的途中，一路寂静，只有经纪人会偶尔和时淼小声说些什么，比如最近的一些档期安排，以及提醒她注意影响，不要被狗仔队拍到她和孟航。

不管怎么说，孟航是国家射击队的一员，之前在赛场上的出色表现引起了媒体的高度注意。再加上他本人身材、样貌都比圈内大多数男艺人优秀，也是拥有不少粉丝的。

只不过孟航本人可能不知道，毕竟他不在圈内。

保姆车停在时淼公寓楼下一个隐秘的角落里。时淼的助理先下车观察一番，确定没有狗仔队尾随，这才招呼时淼和孟航穿戴严实地下车去。

两个人一路低头快步走，进了公寓大楼里，直上高层。

时淼这几年在演艺圈里混得还算不差，住的也是大平层公寓，只不过面积肯定不如顾时深和孟浅那儿的大。她的公寓是三室两厅一厨两卫，面积小一些。她一个人住，倒是足够了。

时淼将其中一个卧室改成了健身房，毕竟身为艺人，她平时也得注重身材管理。所以她家实际能住人的卧室只有两间，而且还得现铺床。

时淼已经很久没有干过家务活儿了。铺床的时候，她拿着床单、被套捣鼓了半天。

她本着照顾闺密的弟弟的原则，把孟航当亲弟弟一样对待，到家便让他先去洗澡，她趁机替他铺床。结果直到孟航洗完澡出来，

506

抱臂倚在房间门口时,那抹娇俏的身影还跪在床尾,理着床单。

孟航没出声,只屏息盯着那抹纤柔的身影。

看着她针织裙的裙摆随着她铺床的动作忽上忽下,底下的黑色腿袜裹着她匀称好看的双腿,孟航没来由地感觉喉舌发燥。

看了大概1分钟,孟航便顶不住,别开脸,将视线落到投着月光的地板上。他将一只手抵在唇边,轻咳了一声,站直身走过去:"我来吧。"

时淼这才注意到孟航已经洗完澡了,回头看向他,视线却没来由地在他敞开的衣襟间扫了一圈。

刚洗完澡的孟航穿了一件白衬衫,一颗扣子都没扣,肌理分明的胸肌和沟壑纵横的腹肌在晃荡的衬衫下清晰可见。他湿漉漉的碎发上还凝着水珠,有一滴水珠沿着鬓角滑落,经过脖颈、喉结,再淌下胸膛,莹莹地缀在男人的腹肌沟壑间……

时淼愣坐在床尾,视线一路追随着那滴水珠,看了好久,直到孟航高大修长的身躯抵近她,才堪堪回神,不自觉地咽了口唾沫,脸上前所未有地烧了起来,有点儿热。

孟航接过了她手里的被套的两个角,蹙眉低声:"你出去吧,我自己铺。"她在这儿平白勾着他,反倒耽误进度。

时淼后知后觉地站起身,随手拉了拉裙摆,又盯着孟航微倾的背影看了一阵,不好意思地笑了笑:"抱歉啊,我太久没干过这些活儿了,实在手生。那你就自便吧,当成自己家里一样,有什么需要随时找我!"时淼说完,便转身离开了次卧。她也得去洗澡了,明儿还得早起给顾凝当伴娘。

时淼娇柔的声音在门外消失,理好了床铺的孟航站直身,回头朝空荡荡的房门处看了一眼,漆黑如墨的眸子黯了黯,闪过几分旖旎。

有需要……找她？她知不知道这句话从她的嘴里说出来，只会让他更加热血澎湃，难以压制？

翌日，天才蒙蒙亮，孟航就起了。

他一向作息很规律，早起后倒也没去打扰时淼，而是在厨房里搜罗了一圈，找到两块面饼、一枚鸡蛋以及一棵半蔫的青菜。

偌大的冰箱里空荡荡的，孟航也不知道时淼这日子到底是怎么过的。

他用仅有的食材煮了两碗青菜面，又把唯一的鸡蛋煎得近乎完美，放在了时淼那碗面的碗底。

至此，外头的天光彻底亮起来。孟航看了眼时间，距离他们伴郎团、伴娘团集合的时间不远了，他这才去敲了时淼的房门。

敲了一阵没声音，他也不擅自开门进去，继续戳在门口敲门。一声一声的敲门声，吵得时淼根本没法儿睡了。

她蒙着被子，堵住耳朵，扯着嗓子冲门外的孟航喊："自己进来！门没锁！"

敲门声蓦地停了，时淼松了口气，从被子里冒出头来继续呼呼大睡。门外的孟航却皱紧眉头，垂下去的手握拳又松开，再握紧。

他想不明白时淼为什么不锁门，她家里好歹住进了一个血气方刚的成年男人，她就一点儿警惕性也没有？还是说，她当真只是把他当小弟弟一样看，觉得他这个人没有危险性，不会对她做什么？

心里混乱如麻，孟航最终还是打开了时淼的房门，踱进去——他还得叫她起床，不然一会儿面坨了，煎蛋也闷得太久，口感会变差。

苏子玉和顾凝的婚礼进行得异常顺利。

时森和孟航没有迟到,出门时分道扬镳。

接亲活动的环节,孟航更是脱了马甲,解开了领结和领口的两粒扣子,趴在地上,让时森坐在他的背上,做了足足50个俯卧撑。

整个婚礼进行到最后,无处不是欢声笑语。

其他的伴郎、伴娘都很卖力,唯独沈妙妙和江耀肉眼可见地在浑水摸鱼——别人接亲活动闯关,江耀在人群后面牵着自家小女朋友的手,替她揉腰。

主要是过去小半年的时间,沈妙妙入了导演这一行,组了一队人马在拍小制作的网剧。她全国各地跑,江耀偶尔去剧组探望,两个人还是聚少离多。所以每次相聚,两个人总免不了亲热。

而江耀这人向来不知节制,一晚上下来,沈妙妙是腰酸腿疼,穿着高跟鞋站在那儿,腿肚子都在打战。沈妙妙没少哀怨地瞪江耀,却又碍于今日是苏子玉和顾凝大喜的日子,不好让自己不满的情绪太过外露。

这不,江耀正替她按摩,弯腰垂首在她的耳畔低哄,求她原谅。

还好大家的注意力都在苏子玉和顾凝的身上,而且伴郎团和伴娘团的人也绰绰有余,他们俩这样倒也无伤大雅。

"你接下来一周……不,一个月都不许欺负我!"沈妙妙压着声音,一双美眸湿漉漉的,似乎真的酸疼得厉害,委屈极了。

江耀看得心窝子一刺,自责不已,却又忍不住觉得一副可怜样的沈妙妙更令人想欺负,心头热得快被点着了。他心下一动,余光扫了眼四周,发现没人注意这边,便猛地低头在沈妙妙的脸上啄了一下,嗓音含笑,微微沙哑:"那不行。"他的语气温柔又霸道。

沈妙妙:"……"

迎亲环节结束后,车队整装待发,前往郊外的庄园。

婚礼仪式在庄园内的礼堂里举行,十分中规中矩的一场婚礼,大气豪华,很符合豪门的做派。

等到仪式结束,新郎、新娘拥吻完,便到了最后环节——扔捧花。

捧花代表新人幸福的延续,接到捧花的人,将会获得两位新人最真挚的祝福。

这个环节是留给未婚男女的,孟浅和顾时深坐在主宾席上说说笑笑。孟浅的视线一直落在伴娘团和伴郎团那些单身男女身上:"老公,你说他们谁能抢到凝姐和姐夫的捧花?"

孟浅一副看好戏的口吻,她身旁的顾时深身体微侧,长臂随意地搭在她椅子的靠背上,挡着椅背的棱角,以防止她不留神时磕在上头。

这山庄里的宴席椅子都是实木的,真磕伤了,孟浅定然喊疼,说不定泪花都能浮出来。

顾时深敛了心思才抬眸,淡淡地瞥向蓄势待发的施厌那一群人,薄唇启动了动,嗤笑道:"江耀吧。"

孟浅微微一愣,没想到他居然能确切地说出名字来,语气还如此笃定。

"有情况?"孟浅脑袋也灵光,转念便想到肯定是顾时深混在伴郎团的微信群里知道了什么。

顾时深但笑不语,早已收回视线,温柔深情地看着望向他的小女人,随手替她拢了拢耳边的碎发,溢出低笑:"秘密。"

他们好歹是夫妻,他怎么能瞒着她呢?

"你说嘛,我保密!"孟浅的好奇心被勾起来了,她眼巴巴地望着男人,满脸求知欲。

顾时深实在抵挡不住她的撒娇攻势,心头一软,便全说了:"江耀要求婚,大家商量好了,捧花让他接。"就这么简单。

孟浅虽然早有预感,但真正听顾时深说出来,还是忍不住笑了:"可以啊,江先生很会嘛!"

江耀口风这么紧,沈妙妙怕是不知道,这是要给她一个惊喜啊!

前阵子沈妙妙跟孟浅煲电话粥还提起过结婚的事。沈妙妙说江耀虽然带她回家见了家长,但他们两家到底有差距,她总感觉江耀的父母似乎不太能接受她。

孟浅虽然开导过她,但她还是觉得不安。而所有的不安,都令她在事业上更加发奋图强,她为的就是有朝一日能以自身的优秀弥补她和江耀之间家庭背景上的差距。

那时候孟浅觉得江耀这男人也太不知冷热了,完全没有给足沈妙妙安全感。

谁知道他竟然暗地里谋划这么一出。

"他那个冰呆子哪里会这些?都是众筹的主意。"顾时深可听不惯孟浅夸别的男人,语气微酸地回道,但温柔不减。

孟浅没听出来酸,只摸着下巴笑了笑:"看来他是真的很爱妙妙吧,不然一个冷冰冰的木头桩子怎么愿意为她开出花来?"

"木头开花。"顾时深觉得这个比喻有些意思,忍俊不禁。

两个人闲谈之际,那边顾凝已经背对众人将捧花抛出了。抛之前，顾凝似乎特意朝江耀那边看了一眼。

众人起着哄，孟浅的视线被吸引过去。顾时深也抬眸看了他们一眼，然后继续盯着自己的老婆，在她跟着众人欢呼时趁乱凑过去亲了一下她的耳垂。

孟浅错愕不已，回眸对上顾时深含笑且情浓的双眼，心中一圈圈涟漪泛开。她甚至错过了江耀单膝下跪向沈妙妙求婚的场面，只是心跳飞快地沉入了顾时深的满目柔情中。

他们俩对视着，离得很近。孟浅渐渐笑开，然后有些害羞地扑进了顾时深的怀里："顾时深，你怎么这么会啊？"

得到了老婆的肯定和夸奖，顾时深心安了，抬手揉了揉她的头发，心满意足地说道："我会的还很多，包你满意。"

孟浅被逗笑了，倚在他的怀中，幸福地看着同样幸福得快要哭出来的沈妙妙。

这种感觉真好啊，岁月静好，大家都很幸福。

顾凝和苏子玉的婚礼圆满结束。

孟浅他们避开新人，一起聚了聚，在深市的夜市街吃了点儿夜宵。席间大家都在调侃江耀和沈妙妙，询问他们俩的婚期，建议他们顺便把伴郎伴娘团定下来。

随后，有人话题一转，问起了沈叙阳和苏子冉。好歹沈叙阳是沈妙妙的哥哥，眼看着妹妹都要嫁人了，他这个做哥哥的还能坐得住？

沈叙阳倒是耿直，直接从裤兜里摸出了戒指盒。

这番操作惊呆了众人，尤其是苏子冉。她没想到，原来今天这捧花，沈叙阳也打算抢来着，但是江耀昨晚就跟大家说好了，所以他才把心思压了下去。

老实说，江耀跟沈妙妙求婚时，苏子冉在旁边看着，心里是生出了一点点的羡慕的。但她又觉得人太多了，有很多不熟悉的人在场，以自己的性子，不太能接受在那样的场合被求婚。

现在就很好——身边都是要好的朋友，大家再熟悉不过，她也没什么不好意思的。

而且，沈叙阳这戒指似乎买了很久，他一直在等着这一天。

不等众人回过神来起哄，苏子冉已先一步答应了沈叙阳的求婚。

在大家的贺喜声里，施厌不合时宜地说了一句："要不你们沈家兄妹俩干脆一起结婚算了，我们这些伴郎、伴娘也就一步到位，省得再当第三次、第四次，别到时候我们自己脱不了单……"

虽然施厌是随口一说，但过了没两个月，孟浅真的同时收到了沈妙妙和苏子冉的喜帖。

她们俩私下一合计，还真就把婚期安排在同一天，打算两对新人一起结婚。

孟浅还在姐妹群里揶揄她们俩挺会省钱，至少酒席的钱省了一半，可惜她这份子省不了，还是得送两份。

沈妙妙和苏子冉能成为一家人，是孟浅做梦也没想到的。不过自己的朋友都得到了幸福，孟浅自然为她们高兴。

喜帖上的婚期定在次年的元旦，两对新人有足足一年的时间准备婚礼。

孟浅提前将档期留出来，随后想到了时淼，便又给她发了条微信。自从顾凝和苏子玉的婚礼后，时淼就进山拍戏了，山里信号差,她们两个月没联系。

孟浅也不知道她现在拍戏的地方信号怎么样。消息发过去后,时淼一直没有回复。

到了晚上,顾时深抱孟浅去洗了澡,又慢条斯理地替她套上睡裙,才去书房处理工作。这时,孟浅才收到时淼的回应。

时淼:"你干吗问这个啊?"

孟浅侧躺在床上,腰腿发酸地给时淼回消息:"不能问?"她给时淼发的消息是询问时淼的情感状态,有没有谈恋爱。

因为知道时淼的工作性质,以前孟浅也没过问过这件事,毕竟他们感情方面的问题比较私密。今天孟浅是突然意识到要好的朋友都要结婚了,这才想起来问一下时淼,倒也没指望她给个答案。

把消息发给时淼后,孟浅心里已经不打算追问了。没想到几分钟过去,时淼回了消息:"浅浅,有个问题想请教你一下。"

孟浅:"你说。"此时她心里想的是,时淼八成是有情况了,否则何至于如此吞吞吐吐。

又磨蹭了几分钟,时淼才吞吞吐吐地回复:"就……我有个朋友,她和她闺密的弟弟在一起了……你怎么看?"

孟浅:"姐弟恋?"

时淼:"嗯……不过就差三天!"

孟浅:"你怎么了解得这么清楚?"

时淼:"我朋友告诉我的!"

虽然对话框里的字冷冰冰的,没有温度,可孟浅翻来覆去地看了几遍时淼发给自己的消息,总觉得这件事似乎没那么简单。

朋友和朋友闺密的弟弟在一起了……朋友和朋友闺密的弟弟差三天……姐弟恋……孟浅蓦地从床上坐了起来,给时淼打了个视频电话过去，有些事还得看着对方的脸，观察一下对方的反应方能确定。

视频电话打过去后，时淼却迟迟不接。

孟浅心下暗暗判定时淼定然是心虚了，看来自己揣测得不错，时淼这小妮子果然是在"无中生友"！

就在孟浅皱着眉考虑要不要放过她时，视频电话接通了。孟航那张帅脸蓦地占据了孟浅的整个手机屏幕。

他似乎刚洗完澡，头发还在滴水，脸上透着不耐烦，对手机这头的孟浅说道："这么晚了，你还有闲工夫给她打视频电话？"

孟浅愣了两秒，反应过来时，只见镜头里的孟航皱了皱眉，声音更加不耐烦："她累了，得睡了，有事明天再说。就这样，挂了。"

说完，也没等孟浅吱声，孟航就直接挂断了视频电话。

孟浅："孟航，你好样的！有本事这辈子别出现在我眼前！"否则她非得把他打哭！

消息是发给孟航的。孟浅被他惹毛了，又被他和时淼在一起的事冲晕了脑子，这会儿呼吸都有点儿急促，下床在屋里来回走了许久。

她虽然察觉到了一点儿猫儿腻，但是孟航这一出也太突然了！

刚才视频里的孟航似乎是在时淼的公寓里，难道时淼回深市了？她什么时候回来的？他们俩在一起多久了？他们现在是背着家里人悄悄同居了还是怎么着？

无数的疑问快把孟浅的脑袋撑大了。她只能趿拉着拖鞋出门，去书房找顾时深，还计划着下次见到孟航一定要打他两拳出气。

这边，孟航替时淼接了视频，没聊几句又挂断。时淼坐在床尾，整个人都呆住了。

等孟航将手机放在床头柜那边，系好睡衣的腰带朝时淼走来，她才终于回过味来。

"啊啊啊！你怎么能接呢？我还没想好怎么跟你姐负荆请罪，你这样她怎么接受得了？"时淼濒临抓狂，从床上跳了下来，赤着脚在地毯上来回走。

孟航慢条斯理地系好了睡袍的腰带，幽幽地看着她："你又没做错什么，干吗要负荆请罪？"

"我都把她的亲弟弟'祸害'了，我……"时淼涨红着脸，一时没法儿继续说下去。

其实时至今日，连她自己都不知道事情怎么会发展成这样。

说起来，问题还是出在两个月前，顾凝的婚礼结束那晚，他们吃了夜宵，喝了点儿小酒。散场时，时淼还是把暂时借宿在她那儿的孟航带回了家。

只不过那晚，孟航因为帮她喝了几杯酒，醉了。她带他回家后，给他脱衣服、脱鞋，打水擦身子……

坏就坏在她替孟航擦身子那一步。

解开孟航的衬衣扣子后，时淼便被他肌理分明的身材吸引住了，拿着毛巾擦拭时总忍不住揩油。

原本时淼还很小心翼翼，后来见孟航躺着一动不动，似乎睡过去了，便没忍住，坐在床沿上偷摸了一把他的腹肌。

许是因为日常训练，他的身材近乎完美，身上没有一块多余的肉，腹肌别提多性感，摸着手感极好。时淼一时鬼迷心窍，这才多摸了两把。

后来嘛，孟航就被她摸醒了，一双幽暗的眸子异常清明，倒是看不出来半分醉意。

两个人目光相接，房间里的空气忽然凝固。尴尬蔓延，时淼被捉住的手腕火辣辣地烧起来，心跳如滚滚天雷。她自然是想解释和跑的，可孟航没给她这个机会，挑着唇角，似笑非笑地盯了她一阵："摸什么呢？好摸吗？"

时淼羞窘不已，没说话，但脑袋诚实地点了点——是真的很好摸。

也不知道她怎么招惹了孟航，她点了头以后，他脸上的笑意瞬间消失。随后他脸色沉沉地又看了她一阵，扣着她手腕的力道倏地收紧，将她拽下去，另一只手搭在了她的腰上。

两个人之间的距离骤然拉近，没等时淼反应过来，孟航滚烫的唇便压了上去。他先是轻轻碰了一下她的嘴唇，见她没有抗拒，便将她掀翻在枕上，巨兽般压过去，急切霸道地掠夺她的呼吸……

那一瞬间，时淼的大脑空白了，浑身电流般的酥麻感让她差点儿连呼吸都忘记。

再后来，一切顺理成章，她就那么稀里糊涂地"祸害"了闺密的亲弟弟。

第二天醒来，脑子也冷静了，时淼的第一反应是向孟航道歉。

结果孟航起得比她早，还为她准备了早餐，似乎对昨晚的疯狂毫不介意。

即便如此，时淼还是拉着孟航道了歉，嘴里说来说去都是那几句："都怪我，昨晚不该鬼迷心窍！"

"那什么……我知道你是酒后那啥，我不怪你……

"就是这事你别告诉你姐成吗？我怕她劈了我……"

孟航站在时淼面前，看着她涨红了脸，急切地跟他解释，一次次以喝醉了酒为由为他昨晚的行为开脱，倒是意外地宽容大度。

可她越解释，孟航心里越恼，脸色也越难看。最后，他用了最简单粗暴的办法，将时淼抱回了卧室，身体力行地告诉她，他昨晚没醉。

时淼动情时，耳边飘着孟航沉哑的嗓音，呼吸很重，一字一顿："没人告诉过你吗？男人喝醉了酒，什么都做不了。"

所以，他昨晚对她才不是什么酒后胡来。欺负她时，他比她清醒多了！

也就这个笨蛋，自己吃亏了还找理由替他开脱，傻不傻？

自那以后，时淼逐渐知晓了孟航对她的心意。

虽然她对他也有好感……行吧，她也很喜欢他。但对孟浅，她一直不敢，也不知道怎么开口。她总不能说"浅浅，我把你弟睡了"吧？

所以他们俩之间的事，两个人足足捂了两个月。其间孟航也曾催促过她，还说年底带她回家见家长，要谈婚论嫁。时淼无比忐忑，始终无法下定决心。

直到孟浅给时淼发微信，询问她感情方面的状态，那时候她还以为孟浅发现了她和孟航的事。

"是我喜欢你，招惹了你，欺负了你，真要负荆请罪，我去就行。"

孟航见她担忧，心中很是不忍，便把人拉到怀里，揉了揉她的脑袋:"时淼,你知道我图谋多久了吗?你不喜欢我也就罢了,既然你也喜欢我,那我便不允许任何外力因素阻止我们在一起。"

孟航斩钉截铁的话语令时淼慌乱的心蓦地安稳下来,她呆愣了一瞬,半晌后无奈地笑了:"行吧,爱了就爱了,吃都吃了总不能再吐出来。"

孟航问道:"那你困吗?"

时淼一头雾水:"嗯?"

孟航坏笑:"不困的话,我还想再吃一次,刚才没吃饱……"

时淼:"……"

次年元旦。

沈叙阳和苏子冉,还有沈妙妙和江耀两对新人一起举办了婚礼。

施厌和孟航还是没能逃过当伴郎的命运。施厌还说当完这次伴郎,再也不当了,不然他真要娶不着老婆了!

孟浅被施厌的话逗笑,想问问他是否还没放下凌萱,却又觉得太过唐突,而且有揭他伤疤的嫌疑。

半年前,凌萱和他们圈子里的一个男生"官宣"了。那个男生比凌萱小两岁,他们俩一起合作的电影爆火,两个人似乎也因戏生情,后来宣布在一起了。

孟浅知道这事是因为那部电影的剧本是她写的,正是当初凌萱介绍的那位导演找她定制的剧本。她也算是见证了凌萱和那位男艺人的开始。

后来他们在一起,孟浅还特许顾时深出去陪施厌喝酒来着,只记得那晚施厌醉成了一摊烂泥。醒来后,他又像个没事人似的谈笑风生。

只不过,施厌没再去打扰过凌萱,他身边也没再有过莺莺燕燕,心思开始尽数放在茂林集团。

也是从那时候起,孟浅对这个表哥开始改观了。

孟浅本以为这便是施厌和凌萱的结果。没想到,沈妙妙和苏子冉婚礼那天晚上,他们按老规矩在KTV聚完散场后,滴酒没沾的施厌竟然开车去了凌萱住的小区。

红色保时捷进了小区里,便轻车熟路地停到了凌萱住的那栋楼下。

施厌本想在她家楼下逗留片刻,抽根烟就走,没想到车还没停稳,便看见了凌萱和她的那个男朋友。

两个人似乎在吵架,男的拉拉扯扯,凌萱想走,走不掉。

那一刻,施厌心里燃尽的炭火似又被风吹出了丁点儿火星,随便什么都能将他的心火重新点燃。

凌萱的确是在和她的小男朋友吵架。男人劈腿一个十八线女艺人,被她撞见了。她提了分手,这会儿对方正试图挽留她,说着说着便上手抓她的胳膊,要强吻她。

凌萱脑子里"嗡"的一下,她蓦地就想起了不久前男人亲吻别的女人的样子,心里直犯恶心,秀眉拧了起来。

就在她打算放弃挣扎,迎上去从男人的嘴上咬下一块肉来时,施厌出现了。

施厌身上穿了一件深蓝色的衬衫,整个人看上去成熟稳重了许多。他一把抓过男人,抡着拳头往那人的脸上砸,神情里透着几分狠戾。

凌萱当即便呆住了，脚上似灌了铅般沉重。

后来的事让她也有些糊涂，她只依稀记得施厌打跑了她的男朋友……哦，不，是前男友。施厌自己的脸上和手上也挂了彩，他反倒回过身来担心地看着她："你没事吧？"

那一刻，凌萱也不知道怎么了，忽然就想起跟施厌的那段日子。

似乎是他的一个朋友过生日，他们去郊外农家乐玩。那个晚上，夜空黑得纯粹，烟火被夜色衬得耀眼无比。

她恍惚又记起了黑夜里，施厌喝了酒后与她说的那句话。

他说："凌萱，你是我谈过的最长久的女朋友。"

他还说："奇怪，我怎么就不腻你呢？"

或许那晚的话，施厌早已记不得了。毕竟那时候的他喝得挺醉，也不是现在这般气质沉稳得令人心安的一个人。

大抵是因为想到了以前在一起时，施厌各方面都没有苛待过自己，今晚又帮了自己的忙，还挂了彩，凌萱请他上楼，翻出了许久没用过的医药箱帮他上药。

"谢谢你。"凌萱低首，坐姿很正，穿的是一件纯白色的旗袍。旗袍剪裁得体，修身设计，将她的薄肩美背、细腰藕臂，所有的优势都显露到极致。

施厌坐在沙发上，视线落在她那截露出来的瓷白的脖颈上，她的肌肤纤柔细腻，总让人想要在上面留下斑驳的红痕。

凌萱替他擦药时，施厌便一直看着她，眼睛都没眨一下。

久而久之，凌萱有所察觉，徐徐地抬眸与他对上视线，一眼便望见了他眼中来不及掩去的欲望，那句"你怎么会来这里"突然就卡在了嗓子眼儿里，因为她从男人的眼里看懂了什么，一时心口滚烫。

或许是施厌的眼神里透着渴望，又或许是他人生得俊气，专注地盯人的眼神也足够招人，更或许是她心里也憋屈烦闷，想找一个发泄口。总之，凌萱主动地凑了过去，蓦地吻住了施厌的薄唇。

她一边亲他，一边站起身，将纤柔的身子挤到他的腿间。

施厌似乎吃了一惊，身形微僵，随后大手捉住了凌萱落在他皮带上的手，将她拉坐到自己的腿上，神情隐忍，喉结滚动："你做什么？"他的眼神晦暗又克制，嗓音喑哑。

凌萱被问得愣了一秒，余光落在他的脸上，面色还算从容平静："发泄。"

施厌似乎没想到她会如此直接，更没想到她会把他当成发泄品。身为一个大男人，他怎么可能做她的发泄品？

怎么……不可能……

"行。"施厌沉声应道，捏着凌萱娇嫩的下巴便送上自己的薄唇。

凌萱意外地发现，施厌和以前有些不同。他居然会在这种事情上讨好她，以她为主，这不像他……

翌日上午10点，凌萱才醒，窗外已是艳阳高照。她身边没有施厌的身影，而餐厅桌上有准备好的早餐。

她昨晚穿的衣服都被施厌从地上一一捡起，整齐地叠放在床尾。

家里窗明几净，上午和缓的风与暖阳垂落在阳台那边，四处寂静，一片安宁，唯独不见施厌的身影。

凌萱到玄关的鞋柜前看了一眼，发现施厌的鞋不在了。她想：

他应该是走了,可能去上班了,毕竟他想要的或许已经得到了。但凌萱的心中莫名其妙地感觉空荡。她在餐桌旁坐下后,拿手机翻了通讯录,将施厌的电话号码从黑名单里放了出来,还给他打了个电话。

就在凌萱以为施厌可能不会接她的电话时,施厌秒接了,声音带着些许沙哑,有几分蛊人:"醒了?"

凌萱暗暗咽了口唾沫,"嗯"了一声,随后还是开口问道:"你走了?"

施厌给了她肯定的回答,又在她的心沉下去之前,接着补充道:"怕你醒来后悔,见了我恶心,就先走了。"

沉默了片刻,凌萱才沉闷地"哦"了一声,没再说话,也没挂电话。电话那头的施厌沉吟片刻,主动地打破了沉寂:"其实也没完全走。"

"什么?"凌萱不解。

"在楼下,车里。"施厌接着说道,声音沉缓些,"怕你还有需要。"

凌萱愣住,心似被方才那阵温柔的风吹动,心里结冰的那处隐约有融化的迹象。

电话里,施厌又补充解释了一句:"我说的是生活方面的需要,不是……"

"抱歉……我可能还是不太会表达。"施厌说着,声音低沉下去。

凌萱吸了口气,两个人又沉默了一阵,她吐气,缓缓开口:"你上来吧。"似乎为了掩饰什么,她补充道,"你脸上、手上的伤需要上药。"

5分钟后,穿着皱巴巴的白衬衫的男人,拎着西服外套出现在凌萱家门口。她深吸了一口气,才替他开门。

施厌进屋后,凌萱也是真的找了医药箱给他上药,只是心里还想着别的。在上完药的那一刻,她仿佛下定了决心,抬头看向施厌时,全都说了出来:"你是不是……还喜欢我?"

那一刻,施厌的目光几乎融化她。他毫不迟疑地点了点头,才找回自己的声音:"是。"

凌萱有些犹豫,最终还是决定直说:"我……我承认,我对你是有一点点心动的。你给我点儿时间考虑一下,要不要跟你在一起。"

他们都是成年人,也曾在一起过。凌萱觉得,既然彼此心思通透,说话便没必要弯弯绕绕,毕竟又不是青涩稚嫩的少男少女。

施厌还是点头:"好。"

气氛有些尴尬,她低下眼,不再看他:"就算在一起了,我们也不一定会有圆满的结果。我不会给你任何保证……"

"我知道。"

"我可能还会对你呼之即来,挥之即去。我的性格其实很糟糕的,和你以为的完全不一样。我不爱任何人,只爱我自己……而且我家里还有一堆烂事,我……"凌萱那张喋喋不休的小嘴被施厌封上了。

他用自己炙热的薄唇安抚似的温柔地吻她,直至她平静下来才松开她。他睁眼瞧着她,认真至极:"你一点儿也不糟糕,你像礼物一样出现在我的生命里。凌萱,我爱你。所以我主观地认定,你就是全世界第一好的。"施厌情话绵绵,声音徐缓。

凌萱被吻得七荤八素，心跳得前所未有地快，一双美眸蒙眬地看着眼前的男人。

她承认，这一刻，她真的心动了。原来这个世界上，真的有人主观地认定她全世界第一好。

那么，他们就试试吧。

番外四
永恒幸福

6月中,深市下了一场大雨。

那时孟浅正跟着剧组进山拍戏,刚到目的地便下起了雨,进山的路不好走,他们便先在山下的县城里住下了。

当晚孟浅和大家一起聚餐时就觉得没什么胃口,早早回酒店房间里休息,在微信上询问了一下苏子冉和沈妙妙他们组队蜜月游的近况。

他们两对新人是在年初元旦的婚礼结束第二天整装出发的。四个人都学孟浅和顾时深,将原本一个月的蜜月旅行延长了几个月,说什么也要玩够了才回深市。

沈妙妙:"明天就回深市了,到时候约饭啊!"

沈妙妙:"好久没见,真是想死你们了!"

自从孟浅和顾时深婚礼后,她们姐妹群的人数便扩充了。时淼和凌萱都被拉到了群里,闲来无事的时候,大家会聚在一起聊聊日常。

沈妙妙和苏子冉在一起,沈妙妙在群里发言,苏子冉自然也在。

孟浅表示可以,回了个表情包。

她侧躺在酒店床上,洗过澡吹干了头发,这会儿还是觉得不太舒服,在群里发言自然也不积极。没多久,苏子冉她们就看出了端倪,还生出了误会。

沈妙妙:"看浅浅回消息的速度,我赌她和顾大哥在一起!"

苏子冉:"你又知道了……"

苏子冉:"虽然我也觉得是这样。"

时淼:"嗯?可她早上还跟我说,今天跟组进山啊。"

凌萱:"应该是进山了,但也不排除顾先生追去山里的可能性。"

沈妙妙:"还得是凌萱啊!你是懂顾大哥的!"

孟浅因为反胃想吐去了趟洗手间,回来的时候便看见了群里的消息记录,立马回了消息:"为了和某人缠绵温存,延期进组的人没资格说我吧@凌萱?"

时淼:"啧啧啧,我说热搜上怎么说凌美人生病延期进组,原来不是生病啊!"

凌萱发了个凶巴巴的表情。

苏子冉:"这么说我们明天回深市是约不了饭了?"

沈妙妙:"对啊,浅浅在山里,又不可能赶回来……"

孟浅:"没事,你们约呗!正好我这两天肠胃不太舒服,也不适合约饭。"

孟浅一说自己身体不舒服,群里聊天儿的风向就变了,大家一个个争先恐后地慰问她,字里行间的关心很是让她感动。

就在这时,顾时深给她打来了视频电话。他约莫是刚从医院下班,回到家里的第一时间便给孟浅打了这个视频电话。

孟浅犹豫了一秒,先接通了他的视频电话:"老公,你等我一下,我先跟妙妙她们说一声。"

她一边说着,一边切回群聊界面,简单地打了招呼,顺便感谢大家的关心,同时保证明天如果还是觉得不舒服,就去县城里的医院检查一下。

应付完群里的姐妹们,孟浅切回了和顾时深视频通话的界面。

顾时深已经在玄关处换好了鞋,拿着手机穿梭在静谧无人的房子里。

"老婆,进山了吗?"顾时深的声音透着淡淡的疲惫,但磁性好听,语气里的温柔、宠溺和浓情分毫不减。

孟浅看屏幕上他微微晃动的俊脸,不由得弯唇。

一路上明暗交错,光线变幻,光影将顾时深轮廓分明的俊脸切割如画,俊美得令人痴迷。这张脸哪怕孟浅已经看了千万遍,也还是忍不住看痴看呆,为他心跳加快。

"老婆?"顾时深从厨房走到客厅的阳台,最后回到了主卧。他打算先洗澡,洗去一身疲惫。

进了主卧里,却久久没听到手机那头的人有所回应,顾时深低首,晦暗含情的眸似隔着镜头与孟浅对上视线。

"在想什么?怎么不说话了?"顾时深唇角轻勾着弧度,单手扯开了领带,白色衬衫领口的扣子被解开了两粒,性感的锁骨若隐若现。

孟浅不自觉地舔了舔唇,思绪慢慢回笼,声音略哑地说道:"没……没想什么。我还没进山呢,下雨了,在山脚小县城的酒店里。"

"难怪。"顾时深进了主卧的浴室里,继续解着衬衣扣子,"我还在想,你要是进山了,这视频怕是不一定能接通。"毕竟山里的信号不太好。

孟浅笑了一声,忽然一僵,肠胃又开始不舒服了。她甚至来不及跟顾时深打一声招呼,便下床急急忙忙地往洗手间里跑。

手机那头的顾时深只蓦然看见屏幕一黑,然后是孟浅一阵匆忙的脚步声逐渐远去。他不知道发生了什么事情,但脱衣服的动作顿住了,眉头不由得皱紧,心中莫名其妙地担忧起来。

半晌后,孟浅从洗手间回来了。她还是觉得反胃,思来想去也不记得自己吃错了什么东西。

趿拉着酒店的拖鞋回到床畔,孟浅重新捡起了手机,一边抚着自己的胸口,一边对视频那头的顾时深说道:"不知道怎么回事,这两天一直有点儿反胃。我明天还是去医院看看好了,免得进了山里耽误剧组的进程。"

顾时深听她这么说,眉头皱得更紧了。他想让孟浅今晚就去医院,但又不放心让她一个人去,所以便没多说什么,只沉沉地应了一声。

孟浅倒是有些诧异于他的反应,诧异之余还有点儿不是滋味。毕竟以前每次她不舒服,顾时深都会特别紧张。怎么这次他倒是一脸淡然,好像不是很关心她的样子?

"那我先睡了。"孟浅咬了咬唇瓣,不想在意这种微不足道的细节。她想顾时深工作一定也很累,而且自己也不是小孩子了,犯不着事事都要他来在意。

顾时深沉吟了片刻,倒也没说什么,只在结束通话前叮嘱她多喝点儿热水，如果有条件，向酒店的工作人员讨一杯热牛奶喝了再睡。

孟浅应下，睡觉时还是有些在意顾时深平淡的反应，不禁胡思乱想：会不会是她出门的时候正好赶上顾时深出差在外，她没有等他回来再走，所以他生气了？

应该不至于吧……她家顾先生不是那么小家子气的人。他应该能理解她这么做也只是以大局为重，不想耽误自己的行程，也不想让他为自己费心去更改行程罢了。

孟浅辗转许久，才勉强入眠。

只是她没想到，如此平淡的一个夜晚里，顾时深却在为她奔波劳累。

他冲了澡，换了衣服，拿上行李，买了半夜的高铁票，直接前往孟浅他们剧组落脚的那个小县城。

凌晨四五点下车后，顾时深才给苏子玉打了个电话，说要告假几日。电话那头的苏子玉十分无语，最后只咬着后槽牙说了一句："要不是你是我的小舅子……"

顾时深轻笑了两声，知道苏子玉这是拿他没辙，准了假。

他心安了，去小县城里逛了一圈，给孟浅买了点儿店家现熬的小米粥，还给她准备了肉包子和鸡蛋。

除此之外，顾时深也没忘记给她剧组的同事们带早餐。他在网上点了外卖，批量选购，倒是没怎么花心思。

孟浅是早上6点多醒的，肠胃还是不舒服，一大早起来便去洗手间里干呕了一会儿。

后来饥饿感排山倒海而来，孟浅便简单地洗漱出门，打算去附近找点儿吃的。没想到刚下楼,她便在酒店楼下大堂里看见了等在休息区里的顾时深。

他穿着休闲装,正拿着手机在看,面前的茶几上放了一个外卖袋,上面写着某粥铺的字样,他的脚边似乎还放着行李箱。

孟浅能立刻注意到顾时深,还多亏了酒店前台的两位工作人员——两个二十岁出头的小姑娘,眼睛直勾勾地盯着休息区那边,面色嫣红,含羞带怯,一副春心萌动的样子。

从她们压低的议论声里,孟浅听到了"帅哥"的字眼,自然而然看了一眼,没想到入目的帅哥竟是她家的。

后来顾时深也看见了孟浅,神色微顿,随后站起身将手机揣回了裤兜里,拎着早餐朝她走去,然后毫不在意他人的目光,堂而皇之地牵起了她的手:"你怎么这么早就起了?"

顾时深泰然自若,孟浅却惊色未定,实在不敢相信,这一大早的,顾时深竟然出现在了她的眼前。明明昨晚她睡觉前,他还在深市来着!

"你怎么……?"

"不放心你,来看看。"顾时深显然知道孟浅想问什么,"给你带了点儿养胃的早餐,还是热的。去你的房间吃?"

孟浅就这么被顾时深带上楼去,稀里糊涂地回到了自己的房间。

不仅如此,早饭过后,孟浅还被顾时深带去了县里的医院,做了个全身检查。检查结果出来时,顾时深和孟浅都吃了一惊。

医生说孟浅怀孕了,从胚胎发育的情况以及孟浅上次月经的时间推断,她怀孕已有月余。

得知这一消息后,孟浅呆愣了许久,终于后知后觉地叹了一声:"我就说这个月的例假怎么推迟了……"

以往她的例假也不是没推迟过,所以这次推迟,她也没在意,没想到竟然是怀孕了。

顾时深和孟浅没有刻意备孕,面对这突如其来的孩子倒也并不慌乱——尤其是孟浅,她并不抗拒怀孕生子。

虽然她是意外怀上的,但医生说胚胎发育健康,没什么问题。孟浅便当机立断,打算留下这个孩子。

顾时深如坠梦中,恍惚了大半天才冷静下来。虽然他内心有些自责,但他和孟浅一样决定顺其自然,调整好心理,迎接孩子的到来。然后他向苏子玉请了长假,要留在剧组里陪孟浅。

孟浅没打算因为怀孕就抛下工作,坚持要跟着剧组进山。顾时深不想阻止她追梦,能做的无非就是陪在她身边,照顾好她。

十月怀胎,孟浅在剧组里熬过了反应最大的几个月。

后来电影杀青,回到深市,顾时深又把孟爸孟妈接来深市居家照顾孟浅。

整个孕期,孟浅过得十分安逸,就是生产时疼了一阵,费了大力气才平安地诞下一个6斤多的男孩儿。

母子平安,一切都好。

孩子出生在次年二月,那天,深市下了那个冬天的最后一场雪。

3年后的年底,孟浅和凌萱合作的那部剧被提名金鸡奖最佳编剧奖、最佳女主角奖、最佳导演奖。虽然最终只有孟浅获得了最佳编剧奖,但这对于整部作品来说已经是至高的荣誉。

得奖那晚,孟浅请全剧组成员吃饭。所以顾时深早早下班,去幼儿园接了儿子，回家后给儿子做饭，带儿子洗澡，最后给儿子讲睡前故事，哄儿子睡觉。

他做这些时还不忘给孟浅发微信，祝贺她得奖。知道孟浅今晚肯定要应酬聚餐，他便没有过多打扰，只告诉她，完事后给他打电话，他去接她。

顾时深以为孟浅肯定会忙到很晚，所以不急不躁地给儿子洗澡。

谁承想，孟浅早早地就将局面交给了凌萱和导演，自己带了一瓶香槟酒，先溜回家了。

她蹑手蹑脚地进家门时，顾时深正在次卧的浴室里给儿子顾尧野洗澡。

3岁多的小男孩儿最是顽皮，顾时深在给他洗澡的时候，居家T恤被溅湿了，干脆脱掉上衣，露出肌肉分明健硕的上半身。

懵懂无知的顾尧野瞥见了老爸左腰侧的文身。文身是大写的字母"SQ"，幼儿园的老师教过，顾尧野认得，却不明白爸爸为什么要把这两个字母写在腰上。

"爸爸，妈妈什么时候回来啊？"小男孩儿的注意力很快就转移了，他低头玩着泡在水里的小黄鸭。

顾时深给他洗澡的动作微顿，嗓音低沉地说道："等你洗完澡，睡一觉醒来，妈妈就回来了。"

"那明晚可以让妈妈给我洗澡吗？"

"不行哟！"

"为什么不行？班里其他小朋友的妈妈都会给他们洗澡澡的……"

"嗯——因为小野是男孩子，妈妈是女生，男女有别。"

……………

父子俩的对话一字不落地落在孟浅的耳朵里,她觉得那场面平淡却温馨,心里暖洋洋的。

后来孟浅又觉得顾时深很辛苦,毕竟自从他们的儿子出生后,操心的人一直都是他。

此时此刻,孟浅没来由地觉得自己这个母亲当得不怎么称职,日子过得实在太轻松了点儿,又想到顾时深那么辛苦,便突发奇想决定犒劳他一下。

顾时深哄儿子睡着后,便悄悄退出了次卧。

他看了眼手机,已经快 10 点了。微信上没有孟浅发来的消息,他一边往主卧走,一边忍不住给她打电话,想问问她那边几时结束,他可以提前过去等着。

他走到主卧门口时,电话也拨通了,熟悉悦耳的铃声隔着主卧的房门隐隐约约地传出。

刚走到房门口的顾时深蓦地顿住脚,搭上门把手的手也僵住了。几秒后,他机械地抬眸,盯着房门屏息凝神。

铃声戛然而止,他的手机里传出对方正忙的提示音。

短暂的错愕后,顾时深意识到了什么,望着房门的眸子逐渐变黯。他胸腔内的心脏加快了搏动,力道沉重。

就在顾时深犹豫着要不要装作无事发生,推开房门进去时,主卧的房门被人从里面拉开了。

屋内只亮着床头壁灯,暖色灯光如纱如缕,将室内的氛围烘托得旖旎。

门开后,一身女仆装扮的孟浅出现在顾时深的视野中,如一幅绝美的人物画，给他带去强烈的冲击，他的思绪瞬间空白了。

顾时深不知所以，只知他视野中身姿婀娜的女人面色羞赧，红唇饱满，目光闪烁，含羞带怯地冲他盈盈笑着，音色温柔好听："欢迎回屋……"

"浅浅竭诚为您服务。"短短两句话，却令孟浅心跳加快。

这套衣服是上次她过生日时沈妙妙送的，说是可以增加夫妻间的情趣。孟浅这是第一次穿，连台词都是在网上现学的。

说完后，她紧张不安地看着顾时深，也不知道他喜不喜欢。

顾时深面色一沉，愣怔了片刻。他虽没有动作，打量孟浅的双眸却越发浑浊暗沉，喉结更是不自觉地动了动，如饥饿到快要癫狂的兽。

他的目光充满侵略性和占有欲，孟浅被看得很是不好意思，脸红不已："妙妙说……一般男人都会喜欢这种，怎么你看起来一点儿反应也没有？我还是去换下来吧。"说着，孟浅转身，打算拿上自己的睡衣去浴室里换衣服。

哪知她刚要走，顾时深却挤进门，反手将房门关上，并从后面抱住了她。他没等孟浅反应，便将她打横抱起。

在惊呼声里，孟浅被抛到柔软的大床上趴着，背后压来沉沉的"大山"。吻如雨落下，顾时深一边亲她，一边沉沉地低喃："真乖……"

后来在沉沉地睡去之际，孟浅隐约听见了顾时深的告白，就在她的耳畔，温柔又深情："浅浅，老婆……我的宝贝、我的挚爱。"

（全文完）